云水歌谣

赵培龙 著

江苏凤凰文艺出版社
JIANGSU PHOENIX LITERATURE AND
ART PUBLISHING

图书在版编目（CIP）数据

云水歌谣 / 赵培龙著. -- 南京：江苏凤凰文艺出版社，2021.5

ISBN 978-7-5594-5584-0

Ⅰ. ①云… Ⅱ. ①赵… Ⅲ. ①散文集-中国-当代
Ⅳ. ①I267

中国版本图书馆 CIP 数据核字(2020)第 265422 号

云水歌谣

赵培龙 著

责任编辑 白 涵

装帧设计 书香力扬

责任印制 刘 巍

出版发行 江苏凤凰文艺出版社

南京市中央路 165 号，邮编：210009

网 址 http://www.jswenyi.com

印 刷 成都兴怡包装装潢有限公司

开 本 880 毫米×1230 毫米 1/32

印 张 9.625

字 数 233 千字

版 次 2021 年 5 月第 1 版

印 次 2021 年 5 月第 1 次印刷

书 号 ISBN 978-7-5594-5584-0

定 价 58.00 元

放歌美好生活
书写如画人生

梁晓声

把心沉入
到生活底层
去，写出好散文

[illegible]

白雲飄過
绿水放歌
乾尔吉·原野

道法自然

刘庆邦

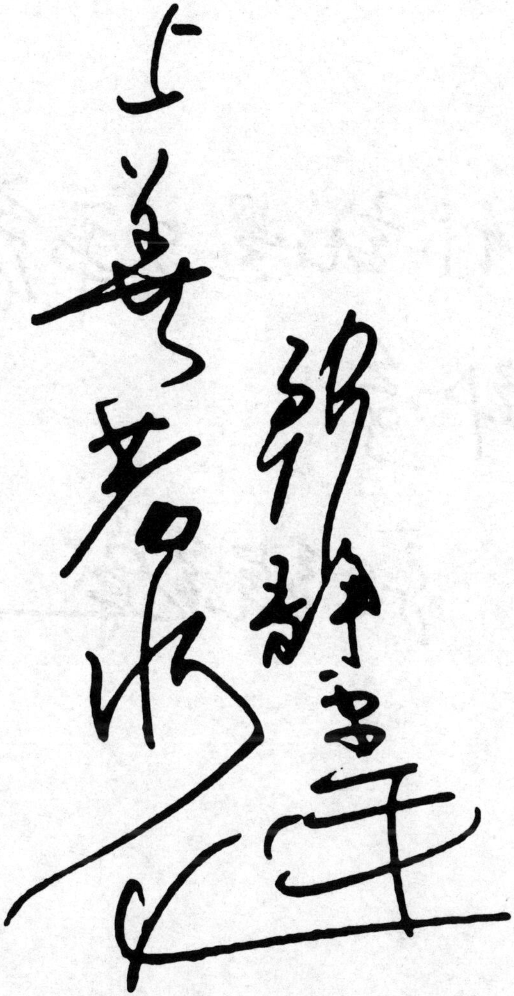
上善若水

写作就是与平庸作斗争！

张锐锋

培龙散文的清香味道

王宗仁

我读培龙的散文，仿佛可以闻到苏北大地上一股迎面扑来的清香。那清香不仅是田野里稻秫的味道，还有水乡阳光在微风里颤动的味道，露水打湿田垄小径的味道，以及秋收后纵横的小河潺潺流淌时高时低的味道。这是作者挚爱生活的味道，是他用这种味道酿造的属于自己的文学创作成长之路。

作者在这本散文集中，动用大量的生活积累，将亲身察访的生活素材，进行思考、联想，让主观和客观互动，这样使文字有了灵性，即可以启迪人生的可读性。从故事中寻找并提取意义或意思，在普通人身上或普通事件中发掘不寻常的东西，是培龙散文十分明显的特色。

《泰东河的女儿》抒写了母爱和儿子对母亲的刻骨铭心的深沉的怜惜之情；《认可》通过老将军临终的真切渴望，展揭了军人情怀、军人气质和内心深处的善良美好；《短暂的阳光》在袒露师生之间的真诚情谊时，说明人生底线就是做人要方方正正，行有所遵，言有所本，按照自己定的规矩，恪守一定的尺度分寸；《又见胡杨》写的是一组官兵生死与共的真实情感生活。推而广之，让我们联想到了人类的当下，面对种种困惑背景下有关生存环境的写作，既有对大自然的激情颂美，也有对破坏生态环境行为的无情揭露。我联想到了西北地区的草原、红柳，当然也有胡杨林，我们的作家在进行创作时，不能不反思生态危机，对人与自然和谐相处进行思考。还有那篇《走在故乡的田野上》，千呼万唤地把人引领到昔日绿树花丛围绕的村庄，那里的麦场是男女老少欢聚庆丰收的场所，有父亲母亲的忙碌，有爷爷奶奶的安闲，更有孩子们的自由和欢乐！

散文的真实性就本身而言，并不是貌似真实就是真实。现实生活中有客观真实和主观真实之别，有表象真实与本质真实之分，一些作品展现的真实仅仅停留在表象的浮光掠影，揭示的只能是一片叶子或一朵艳眼的花。我读培龙的散文后谈起这个真实性的话题，是说他在散文创作上已经迈出很好的令人欣喜的一步。愿他乘胜前行，他的面前必是春色满院的文学春天！

我和培龙都是从军营里摸爬滚打出来的作家，具体地讲，是《解放军报》“长征”文艺副刊这块阵地，使我们相识，走到了一起。虽然我在原总后勤部机关，他在空军，但是我们都热爱这支伟大的人民军队，几十年来在军旅文学创作上不懈地耕耘、收获。他从一名普通的军官成长为师级干部，由于工作需要已转业到地方工作。尽管本职工作十分繁忙，但他多年来一直笔耕不辍，坚持每天读书、写作、写日记。祝愿他不断创作更好的作品！

2020 年 5 月 25 日于望柳庄

序作者简介：王宗仁，军旅作家，历任原总后勤部创作室主任，中国散文学会副会长兼秘书长。出版作品 56 部。《藏地兵书》获第五届鲁迅文学奖。

纵情高歌（自序）

我爱苏北里下河的水乡，在这里，我用祖先留下的根系，吸取良渚文化酿就的养分，长成丰厚的羽翼，飞向白云朵朵的碧空。

我爱祖国的蓝天，在这里，我由一名学子成长为共和国的军官，戴上了空军大校军衔，获得了全军优秀共产党员的光荣称号。

我要纵情高歌小桥流水，这里有我儿时的记忆和梦幻，父老乡亲的期待、兄弟姐妹的情谊、父亲母亲的嘱托、恋恋难舍的故土，构成了一部气势恢宏的序曲。

我要纵情高歌蓝天白云，这里有我人生中最为美好的韶华岁月，事业的召唤、领导的培养、战友的激励、个人的奋斗，谱写了荡气回肠的乐章。

作为游子，我要把最美的赞歌献给家乡、父老乡亲和兄弟姐妹！

作为赤子，我要把最美的赞歌献给祖国、人民军队和父亲母亲！

我爱家乡的小河！

我爱祖国的蓝天！

碧水蓝天，我的梦，我的诗，我的文，我的歌！

是为自序。

作者

2020 年 4 月

目　录

心随大家行

感恩师与友

文海撷浪花

旅途游子吟

斜风唤细雨

Part 01

卷首

泰东河的女儿

谨以此文献给天下所有母亲！

一

十年生死两茫茫。我在金陵城里楼上写作，母亲在苏北里下河泰东河畔地下长眠。

准确地讲，我与母亲永别已近十二个年头。最后一次与母亲道别，是在她离开人世的前一年正月。那年她刚好80整寿，多种疾病缠身，身体极度虚弱。那时她和早已离休的老父亲在苏北乡下生活，我在东南沿海某部工作。我是专程回老家探望她和父亲的。假期很快过去，我们母子只好惜别。那天下午，寒气逼人，天空飘着雪花，母亲心情很糟，就像阴森低垂的乌云。她吃力地拄着拐棍，在我和哥姐们的搀扶下，送我出门。走到巷口，我与父母哥姐道别。当我走出五六步，母亲突然失声号哭，边哭边说："三儿，你咋这么快就走了呢，下次啥时回家呀？我们母子还能见着面吗？"

我的心一颤，自然停下脚步，但我不敢回头。因为此时我已流下眼泪。我不想让父母看到我的脸，让他们更加伤悲。我只高声哽咽地说："妈，您注意身体，好好养病，过两天有空了，我一定回来看您。”其实，我一时忘了，母亲的眼睛已几乎失明，她根本看不见我的表情。

我硬着头皮迈开步子离开村子。走了很远，依然隐约听到母亲的呜咽。

天人感应，母子连心。

2005 年 3 月，我陪军委空军工作组赴闽西北检查调研。太阳升起的时候，我们从连城出发，去赣西北一个山中的连队走访。虽然春寒料峭，但已春意盎然。近看路边，香樟仍然精神，柳枝幻成绿雾。远眺四野，青苗随风起伏，菜花星星点点。不知是随车音乐的缘故，还是受到崎岖山路上一对母子牵手奋力前行画面的感染，我突然想起了遥远的故乡，想起了年迈病重的母亲，想起了三十年前秋天母亲送我上学时的情景。

那年我 15 岁。父亲在外地工作。母亲送我到一个叫时堰的小镇读书。如果沿泰东河河堤步行，那里距我家草舍村北首也就 10 里左右，只是要渡 3 条小河，一天早出晚归得花一毛两分钱。这在二十世纪七十年代初期的农家，是绝对开销不起的。为了省下这笔钱，母亲带我从一个叫陶思庄的小村子绕过去，这样每天要多走近 4 里。

陶思庄不大，但很是古旧。村中小道杂巷纵横交错，小桥流水随处可见，母亲带我走了三四趟，我才基本弄清了进出村子的途径。第二周，我坚决不让母亲陪送。那一天，我起得很早，天刚蒙蒙亮便上了路。快进陶思庄的时候，天已大亮，我的脸上满是露水和汗水。进村后，凭着感觉，我迷迷糊糊地穿过了村子，似乎非常轻松地到了学校，心中的那份喜悦无以言表。放学了，回家的脚步异常欢快，当再次走到陶思庄村口时，已是炊烟袅袅暮霭沉沉。我一头扎进了这座迷宫一般的村子。起初还算清醒，兴许是天黑的缘故，我三走两转便迷失了方向，走呀转呀，转呀走呀，越急越是找不到出村的路。没办法，只好硬着头皮敲门问路。当我好不容易走出村口时，母亲已在那里等候多时。她一把将我搂进怀里，又亲又摸，一个劲地责怪自己并安慰我。我哭了。等我慢慢平静下来后，母亲深一脚浅一脚地带我返回陶思庄，娘儿俩一连走了两个来回。路上，母亲反复给我交代小巷的特点，小桥的位置，小河边的住家等标志。回到家，村中已是万籁俱寂。第二天，母亲执意要送我，我倔强地直摇头。母亲无奈，只好在我临上路前千叮万嘱，别忘了回家的路。然而，奇迹从此出现，也许是母亲每天早上那句“别忘了回家的路”的提醒起着特殊的作用，多少年来，我走遍祖国各地，无论在深山海岛，还是在大漠边陲，从没迷失过方向……

两车交汇，刺耳的笛声将我从沉思中拉回现实。我一激灵，多少年来东奔西走忙忙碌碌，似乎很少有时间静下心来思索，即使偶尔想起梦萦魂绕的故土风物，想起那条宽广清澈的古老的泰东河，尤其是想起生我养我的父母亲，这感觉其实也就一闪而过。今天这是怎么了？我自觉神奇！

车过长汀，路过一片坦荡的原野。我的手机终于苏醒，叮叮当当响个不停，这是对大山屏蔽、信号无法穿越的宣泄。我习惯性查看手机，看着看着，一条短信触目惊心：“妈妈早上8点左右病逝，接到信息速回。大哥。”

平地一声炸雷，顿时将我击晕，眼前一片模糊。我立即打电话回家，惊慌中拨错三次。接通电话后，传来老父亲泣不成声的话语……

母亲早上走了，差不多就是我想起她送我去上学的那个时刻。我不知道是上天传信，还是天人感应，怎么就在那个当口，突然想起了她老人家。我想，可能那个时候的母亲，生命弥留之际，在等待不在她身边的子女，她在用她特有的第六信号，用她慈母的顽强信念，用她包容乾坤的母爱，用心灵在呼唤已经一年多没有见面的儿子！我潸然泪下。应了母亲临别时的话语：我们母子还能见着面吗？

唉，不能了，永远不能了，我亲爱的母亲！

都说“父母在，不远游”，可“忠孝”能够两全吗？

母亲在苏北老家撒手人间，儿子在千里之外忙东奔西。一阴一阳，山水相隔。怎么回家奔丧？我一时手足无措，心中悲恸茫然。经过一番思量，我决定赶厦门，飞南京，转苏北，悼亡灵。

当我第二天凌晨四点赶到老家时，母亲已整齐地穿戴好寿衣，头朝外、脚撑砖，安详地躺在大哥家的厅堂里。头前的小油灯，闪动着泪花，在寒风中颤抖。我“扑通”一声跪到母亲头前，泣不成声。墙上，母亲的遗容依然那么慈祥，那双始终关切的眼睛好像在跟我说话：儿啊，你终于回来了，辛苦了……

我失声痛哭：妈妈，我回来了，我回来迟了，对不起啊，妈妈……

母亲把我带到人间，我把母亲送入天堂。

我和哥弟们将母亲送到火化炉边，司炉工将母亲推到炉前。我们兄弟四人并排跪于母亲灵前，目送她进入炉中。

一串火光，一声轰响，一阵轻烟，一片空白。

母亲终于离我远去，我们母子从此永别！

二

母亲叫缪秀银，1925 年 11 月 21 日（农历十月初六）出生在扬州广福桥附近一个叫张倪庄的中医世家。据她讲，她的祖父是方圆有名的中医。我的外祖父排行老二，但继承了祖业。大伯、三叔也是读书人，小时候听他们谈得最多的就是江南四大才子。他们在中华人民共和国成立后均在上海大企业工作。

母亲说，她是16岁那年跟随父母来到隐藏在连绵数百里布满了河岔、长满了芦苇、门前屋后都是湿地，名字叫草舍的小村子里的。当时除了父母，还有哥哥和妹妹。这个村子不大，零零散散百来户人家，沿着古老的运盐官河——泰东河两岸住家，经济自给自足，主要靠开荒种地（水稻、小麦、油菜、棉花）谋生，副业主要从事制作砖瓦、榨油、捕鱼、编蒲等生产活动，脑子活络的就做点小买卖。生意做得大、有实力的主要有两户人家，其中一户姓赵，经营着砖瓦、棉花和食油等生意，加上赵家老爷是个儒雅之士，饱读“四书”“五经”，懂得诉讼文理，为人豁达豪爽，写得一手好字，交得各道朋友，遇事仗义疏财，经常济贫扶困，注重捐学修桥铺路，所以生意做得红红火火。赵家老爷大兴土木之余，乐于帮人打官司，据说在扬州、泰州、东台一带很有名气。母亲说，后来她才知道，那一年，这个世外桃源一般的水乡小村突然发生了可怕的疫情，很多青壮年得了一种怪病，皮肤发黄，浑身乏力，如果两条腿开始肿胀，一旦肿得像象腿后，不久就会死亡。而我的外祖父缪振嵩，从小研习中医，专攻黄病（血丝虫病，俗称“象皮腿”），而且敢动放水的手术。受这位名声远播的乡绅贤达赵老爷的专程邀请，前来治病救人。

后来，我终于知道，这个赵家老爷就是我的曾祖父赵桂城，即便是现在，当地方圆数十里，只要提到他的名字，不少老人依然肃然起敬。母亲之所以能够嫁给赵家长孙，也就是我的父亲赵文俊，原因有二：一来外公人品好、医术高、积德厚，救过当地不少人的性命；二来我的母亲清秀高挑、举止大方、性格温和，读过私塾，断文识字，背了一肚子孔孟之道，略懂医理，算盘打得流畅。我的父母于1947年结婚。这之前，内战已经爆发，曾祖父怕长孙出事，只身冒险去了上海，强行将我父亲从当时的一所大学（复旦前身）

接回。回来不久即给父亲定了一桩门不当、户不对，年龄倒挂，文化学识相差甚远的亲事。这在封建思想浓厚的乡下简直不可思议。这得益于我曾祖父的开明，同时也得益于我外祖母的豁达。据说，结婚那天，父母之前都没有见过面。两人虽说心里都很别扭，但父母之命，媒妁之言，不可违抗。1949 年初东台北陶地区彻底解放，父亲响应号召，在人民政府支持下，在当地开办了第一所新式学校。由于父亲的不懈努力，学校办得有声有色，到二十世纪五十年代中期，他被政府任命为东台地区四个完全小学的校长之一。

从此，我的母亲跟随我的父亲辗转了东台许多乡村学校，沿着那条古老的泰东河生儿育女寻求生计，在范公堤西这片里下河水乡过起了寻常人家平凡的日子。

三

我于 1961 年 6 月底出生。据父亲讲，那年夏天洪水滔天，庄稼连续两年颗粒无收。自然灾害面前，每人每天只有三两六钱原粮。我是父母的第 6 个孩子。据姐姐讲，母亲生我那天家中只剩半碗大米，还要招待接生的婆婆。母亲骨瘦如柴，怀我不易，但生我顺利。我生下来只有 3 斤多一点，像一只皮包骨的小猫。阳春三月依然颤抖，基本没有哭声，接生的婆婆说我先天不足，体质太弱，不一定能够养活。母亲后来说，那时候看着我，心中特别难过，都没有力气哭。见我躺那儿不声不响手脚一动不动，只好用无力的手经常试检我的鼻子，看我是否还在喘气。好在父亲听说母亲生产了，匆匆赶回家，好不容易在给我报户口的时候，乡里补助了几斤红糖。母亲就用这点红糖冲水喂我，一滴也舍不得沾口。全凭哥哥姐姐们挖回来的野菜充饥。由于严重营养不良，母亲没有一滴奶水，而且双脚浮肿。哥哥姐姐们能吃野菜米糠，而我的胃太嫩，只能靠流食维系性命。怎么办？几斤红糖能当几日吃喝，不能眼睁睁地看着孩子饿死啊！

母亲说，好在那一年她在黄连沟种了一点胡萝卜，挖回来做成糊糊能够喂点给嗷嗷待哺的我吃。但有限的几根萝卜又能维持多久？

好在天无绝人之路。听说村上要办食堂，需要上好的杉木做大锅的上围和锅盖，支书到处打听找木料。母亲不知从哪里得知这一信息，急忙找上支书门，说我们家的墙上有上好的杉木衬板，愿意拿下来给村里使用。条件很简单，每日给三碗米汤即可。

村支书姓蒋，听了这话先是不解，后听我母亲说了没有一滴奶水，孩子嗷嗷待哺之后，不但十分爽快地答应了，而且承诺再给一点碎米。这真是救人于难，菩萨之心！母亲自是感激不尽。据说，这一年村上一共生了两个孩子，其中就有村支书家的一个儿子，那个孩子奶水充足，长得胖胖乎乎的。村支书之所以积德，也是为自己的宝贝儿子祈福！

村支书办事精明，为了不引起误会，在村里公开场合宣布了此事。征得大家同意，木板换米汤的事就定了下来。从此，村上做饭的赵二奶奶，每天在开饭之前，事先滗一碗米汤留下，里边当然没有一粒米，然后，我的母亲当着众人面拿回家中。

我们老家称这种米汤叫“米油子”，米油子养人啊！个把月工夫，奇迹在我身上发生了，我的体重居然增加了两斤，哭声渐大，只是仍然营养不良，整天哭闹不止，以至哭出了脐疝，鼓出时大如鸽蛋。赵二奶奶每每见状即开玩笑，说：“双鸡鸡双鸡鸡，长大就是驸马爷。”我骨瘦如柴，看上去像一条饿狼，所以村庄上一提到“饿狼”，全村人都知道是我。一直到后来我胖了壮了，这名字小伙伴们依然叫得响亮。我不计较这些，只管顺口答应。

家里的粮食十分紧张，为了全家生计，母亲在家前屋后所有空地，都种上了庄稼。当时父亲在外地教书，尽可能省下口粮，同时大哥在外地上初中，不得不为他准备一点吃的。尽管好几次得到先烈公社一个叫顾家安的党委书记的救济，但连我一家总共 7 张口，一天怎么都得有几斤粮食。妈妈终日奔波，去亲戚朋友家求借，但大家都很困难，好容易张个口，借个 3 斤 5 斤的，根本无济于事。到了 1962 年春上青黄不接之时，实在撑不下去了，父亲母亲一商量，决定将我送人抚养，为我寻找一条生路。

四

这是梁垛镇郊一户还算殷实的白姓人家，主人是生产队长，夫妻俩四十开外，膝下无子，三四间瓦房、几分自留地，吃粮似乎不成问题。通过中间人多次撺掇，看着良好的生存环境，我的父亲似乎动了心思，可母亲终究拿不定主意。但看着一个个孩子饿得脸色苍白尖嘴猴腮，特别是看我骨瘦如柴，在万般无奈之下，母亲终于做了决定。

据大哥讲，那一天母亲彻夜未眠，早上起来两只眼睛肿得油桃一般红亮。她流着泪，用颤抖的双手，为我慢慢穿上白家事先送来的新衣。一起哭的还有我已经懂事的大哥大姐。大哥流着泪说："妈妈不要把小弟送人了，从今往后我不上学了。"大姐也哭着央求："妈妈，我从现在开始每天吃一顿饭，留给弟弟吃，即使饿死，也不能把他送人。以后他长大了，我们一家人拿什么脸面见他呀？"

自己养不起，又不能送人，总得让孩子有条活路吧。终于，村上有了饿死人的传闻。这消息让母亲心绪杂乱震颤楚痛，难道真的眼睁睁看着孩子在自己怀中饿死？不行，不行，一定得为孩子寻条活路。

母亲的决定是坚决的，但行动却是迟疑的。那天下午，她抱着我，哭得撕心裂肺。她不知道今后怎么面对我的兄弟姐妹。多少年以后，每每想起这件事，母亲都是一脸茫然。她说她也不知道当时自己是怎么到白家的。她把我放下时，她以为我会哭，没想到我居然笑了，笑得比任何时候都灿烂。母亲心里一揪，心想，这孩子怎么了……难道他知道自己要出离苦海？难道这是上天的安排？当她丢下我怆然伤神准备离开时，也就是走出白家大门的一刹那，突然听到我扯破嗓子啼哭起来。天啦，这声号哭，哭得母亲万箭穿心，从来没有奶水的母亲，乳房居然一阵痉挛，母亲不相信自己的感觉，伸手胸前一摸，竟然像是乳汁。她顿时激动得“哇”的一声哭了起来，疯了一般冲进白家屋里，狼似的嗥叫起来：“我儿有奶了，我儿有救了，我要带着我儿回家了……”她麻利地扯掉白家买给我的新衣。白家被眼前的举动惊呆了、感动了，等缓过神来，说：“赵家妈妈，别脱了，就让他做我们的干儿子，你们母子回家吧，衣服就算我们送给干儿子的。这叫母子连心，上天显灵，上天之命不可违啊！”其实，过了那次刺激后，母亲并未再有乳汁。

白家夫妻不但没要衣服，反过来还强给了我母亲几斤大米和一小袋面粉，算是对我和我家的接济，并且专程雇小帮船，由女主人陪着把我和母亲送回家中。这对我家来说，绝对是雪中送炭啊。那情谊犹如向东流淌的泰东河水，滋润着我们全家干涸的心。多少年来，我们全家一直没有忘记这对好心的夫妻。兴许真的是上天显灵，过了年，这对夫妻传来喜讯，女主人居然怀上了孩子，第二年的秋天生了一个胖胖的儿子。事后，白家夫妻反过来感谢我的母亲，夸赞她是现世的送子观音。他们说，如果没有赵家母亲的那滴乳汁，没有赵家母亲的那番举动，他们就不会感动，他们也不会做出那些善举，也就不会感动上苍，随后给他们带来福报。一切皆有因缘，全是人间好事。

这不是上天对好人的褒奖和福报又是什么呢？

母亲说，从此以后，她再也不敢欺心，从不拒绝“讨要者”上门求助。人唯有一心向善，方能保佑家庭和儿女平安。她一生中最为得意的一句话就是：我的儿女们个个健康，五指皆全，没有一个残疾。这是上天对她最大的奖励。她满足了。

五

我曾经调动所有我的记忆，试图想起一件事情，那就是，什么时候知道或者说认识了自己的母亲。苦思冥想，终于发现，对母亲开始有记忆，是她生小弟的那天。那是一个晴好的早晨，我们兄弟姐妹一起吃早饭，母亲突然喊肚子痛，大姐赶紧扶母亲回卧室躺下，然后随即冲出家门。一会儿工夫，大姐叫来了一个笑容可掬的老婆子。后来，我听到屋里传来母亲的呻吟声，再后来听到了孩子的哭声。我被叫到卧室时，看到了一个白白胖胖光着身子的男孩躺在母亲身边，两条腿向空中乱蹬着。

那一年，城镇户口压缩，我们全家下放回乡被安置到第四生产小队，每人每年可以平价购买几百斤原粮，可谓丰衣足食。印象最深的是家中的天井里堆满了开辟荒草地时生产队分回来的芦柴草，那草垛几乎堵住了正屋的大门，我出去时真有开门见“山”之势，晚上出门小便，记性差，一不小心撞上草垛，割斜的草根刺得我手脸生痛。

母亲奶水极其丰厚，每当小弟如饥似渴的吸食时，我就站在一边出神地看着。每每此时，母亲就会说：“来，你也喝点怎么样？”此时，我只是笑，或者摇头。说心里话，看到弟弟那么卖劲狂吸，我的心中难免产生冲动，也想尝尝母亲奶水的滋味。这个时候，母亲总会说：生你时妈妈没有一滴奶水，可那米油子也挺养人的。

这一年我已经 4 岁了，有了小弟以后，母亲和哥哥姐姐更多关注的是他。一天，母亲见我坐在天井旁边高大的梨树下发呆，她笑着问我："宝宝有什么不开心呢？"我说："做小弟太好了，大家都喜欢他。我怎么做，大家才能喜欢我呢？"

母亲笑了，我这一生中，感觉这是她笑得最为亲切慈祥、最为灿烂美好的一次："弟弟小，不会吃饭，不会说话，不会走路，大家悉心照顾他，他才能像你一样成长。你小时候大家也是这样爱护喜欢你的呀。"说完妈妈把我揽到怀里。此时，我闻到了母亲身上的奶香，于是，我悄声对母亲说："妈，我也想喝奶……"妈妈没有回答，解开衣服，将乳头塞进我的嘴里。说实在的，记忆中，刚进口还有一点甜味，但我真的不会喝奶，吸了一口居然咽不下去，但心里特别满足，从此再也不嫉妒弟弟了。一年之后的秋天，父母去泰州办事，哥哥姐姐们都想去，母亲没有带他们，而是带我去了。由于我天性好动，在上轮船时，不小心掉进了冰冷的泰东河里。这可不得了，当时父亲手上抱着弟弟，母亲却反应奇快，毫不犹豫，一下跳进湍急的水中，一手死命抓住我，一手死命抓住轮船的缆绳。直到船上水手下去，将她和我救上来，这才松开了已经发僵的双手。父亲说母亲当时已经神志不清，不知呛了喝了多少水，但仍然死死攥着双手不丢。之后的岁月里，母亲经常提起这件事，她说当时她根本没有考虑自己不会游水，只是一个闪念：我儿不能被水冲走，他是我的命，虽然自己子女多，但他们当中只要一个没了命，我的命也就没了。

每每听到这些普通得不能再普通的话语，我的内心就会激起狂澜；每每想起这番话，我就想起母亲，想起天下所有热爱子女的无私而伟大的母亲！

六

1972 年春天，做了两年"920"农药的父亲被宣布"解放"，推翻一切被强加在身上的不实之词，被安排到一个叫富东的海边小镇中学任教。母亲此时虽然只有 47 岁，但沉重的生活和精神压力，让她过早地披上了花白头发。但她乐观大度，没有沉浸在往日的苦难之中，而是昂起头，朝前看，对人生和未来充满希望和信心。当大哥作为“可改造好的子女”推荐上大学，却被人乱填社会关系从而政审不合格，被取消录取资格的时候，她没有抱怨，只说了一句：总有一天大学的大门会对他敞开的。果然，历经 12 年农村风雨历练、饱经沧桑、已是两个孩子父亲的大哥，终于在 1978 年秋天以优异成绩考取南京工学院盐城分院。接到录取通知书，母亲边流泪边笑，说：“自古无场外举人。我说去考考试试吧，这不，通知不就来了，多少年前你的大学梦不就圆了，而且还不是以‘可教育好子女’的身份入校，光明磊落，多光彩啊！”

1973 年春节，我的一个姓杭的同学的叔叔从北京回来探亲，顺便带回一套他二十世纪五十年代被授予军衔时穿过的旧式军服。就在这一年的春天，村上来了一位胸前挂着一台 120 型照相机的青年。于是，杭同学拿出他叔叔带回来的军帽和军装，作为道具，让我和他穿上拍照。其中，我拍了一张单人照，看上去十分威武，与军官无异。照片拍好后，人家送来。在家前的巷子口恰好被对门的大妈看见。她看了看，然后冷笑地对我和我母亲说：“嘿，神奇是神奇，威武是威武，可惜你这辈子是穿不上这身军装啦！”言下之意，就你家这个状况，怎么可能当上兵呢？做白日梦吧！我母亲听后，十分生气，当即回敬那位大妈：“话可不能这么说，三十年河东，三十年河西，说不准哪天政策变了，他真的就穿上军装了，说不准还能当个军官呢！”当时，这话非但说服不了那位大妈，就连我都感到母亲这话色厉内荏荒唐可笑。母亲不是预言家，但这件事让她老人家一语言中。1980 年 8 月，我参加高考，被军校录取，成为人民空军的一员，而且一待就是三十年，官至副师职，被军委主席授予大校军衔。说实话，当时我报考军校，母亲一点不知情，这是父亲的杰作。等《录取通知书》寄到家时，母亲一下愣在一边，她喃喃地问我：“不是报的电力学校吗？怎么当兵了呢？”我没有回答。父亲说：“不为别的，只为争口气，政治上彻底翻身，当个军属，荣光荣光！”

母亲没有说更多，只轻声说了一句：“到部队，你这身体吃得消吗？”说罢，长长地叹了一口气，不再言语。

七

一转眼我进入小学二年级。暴风骤雨式的斗争已经趋于平静。我的三叔、四叔，还有我的大哥到了年底都要到大队业余文艺宣传队排练节目。我三叔演戏，我四叔拉二胡，我大哥吹笛子和唢呐。我放学后，除了打一点猪草，就是跟在工宣队丁队长后面看他用排笔写标语，晚上就到大队宣传队排练场看他们排节目。那一年，排的是淮剧《艳阳天》。我很喜欢四叔的二胡，也经常摆弄大哥的笛子和唢呐。

一天中午，我和几个小伙伴在泰东河畔、我家屋后的小土窑中玩砖头。无意中，我们捡到一毛钱。几个小伙伴一商量，决定到村上的经销店买糖果分着吃。我分到四颗糖，还有三颗舍不得吃，想留着跟弟弟一起吃。回家的路上，猛然想去摸摸四叔的二胡。进了门，见一个经常与祖母一起闲聊的刘二奶奶领着一个瞎子，正在为祖母算命。我进屋走了走，便无趣地退了出来。转了一圈回来，我看刘二奶奶和算命先生走了，只留下祖母在那儿上下寻找什么东西。我问祖母找什么。祖母见我进来，毫不客气地问：“你见到我桌上两角钱了吗？”我愣了一下，连忙摇头，说没有。祖母当时没说什么。我走了。到了下午，我一进家门，母亲黑着脸让我过去。她问我今天干什么去了。我说没干什么。母亲问我有没有去经销店买糖，哪来的钱。我一五一十地告诉了母亲。母亲再次问我，说的真话假话，不然就会挨打。我看着母亲铁青的面孔，坚决地回答了母亲。母亲二话没说，将我拖到祖母面前，对我说："儿子，你把实话告诉奶奶，不要让奶奶认为你是个坏孩子。"于是，我如实说话。见祖母将信将疑，母亲只说了一句话："太太，如果您对您的孙子都不相信，您就相信我。不管他有没有拿您的钱，我都替您去还人家两角钱。两角钱事小，这可是您孙子的脸面啊！"

至此我明白了是怎么一回事。我当即号啕大哭，一口气说出跟我一起玩的几个小伙伴的名字。事后，祖母私下去问了那几个孩子，他们也跟我说的一样。祖母很难过，没过两天，私下将母亲给她的两角钱给了我，并让我不要告诉母亲。母亲事后知道我得了两角钱，但就是装不知道。有一天，我把钱给了母亲，母亲激动地把我揽到怀里，哽咽地说："这钱给你和弟弟买糖果吃，算是对你诚实的奖励。孩子记住，不管什么时候，都不要做亏心事，都要做诚实本分的人。不光是妈妈，就是上天都会永远奖励你。"母亲的信任和教导，就像屋后泰东河汩汩流淌着的清冽的水，多少年来一直滋养着我的心，让我神清气爽耳聪目明。

在排练《艳阳天》的时候，有个小角色即萧长春的儿子小石头。由于我天天去看排练，当时的"导演"一眼看准了我。四叔也把事告诉了我的母亲。母亲很高兴。可没隔几天，角色变了，变成了村上小学校长的儿子，那孩子长得矮小，性格内向。据说是她妈找了大队分管文卫的领导。事实证明，那孩子后来演得十分吃力，几次差点砸了台子。这事我并不在意，但四叔不太开心。母亲非但没有沮丧，反而当着我的面，笑着对我四叔说："这有什么了不起，不就一个小石头嘛，说不定哪天我家三儿到省城京城唱大戏呢。路靠自己走，开后门算什么？如果什么都能开后门，儿子都应该让他们生才是，按照他们的想法我只能生一窝门丫头。"当时我没明白母亲这话的意思，实行计划生育，一对夫妇只生一个孩子后，我才真正明白了母亲这句话是多么深刻到位的幽默。因为，选择孩子的性别是不太好开后门的。

八

老家有句俗话：新老大，旧老二，缝缝补补是老三。我在家中排行老六，这缝缝补补之类的美事，自然也就轮不到我的头上。

13 岁那年腊月一个风雪交加周天寒彻的日子，邻居的鞠三奶奶做七十大寿，儿女们为行孝道，提前为其制作寿衣，母亲因为手艺好，也去热心帮忙缝制。说是赶年前，弄得大年二十九这天晚上，母亲很晚才回家。她一进门，顾不得掸去身上的雪花，放下手中的东西摸索到火柴点上小油灯，屋里顿时温暖起来。这三奶奶真好善行，不仅盛了一海碗肉饭，还给了一块簇新的青布。母亲说：三奶奶给的这块布料，给哥哥做不够，给弟弟做太浪费，尺寸好像专门为我剩的，量来量去还是为我家三儿做件新衣过年。

那盏油腻的小灯下，母亲为我量体裁衣走线飞针。天亮的时候，一件很漂亮的学生装呈现在母亲面前，只可惜过于仓促，上边插笔的口袋放在了右边。母亲轻轻叫醒我，让我穿上新衣试试。穿上新衣的我，心中那个美甭说多难形容。母亲让我脱下，说大年初一再穿。我说人家三根儿、董四小他们每年年三十都穿新衣的。母亲笑了，说："穿就穿吧，别弄脏就行。"

穿上新衣的我仿佛长高了一截，走到哪儿问到哪儿：难道没有发现我身上有什么变化吗？见对方一时反应不及，便使劲拍打身上的新衣，等人家明白过来，脸上即刻现出几分傲气。因为穿了新衣，连一向敬畏三分的生产队长的小儿子，都敢不放在眼里了。他爬树时我比他爬得高，他敢从电线杆的斜拉索上滑下来，我就滑得比他还要快。可是，最后一次滑丝滑得太急，倒刺的铁丝将新衣前胸钩了一个三角大豁口。我如雷轰顶，吓得哭了起来，中午怎么也不敢回家吃饭。全家人呼天叫地，一直到下午好不容易在村口的小土窑中找到吓成一团的我。满以为母亲要揍我一顿，可能是过年的缘故，母亲连呵斥一下都没有，只是不住地惋惜："唉，这孩子、这孩子，这么好的一件新衣，这么好……"

晚上，还是在那盏昏黄的小油灯下，母亲等我睡下后，找来一块青布，托在了新衣撕开的豁口处。由于母亲手艺巧，补得精细，那件新衣从远处看一点破绽也看不出来，只是近处看身上似乎别了一支"短枪"，第二天尽管小伙伴们见面后故意逗着玩，说我穿上了"军装"，可我根本不在乎，照例忙得屁股冒烟，到处奔波拜年。

之后，随着经济状况的好转，特别是考取军校参加工作后，逐渐也添置了不少颇有一些档次的服装，可多少年来怎么也没有找到当年穿第一件新衣的那种美好感觉。慈母手中线，游子身上衣。如今，每当想起那件新衣，就想起童年，想起故乡，想起母亲为我做衣补衣的场景，总是令我思绪万千、温馨无比。

九

体质先天不足的我，脑瓜子似乎还算灵光。尤其是继承了母亲的幽默和坚韧。稍稍懂事的我，对世间一切都有浓厚的兴趣。我对大哥很崇拜，他是 1966 届时堰中学高中毕业生。他装矿石收音机时我在旁边仔细看着，后来居然我也偷偷装了一台，搜索到节目真是乐翻了天；他吹竹笛、唢呐，我只问了他简单指法，后来经过苦练和行家指教，我的演奏水平居然达到相当水准。母亲见我学什么爱什么钻什么，就私下里帮助我。有一次她头痛病发作，甚至连鸟叫的声响都不想听到，我在家练习吹唢呐，父亲让我安静一点，可母亲依然说不妨事，让我好好吹、好好练。有一年秋天，我利用放学的机会，打了几十斤楝树果子，晒干了拿去附近的戴南镇去卖。母亲除了给了我三毛钱买笛子、四分钱过河费外，还给了我六分钱买饼。下午回到家，母亲问我："楝树果子卖了多少钱？"我说："卖了一元多钱。"母亲说："太好了，不过自己保管好呀，别弄丢了。"母亲见我饿得慌，问："中午买饼吃了吗？"我说："没有。"母亲问："为什么？"我吞吞吐吐对母亲说："我把卖楝树果子的钱与买笛子和吃饭的钱放一起，买了一本书。"说罢，我把《新竹笛演奏法》小心翼翼放到她的面前。满以为母亲会发火，她看了看书，又看了看我，然后摇了摇头，叹口气说："这孩子，一块多钱，多少斤楝树果子啊！你真舍得。"说罢给我去弄吃的。我的笛子吹得不错，大队宣传队让我去配乐，我居然像模像样与那些老艺人融为一体了。其实，业余时间里，我还学二胡、无线电、书法、作曲、写作、乒乓球等，皆因母亲经常挂在嘴边的一句话：疯子学三分，过河不要钱。荒年辰饿不死手艺人，人要活出个样子，不然有人想拉你一把都找不到你的手在哪里。人要学点真本事，有了一技之长，才不会饿肚子。母亲的话虽够不上豪言壮语、格言警句，但对我而言犹如酣畅的甘霖，进军的号角，激励我不知疲惫地探索和前行。

十

我的记忆里生过三次大病。每次都让母亲肝肠欲断。

第一次是1973年的秋天。兴许是我吹笛子和唢呐的缘故，我突然患了阴囊鞘膜积液，必须进行手术治疗。当时，父母信赖的名医丁医生介绍我们去时堰水产养殖场，找正规医学院外科专业毕业的朱医生。为了省钱，父母决定去这个连手术台、病房都没有的养殖场给我做手术。

那时的我正在长身体，身子极其单薄。母亲对父亲说：三儿要去开刀了，会流血。临去前，买点肉、炖点汤，给他补补身体吧。那时候，家中已经没有肉票，到哪儿去买肉。这天，母亲听说河东有户本家杀猪，她立即告诉父亲，让他去碰碰运气。父亲去了，讲了我的情况后，老本家十分同情，决定将猪头脸匀给我们。不要肉票，议价，二角五分钱一斤。四毛八分钱，父亲买到二斤猪头脸。母亲拿到那毛乎乎的猪头脸，激动万分，喜不自禁。回来后赶紧去毛、洗净、炖汤，就连我弟弟都不让沾上一点，吃得我一肚子狐疑，不知自己究竟得了什么重病。竟得到如此这般特殊待遇，后来，我不吃，执意要大家一起吃。母亲无奈，只好用剩下的肉，做了一锅大白菜汤，就这样，她和父亲也没有舍得吃上一口。

父母陪我步行十华里，下午三点到达养殖场。看到环境那么简陋，只一个医生一个助手，而且说马上手术，母亲犹豫了。她私下对父亲说：这可是动刀子，而且是男孩的关键部位，那是我儿的好皮好肉，万一有个闪失，那可不是弄着玩的。父亲听了那位朱医生的自我介绍，尤其是他用英文开处方，非但没有动摇，反而私下说服母亲。最后母亲问我怎么办。我不知道如何回答，只知道这次来肯定要吃苦头。我跟母亲说：只要能治好病，谁治都行。

母亲最终还是迟疑地答应了。我是躺在一间十分矮小的草房内的一张小餐桌上进行手术的。朱医生主刀，一名年轻的男助手，再有就是我的父亲母亲。母亲说，当朱医生拿起手术刀准备下手时，她的心简直要跳出喉咙，那一刀下去，鲜血流出，她的两只眼睛几乎什么都看不见了，那流出的不是红色的血液，简直就是墨汁。好在我被麻药麻住，当时如果我叫一声，她可能就会栽倒在地。事后母亲说，她都不知道自己是怎么挺过来的。做完手术，她的腿已经迈不开，话也说不清，和我躺在一起，不停地出冷汗，比我还要虚弱。

母亲说，这是她一生中见过的最为惊恐的血腥场面，从此以后，她连鸡都不敢宰杀一只。她说她自己流血不要紧，见到孩子流一点血就会眩晕、想吐。

第二次算是旧病复发，仅过了一年多工夫，我的阴囊鞘膜再次积液，而且比前次更加厉害。这次母亲不听父亲的话了，就是砸锅卖铁，也要把我送到东台人民医院去。这次的手术非常正规，术前检查十分烦琐复杂。就在我手术的前天夜里，我的外公去世了。母亲痛不欲生，一头要为老父亲送终，一头要为儿子治病。她瞒着我连夜赶往兴化奔丧，安排好外公的丧事后，连夜赶往东台。用她的话说，那两天一夜根本就不是人过的日子。看到我躺在病床上昏昏欲睡，母亲内疚极了。当我醒来后问她去了哪里，她笑着对我说，外公病得很重，去看外公了。等我出院的时候，从二哥口中得知，我那令人尊敬的外公，一个悬壶济世、救人无数的老中医，历经人间苦难，含恨与世长辞！这一年，外祖父的曾孙、孙子、孙媳妇、儿子，由于人为的因素，与他一起，共赴黄泉！加上我的身体，我的母亲真是哭干了眼泪。

我出院的那一天，父亲背着行李往轮船码头赶，母亲扶着我慢慢步行，沿着十里长街，好容易挨到海道桥，我跟母亲说："妈，我太难受，实在走不动了。"母亲见我脸色苍白，汗如雨下，可交了30多元手术等各类费用后，母亲身上已没有钱叫黄包车了，她很难过，让我在路边憩息再走，见我实在不想动弹，于是做出了我一身都无法忘记的事：母亲决定背我。我不让，母亲就一直蹲在地下，坚决要背。最后，我还是让母亲背了。我在母亲背上泪水涟涟。母亲走不动啊，走几步，停几步，再扶我走几步，那一天，东台城的那条街道真是长啊！到达轮船码头，母亲已是汗流浃背，气喘吁吁，快累瘫了。可母亲没有叫一声苦累，而是充满了自豪感和成就感。可是，由于出院太早，加之走路到轮船码头的劳累，回到家发现，我的刀口已经部分开裂，见此情景，母亲悔恨交加痛不欲生。此后的日子，母亲对我小心翼翼，精心护理，每天到赤脚医生处抓药，为我换洗，不敢有须臾大意，一个多月后我痊愈了，母亲脸上这才露出笑意。

光阴荏苒，一转眼到了 1984 年春天。此时，我已经军校毕业，分到南京空军某部飞机修理厂工作。我被查出患了腹沟斜疝。我在空军四五四医院动了手术，出院后，我将消息写信告诉母亲。母亲知道后，不容分说，与父亲一起赶到南京，亲自接我回家调养，杀了好几只下蛋的老母鸡，那黄黄的鸡汤是用自然流淌的泰东河水慢慢熬制出来的，配上竹笋蘑菇，喷香诱人一点不腻。可以说，母亲做的那种鸡汤，鲜美可口，多少年来走南闯北，再也没有吃到过那样的美味。

十一

我于 1976 年初中毕业。因为家庭和父亲的缘故，贫下中农推荐上高中，根本不可能有我的份儿。虽然放夏、秋忙假的时候我也会去生产队做点农活，但由于动过两次手术，重体力活根本不能干。母亲非常关注我的身体，只要我去生产队干活她就提醒我，千万不能盲目蛮干，旧病复发就不得了了。我的身体始终是母亲心头的牵挂，她说别的孩子她放心，就是我家三儿不能干体力活。怎么办?初中毕业的我，只好在家休息。为了我能学门手艺，母亲四处打探托人。学木匠，人家说是体力活，不行；学钳工，人家说同样不轻松，也不行；学轮船驾驶，人家说这个可以，但要有肯带的师傅。

父母绞尽脑汁，终于想起了多年前的老朋友徐老先生，他的大儿子是轮船驾驶员。徐家住在溱潼溱湖的南岸，离草舍有二十里路。从此，父母的两条腿，迈在了通往溱湖南岸的泥土小道上。俗说：

没钱渡河——远转。为了节省来回渡溱湖的一毛钱，他们每次都围着湖岸转上一大圈，每次要多走三四里，母亲每次回来腿脚都是肿的。可惜三个月连续跑了十趟溱湖，鞋子跑破了几双。由于种种原因，还是没有结果。

这天上午，父母又去了溱潼溱湖。忽然，家里来了一个一脸络腮胡子的中年人。他自我介绍叫孙光焘，时堰中学老师，父亲的老同事，来找父亲办事。他见我在家无所事事，问愿不愿意去上中学。我不好回答，说要问我父母才行。父母回来后，留他吃饭。饭桌上，他提出让我去时堰中学一个叫“三时工读班”的编外高中班学习。我父母当时未置可否，说商量后再说。

那时，正值抗震防震期，一家人住在地震棚内。围绕这件事，全家七嘴八舌开始讨论。父亲认为读书无用，不如学门手艺。二姐认为与其窝在家中，不如送去读书，而且原来她班上许多同学都找门子上了高中。母亲进退两难，嘴上不想送我去，心里又感到不妥当。夜里，她睡不着觉。她说她十分烦躁。第二天一大早，她斩钉截铁地跟父亲说：“溱湖我是再也不去了。养儿不读书，不如养头猪。世事皆下品，唯有读书高。多少年的古话怎么一时糊涂都抛到脑后去了呢？说不定哪天读书真的就有用了呢？亏了自家还是读书人，书都读到狗肚里去了？”母亲让我上午就去时中找孙老师报名，上高中去。

说起这个“三时工读班”，它实在令人不可思议，一间破旧的杂物房，以及大约 19 名来自时堰周边村庄没有被推荐上到高中的落榜应届初中生，没有课桌和板凳，也没有固定的老师和课本。上午上课，下午基本劳动。因是另类生源，班上同学除了吃饭跟正规班次同学在一个食堂，其余时间几乎与他们没有联系。由于我的音乐特长——笛子、唢呐吹得好，学校业余文艺宣传队吸纳我进去，并成为骨干，从而我在校内名气大响。这期间，我得到语文老师吴耀先

（著名雕塑家吴为山之父）的垂爱，他自小爱文艺，会吹箫，邀我业余时间里辅导他的另一个儿子吴为人（空政青年歌唱演员吴彦凝之父）音乐。我把这事告诉母亲。母亲说：“吴老师跟你爸是老朋友，他看得起你，你就去吧。不过，不能不懂装懂，那个老先生很有学问，你要向他学习。”从那时起，可能是家境相似的缘故，我与吴家父子结下不解之缘。住校后，我几乎每天晚上都到他位于镇桥西吴家墩小河边的家中去，我发现吴老师读诗很有意思，不是朗诵，而是吟唱。当时我感到奇怪，多少年之后我才知道，那是一门极高的艺术。辅导之余，我与为山弟兄们同样玩到一起。一天为山问我最喜欢他画的哪张画，我毫不犹豫地告诉他，碳素素描《你办事，我放心》。一次，我带为山拜访我的四叔，他用碳素笔即兴为我画了一张很大的速写。到南京后，我与为山仍交往多年，吴老师与我亦有书信往来，并让为山登门赠诗作《瘦箫诗稿》（吴耀先著）一册纪念。

跟时堰中学正规班次相比，尽管受到了一些不公正待遇，甚至歧视，现在想来，母亲这个决定是正确的，尽管当时这个班对文化学习不重视，但在这儿我学会了修理“195 型”柴油机和驾驶“东风-12 型”手扶拖拉机，学会了绕制小功率电动机，知道了“优选法（0.618 法）”，阅读了孙光焘老师的大量藏书，受到了吴耀先老师的赏识，真情爱上了文学和写作。可以说，时堰中学的十个月，让我真正得到了尊重、唤回了自信、找回了人格，可谓如鱼得水。现在想来，如果没有时堰中学这一步，就没有我之后转入正规的溱东中学，就没有我的高考，就没有我的军旅，就没有我的文学，也就没有了我的所有成长的基础，说到底，也就没有了我之后的一切梦想！

写到这里，我要衷心感谢时堰中学“三时工读班”，衷心感谢孙老师、吴老师和时堰中学的同学们，衷心感谢为我做出决断的父母，尤其要衷心感谢我那在天之灵的伟大母亲！

当然，更要感谢党的政策的英明正确！

十二

后来，母亲提出让我转学到父亲所在的溱东中学就读。当时时堰中学把我当作特殊人才，不太愿意放我，母亲找到练荣广校长，动之以情，晓之以理，很快搞定了这件事。之后，我到溱东中学就读，开始了我艰辛曲折的求学之路。经过刻苦努力地学习与训练，1980年秋天，我终于以优异成绩考取军校。当时母亲并没有高兴，她反而十分忧虑，主要是担心我的身体，她怕部队复查把我刷下来。一直到我入校半年，她都时时担心。1981年春节，我第一次回家探亲，看到我身体十分健壮，她才舒展了皱了一年多的眉头。听说我想吃咸菜煮小杂鱼，大年初的到处打听，整整为我烧了半锅，那味道鲜美得天上有地上无。看到我吃得满头是汗，母亲的那份满足世间难寻。第一次探家，为了表达我的一份孝心，我为父亲买了两瓶酒，一条烟；为母亲买了一盒上好的铁盒包装的饼干和一袋麦乳精。母亲手捧食物十分感动，说："今后回家什么都不要买，只要你平安回来，就是给爸爸妈妈最好的礼物！"令我不解和动容的是，第二年我回家休假，母亲居然拿出了我上一年买给她的食物。我问她为什么不吃，母亲说："怎么舍得吃呀，看一眼就像见到你，再说也要等你回家一起吃才香。"我说："放这么久不坏了吗？"母亲说："哪能呢，我用锡纸包好埋在石灰里，肯定不会坏的。"我打开铁盒，饼干颜色虽然发暗了，但咬一口仍然咯嘣脆。我无话可说了，只是一个劲地说："不能这样，这样哪天说不定就坏了。"母亲见我语气认真，连忙解释说："不是我们小气，而是心中有个念想。儿行千里母担心，有你给我们买的食物在身边，等你回来一起吃，我和你爸还有你弟弟心里就很踏实。”那袋麦乳精可没那么幸运，硬得像石头，只好扔掉，但母亲没有可惜。

1982 年 9 月，小弟考取大学，父母送其入校顺拢南京。我抽空陪他们游览了玄武湖和中山陵，参观了大校场机场。母亲说，这是她一生中玩得最惬意开心的几天，回到老家逢人就拿出照片，讲南京多么美，机场多么大，儿子多么棒，仿佛儿子把她带入了仙境。其实，南京城内有太多太多的名胜古迹和迷人美景，只可惜我都没有陪她多玩玩多看看，然而母亲十分满足。

1985 年 5 月，我光荣加入中国共产党。我将喜讯告诉父母，接到信后，母亲夜不能寐，连夜让父亲给我写信，赞扬我激励我，同时提醒我：荷花虽好，来自污泥，千万不能骄傲自满，不能做丢人现眼的事。

1990 年春天，我与爱人即将结束分居两地的生活，她和儿子决定迁往南京。那时的交通极不方便，老家的一点家具又舍不得丢弃。母亲不知从什么地方打听到，近期有运化肥的空船开往南京。于是跟我说，让我带上一点轻便的物品，其余由她和父亲跟人家的便船前往。那种小船驶在浩大长江上极不安全，而且吃住拉撒十分不便。10 天以后，父母居然带着这批旧家具来到南京。父亲说，母亲晕船厉害，一路吐了不知多少回。送完家具，她见我们住的地方太小，第二天推说有急事要回苏北，怎么挽留都不行。那一年母亲已经 65 岁，多种疾病缠身，送她和父亲去长途汽车站，我的心中有一种说不出的苦涩。临走前母亲一再关照我，带好儿子，好好工作，注意身体，只要我们一家平安，她就十分知足和欣慰。

父母虽然是笑着走的，但我十分愧疚！回到老家，母亲被查出严重的糖尿病和胆结石，一病就是三个来月。她没有让父亲和兄弟姐妹告诉我，她说：“三儿又不是医生，告诉他只能让他分心，求份功名不容易，忠孝不能两全，军令大于圣令，现在他已经是个营级干部，让他在部队好好干，将来说不定有点出息。”

十三

我从1990年到1995年，由于特殊原因，整整6年没有回家过春节。父亲说：“每到大年三十，你妈就会坐在电视机前发愣，看到军人出场的节目，她十分认真，有时甚至落泪。”1996年春节，我们全家回老家过年，母亲自是激动万分。此时，我已经是一名团职军官，而且当年荣立了三等功。我拿着金光闪闪的军功章给她看，她十分高兴。我说：“军功章有我一半，也有您和爸爸一半。”她笑了，然后摇了摇头，指着我爱人说：“你说得不对，这军功章有你一半和她一半。”她拉着我爱人的手，感激地说，我们在家不拖累你就够了，真正给你帮助和持家的是她，你立了功，她也是功臣！临别时，母亲送到村口，扳着手指再三提醒我：“一要听首长的话，二要好好工作，三要照顾好身体，四要带好孩子。还有，要注意自己的形象，是个像模像样的干部了，有毒的东西不能吃，犯法的事情不能做。”最后，她贴近我的耳边低声叮嘱：“要多写信或者打电话回来……”

我走到村口小桥边，回头一看，她还在目送我们全家离开。那份不舍，令人动容。我不敢再回首，催促妻儿快步离开。

1997年秋天，母亲突然跌断股骨，卧床不起。我工作繁忙，一时无法回家看望。电话中我让她保重，可她十分轻松乐观，听起来没事儿一般，说不要分心走神，好好工作，再立新功。年底我回家看她，这时我才知道，其实她一直躺卧在床，根本不能动弹，接电话时都是爸爸扶着她，十分吃力，每次都是一身冷汗。我说：“父母在，不远游。养我这样的儿子有什么用，一点回报都没有。”母亲说：“你错了，只要你们一家平安，工作顺利，身体健康，就是对我和你爸的最大回报，反正我卧床休息，除非你回来了，我马上能够站起来那还差不多。”

母亲虽然这么说，但做儿子的我还是感到惭愧！惭愧归惭愧，时间一到还要马上回部队。母亲见我临走时流眼泪，她反而安慰我，这有什么难过的，摔个跟头跌断腿，这都是常事，人哪能那么娇气，吃了五谷就会生灾。病来如山倒，病走如抽丝。骨头长得慢，慢慢调养就会好的。八个月后，母亲终于能拄拐下床，电话中惊喜地告诉我，她已经能够自由地走路了。电话那头的笑声，让我难以相信、难以释怀！

2001 年夏天，我将发表的一堆小说和散文寄回家中。父亲来信说，母亲眼睛不好，天天让他戴上老花镜，与之前一样，让他将我发表的文章，一字一句地念给她听。听到伤心处流泪，听到开心处大笑，听到险恶处生气，听到自己熟悉的人和事马上说这是谁家的故事，这是谁谁。一次我打电话回家，她说她居然听完了我写的几十万字的文稿。她说文中大多数人和事，好像她都见过，甚至有的就写的自家的人和自家的事，尤其屋后的那条泰东河，由头至尾都在书中，两岸起伏的芦苇、来来往往的帆船、姑娘媳妇们河帮子上汰衣的声音……应有尽有。反正故事到哪儿，哪儿就有河和岸边的影子，听起来真亲切真过瘾。

我说：“我自小生长在泰东河边，泰东河的水滋养了文章中的人和我。所以，我的小说散文中的人和事自然离不开这千年流淌的河流，以及喝这条河水长大的人们和他们身上发生的故事。”

母亲说：“说得好啊我的儿，走到哪儿都不要忘了故乡，不要忘了泰东河。这是我们的根，这是我们的本，人什么都能忘，就是不忘了根本，不然，成不了大气候，做不了大事情。”

十四

2002 年 8 月，时任导弹某团政委的我，率部去西部执行任务，三个月后凯旋金陵。此时的母亲由于糖尿病并发症，眼睛几乎失明，经常出门后忘了回家的路，直到一年后的国庆节，我才请假回家看望她。我走到她的跟前，她听到脚步声，只能四下寻找，根本不知道我是谁。我喊一声“妈妈”，她才反应过来，激动地伸出手，嘴中念念有词：“天哪，天哪，儿啊，你回来了，你真的回来了……”她不停地抚摸我的脸，不停地念叨：“是瘦了，的确是瘦了，吃了不少苦吧？不过，这苦吃得值得。”

我说：“是的，虽然吃了一点苦，但取得了好的成绩。”

母亲自豪地说：“电视上，报纸上，我都听到了，你寄回家的报纸杂志，你爸都念给我听了，都收藏着呢。听乡亲们说，电视上、报刊上你可精神呢，可惜我看不见，但听了比看见还要高兴，因为我在用心看你，所以我比谁都看得仔细，你说是不？”

我说：“是的。”

这就是一个母亲对儿子发自内心的爱，用心体味，即使眼睛失明了同样能看到自己的儿子。当我将“全军优秀共产党员”的奖牌拿给她时，她先用手摸，接着紧贴到脸上，一串泪水随即流下，好半天才哽咽地说了一句：“这就够了，真的够了。”

我再一次与母亲道别。母亲这次心情很好，同样是拄着拐杖迎风而立于村口。她的头发已经全白，远远望去，犹如仙鹤。回到部队，我又投入紧张的工作。第二年，我升副师职授大校衔，调东南沿海某部任职，回家看望她老人家更加困难，只能在电话中让她多保重。她很乐观，还是那句话，让我不要分心走神，好好工作，严格约束自己，争取更大进步！

我知道，老人家此时已是风烛残年，从父亲那儿知道，母亲的身体已经十分虚弱，每每在电话中听她鼓足精神抬高嗓门给我讲话，我的心里就格外难过，我知道她在用她特有的方式宽慰她的儿子，而我又不能破坏了母亲这份拳拳之心。

这年的春节，我回老家探望她。这就是文中开头的场面。她一改以往的乐观和豁达，这让我十分难过和不安。我估计她已经预感自己的生命即将走到尽头，于是少有地说出了她一生以来最为低调悲怆的话语，显露了最为真切最为难以割舍的离别之情。她那最后的哭声，十多年过去了，时时回荡在我的耳际，时时敲击我的心灵，让我时时不能自拔……

母亲有七个儿女，这里写的，只是我的母亲，对于我一个人的真情付出！

我的母亲——泰东河的女儿，一个普通的农家儿女，可以说将她毕生的爱全部融入了汩汩东流的泰东河，她那有形的物质和无形的精神，都是我人生的富贵财富，哺育我长大，激励我前行。

泰东河啊，在我眼里，您静静流淌的不再是普通的水，而是那宽广无边无私崇高的母爱。

泰东河啊，在我心中，您不再是一条普通的河，而是我亲爱慈祥的母亲！

（2016 年《海外文摘·文学》，获 2016 中国散文年会一等奖）

Part 02

歌飘白云间

别忘了还有个爸爸

转眼间离家月有余，每每想起家中的情景，就越发想念儿子。

儿子快三岁了，我这个穿戎装的大兵——他的父亲——和他在一起生活的时间，加起来还不到三个月。自然，儿子与我也没什么感情可言了。

上次探亲回家，尽管我为他带了不少吃的玩的，可他怎么也不和我亲近，只是躲在他妈身后，用怯生生的眼光盯着我。让他叫“爸爸”，没门！“他家的”东西是断乎不肯让我碰的，也不让我接近他的妈妈。晚上，我刚坐到床沿上，他就冲他的妈妈又哭又闹，无奈，我只好退避三舍，先到户外转转，等他睡着后，方才蹑手蹑脚回屋就寝，夫妻久别重逢的喜悦被他一股脑搅散。我叹息，妻默然，一夜夫妻相睡无言。第二天早上，儿子眼一睁，愤怒地低声责问他妈妈：“这人怎么还不走?”天啊，这就是我日想夜盼的儿子！然而，这能怪儿子吗？那一天，整整一天我都在思索……

烦闷之余，想出弥补办法诸种。首先，增加和儿子接触的机会，本着一回生二回熟三回成朋友的社交原则，全家一起走亲戚、看电影、逛公园，等等。

其次，做他感兴趣的事情，从点滴小事出发寻找双方情感的共鸣点。比如：折纸船鸟兽，买刀枪玩具，玩骑马游戏，与他的朋友交朋友，等等。

再则，利用一切可能的机会，强化儿子的“爸爸意识”。只要能融进“爸爸”这个词，一概将其塞入。比如“爸爸买”“爸爸拿”“爸爸喂”“爸爸做”，等等。

精诚所至金石为开，人非草木孰能无情！随着时间的推移，我和儿子终于成了好朋友。

那是一个多么晴朗多么令人赏心悦目的日子哟。我和儿子正在玩皮球，无意中，儿子甜甜地叫了声“爸爸”。第一次听到儿子叫爸爸，甭提有多高兴了。我一把搂过儿子在他的小脸蛋上，吻了又吻，亲了又亲，长长地、高声地、痛快地答了一声“哎——”。那一天，儿子叫“爸爸”成了头条新闻。中午，妻子打酒备菜，我险些喝醉。醉翁之意何在酒啊！

只可惜一月光阴匆匆太匆匆……

不知儿子还记得爸爸否？真想回家一趟，哪怕只待半个小时，让儿子复习复习“爸爸”。可惜，身不由己，只好在一封封信中反复叮嘱妻子：千万提醒儿子，别忘了南京还有个爸爸！

（1989 年 2 月 22 日《南京日报》）

拉二胡的老班长

我时常想起那把旧且发亮的二胡，想起曾与我一块生活两年的老班长。

老班长是皖北人，我一入伍走进新兵连，他就担任了我的班长。还记得第一次组织开班务会，他给我们拉了曲二胡。那天，他心情很不好，拉完二胡，他对我们说昨天他的母亲病故了。我们一群不谙世事的新兵瞪大了眼睛，一时不知该说些啥。沉默了很长时间，老班长放下二胡，平缓地说："我不能忠孝两全呀，因为我穿上了这身军装，就得无愧于它，当个像模像样的兵。"这是我来部队后的第一个班务会，老班长短短的几句话和一段忧伤的二胡曲子让我刻骨铭心。

在我的记忆中，老班长始终是坚强且乐观的，即使在他还沉浸在悲痛之中。他每天都一丝不苟地带我们训练，晚上起床帮我们拉被角。没事的时候，经常去营房后边山坡上拉二胡，二胡声嘹亮且悠长。他没立过功，没提上干，只在临退伍前入了党，但这丝毫不影响我对他的敬重。

老班长其实是能够立功的。他那年曾在团里的军事比武中取得很好的名次，而且在不久后他还有过一次拾金不昧的出色表现——将外出途中拾到的一沓钱还给了失主。这些都够他填写立功事迹的，但他最终没有。他那次拾到那沓厚厚的钱激动得不得了。他家里穷，他从来没见过这么多的钱。他在拾到钱的那个候车点等了三个多小时才等到满头大汗的失主。失主感激得热泪盈眶，毫不犹豫地抽出一小沓钱表示感谢。结果他在这时犹豫了，犹豫了一阵子老班长说："你这么多钱，就算我借你 600 元钱吧！"临走时，他又索要了失主的名片，说他以后一定还。失主是位挺阔气的中年老板，根本不在乎 600 元钱，一个劲地说："就当我感谢你！"我后来把这事报告给连长，连长又报告给团政治处。政治处就来人调查，调查过后却没了动静，我跑过去问连长班长能不能立功。连长不冷不热地说："你们班长收了人家 600 元钱呢。"后来在立功的名单里，果真没有他。一天晚饭后，听老班长在山坡上拉二胡，我冲他直言不讳地说："班长，为了 600 元钱，你真糊涂，否则会立功戴大红花，若是二等功，就能农转非了呢。"班长笑笑，又接着拉他的二胡。

班长仍努力地训练与工作，却再也得不到表扬和嘉奖。

后来，梧桐树就开始掉叶了。退伍工作即将全面铺开。那年最后一次发展党员也在老兵退伍之前展开了，老班长也递交了申请书，但后来在全连军人大会上指导员说："有这样一种人，拾到人家的钱却索要酬金，这样的人难道能入党吗？"连队知道这事的人不多，听到这话时便叽叽喳喳东顾西盼。班长想不到会这样，再也抑制不住便冲了出去。战友们面面相觑鸦雀无声。良久，河南兵章浩站了起来，他激动得几乎语无伦次地讲起了那 600 元钱。章浩母亲去世早，父亲又长年卧病在床，上高中的弟弟曾几次来信说交不起学费要辍学。章浩说班长把那 600 元钱全给了他，又说不，是 800 元，还有班长积攒下来的 200 元津贴费。章浩的话刚完，全连报以热烈的掌声。班长临退伍前加入了党组织。领到退伍金后，班长约我一起去找那位中年老板还钱。那位老板回忆了半天才想起，挺惊讶，说："原本就是我感谢你的呢。"我把班长借钱资助战友弟弟上学的事说出来后，那位中年老板便使劲地拍着班长肩膀，不知该说些啥。从此，那位中年老板主动承担起章浩弟弟的学费。

去年，章浩来信说他弟弟考上了复旦大学，那位老板还表示要资助他弟弟上完大学。章浩挺高兴，我也很高兴。高兴的时候，我就想到那把旧二胡，想起那贫穷的皖北，想起我那拉二胡的老班长。如今他也许在广东打工，也许正在艰辛地干着农活，也许我们再也没机会见面了，但我永远记着他，记着那把旧得发亮的二胡，记着他那朴实无华的品质。

（2002 年 4 月 13 日《人民军队》）

风暴中的雕像

当数百台兵器车辆钢铁洪流般驶入巴丹吉林沙漠深处的野外生存地域时，已过凌晨 3 点。我和团指的同志，指挥官兵们冒着逼人寒气，在黑暗中架设兵器、搭建帐篷，一小时紧张忙碌后便投入了实兵演练。当太阳冉冉升起的时候，这些满身沙尘的汉子才啃了几口干粮，沉沉地跌入梦乡。及至正午，炽烈的阳光透过单薄的帐篷将他们烤得汗流浃背时，战斗警报再次响起，大家一骨碌跃下床，来不及擦脸喝水，飞快跑出帐篷，冲向指挥所，冲向炙得冒烟的阵地。

不知何时开始，大漠西边的地平线乌云堆积，凉风徐徐送来，干燥的嗓子不再冒烟。作为政委的我，利用演练间隙，走出帐篷，本能地观天察地，因为常识告诉我，这变幻莫测的大漠，天气就是一张孩子的脸，说变就变。半个小时后，风渐渐增大，云愈来愈近，黑压压已飘至头顶。地平线处的天空已浓黑如墨，连黄沙都染得灰黑如铅。再过一会儿，两道巨大的黄色沙幔，迅速地沿西南和西北两边扩张前推合围而来。直觉告诉我，狂沙暴雨即将来临。

俄顷，天昏地暗。我和团长立即决定，紧急通知各营停止演练，撤收兵器，加固帐篷，全力以赴做好抗击狂暴准备。不到五分钟，两道巨大的黄色沙幔终于汇合交织于一起，将宿营地重重包围，瞬间，狂风呼啸，飞沙走石，遮天蔽日，摇动的帐篷和奔跑的人影时隐时现，有时甚至全部消失。我的眼耳口鼻和脖子里鼓满沙子。尽管我和几名团领导那扯破嗓子的号叫被狂暴淹没，可官兵们还是准确了解我们在沙尘中的身姿手势并倍受鼓舞。沙暴中若隐若现的壮观场面，真让我荡气回肠，热血沸腾。

雷达天线尽管降至最低，但在狂飙中仍然摇晃不止。紧急关头，两名技师奋不顾身攀登上去，一只胳膊死死抱住铁塔，另一只胳膊相互配合，竭尽全力将钢绳艰难地系紧。塔下，几十名官兵拼命拽住钢绳，一任沙石吹打。等几根铁桩下地，系牢钢绳后，每个人的脸上手上满是火辣辣流血的口子。风越来越急，沙越来越猛，主要兵器终于牢牢加固，官兵们不顾生活帐篷的倒塌，兵分两路，一路固定兵器车上被掀开和撕裂的篷布，一路全力保护团营两级指挥所。风狂沙急，怎么使劲也扯不动厚重的篷布。怎么办？党员干部就是旗帜，行动就是命令。危急关头，团营连三级领导，率先向前，硬是用铁钳般的双手，带领官兵们死命抓住飞舞的篷布，铁塔般屹立于狂暴之中。当我奔跑到团指挥所帐篷前时，一幅惊天地泣鬼神的壮景，突兀于我的眼前：几十名官兵手拉手、肩并肩，似身披铠甲的兵马俑般，组成一道抗击沙暴的绿色人墙，列阵于帐篷前面。尽管不少人被沙尘呛得呕吐不止，但仍昂首挺立。那帐篷四周的拉绳顶端早已没有了地钉，取而代之的是一个个奋力拼搏的共和国战士。风在吼，沙在飞。不少生活帐篷，由于来不及加固，先是鼓起，继而掀起一角，再则扯断绳索，接着歪斜或腾空而起，肆虐的沙暴将不少官兵携带的衣物用品席卷而去。然而，为了装备，为了指挥所，没有一个人擅离岗位。我和团长再三催促，才叫过去几个人，抢救那些摇摇欲坠和已经倒塌的帐篷。

狂风越刮越猛，暴雨接踵而至。那雨与其说是雨，不如说是小沙团儿。砸打在头上脸上，不但生疼，而且是一塌糊涂。官兵们一个个像泥人般坚守于兵器车的四周，一任沙雨将自己淋湿浸透，满脸满脖子灌满沙浆。由于温度骤降，不少人冻得浑身发抖，牙直打战。看到这雨中的一群沙雕，我的脸上泪水雨水混杂一起，眼前是黄黑白反复交替，模模糊糊。我为眼前这些最可爱的人们的惊天壮举而激动骄傲自豪！

风雨直到凌晨两点才告平息。由于官兵们抢救及时，狂风中有一些生活帐篷居然没有倒下。就是这些救急的帐篷，使官兵们有了一个温暖的港湾。然而，由于沙尘太大，不少官兵的衣物早已被埋入潮湿的沙中，黑灯瞎火中干粮也无法找到。战士自有战士的乐趣，他们将倒塌的帐篷重新搭好，换去湿漉漉的衣衫，抖巴抖巴被装上的沙尘，有的和衣而卧，有的光着身子钻进被窝，还有的居然高唱起了队列歌曲……

当一轮红日喷薄而出的时候，官兵们都还沉浸在满是黄沙裹身的梦中。前来慰问的基地领导看到兵器丝毫无损，帐篷巍然屹立，一个个感叹不已。首长们不忍心将这些满脸沙尘沉沉睡去的官兵唤醒，只是与我们几名团领导颔首相视，紧握双手经久不放。

当日子夜，这支来自六朝古都的队伍在我和团指的率领下，又浩浩荡荡地向阿拉善地区沙漠的某演练阵地进发，此时已是 9 月 30 日凌晨两点，我们快速地架设好兵器，发射多枚地空导弹，全部凌空开花命中目标，向国庆 54 周年献上了一份厚礼！

（2003 年 12 月 20 日《空军报》）

又见胡杨

越野车在茫茫戈壁上奔驰。同车的李教授问张博士，此刻的心情怎么样，博士说想哭。是的，看着那除了沙砾还是沙砾的苍茫景象，我与博士一样，很想大哭一场。车子走了很久，别说人烟，蚊蝇都没碰上一只，偶尔见到一些骆驼刺，同样被暴日烤得焦黄，大有一碰就碎，一点便着的感觉。用“惨不忍睹”形容窗外，我看不过分。忽然，我的眼睛一亮，只见茫茫沙砾的远处，一个坡陡如削的沙丘上，傲然挺立着几棵造型奇特的胡杨，那一束束毛刷似的树冠在风中神奇地摇动着，在蓝天白云黄沙的映衬下，显得格外醒目逼眼，给人以特别伟岸、清新、滋润和爽快的感觉。几乎在同一时刻，我、教授还有博士齐声欢呼：胡杨！胡杨！胡杨！这是我第一次见到胡杨，说实在的，看着她我有一种莫名的心情激荡，为她在这上烤下炙盐碱干燥的艰难环境中倔强地生活下去的勇气深深地感动着。

到达目的地已是满天星斗。基地的同志热情接待了我们。为了尽快完成调研任务，我们几个一商量，当晚就开座谈会。当一个个精神饱满的军人雕塑般出现的时候，胡杨那伟岸的身姿似在我的眼前摇晃。忽然，一个高大熟悉的身影映入我的眼帘，许是戈壁风沙长期吹打的缘故，灯光下，只见其紫黑的脸膛上布满了道道沟壑，脑门上零星地散落着几绺稀疏的黄发，尽管人显得苍老一些，但那对炯炯有神的眼睛分明显现着勃勃向上的生命力。我暗地思忖，难道这是大李？一抹记忆闪过之后，脑子里怎么也无法将当年那个意气风发的帅小伙子，与眼前这个“黑大汉”联系起来。长相相似的人多呢，我心下自我否定。可他的眼神、他的身影、他的一举一动，怎么那么像大李呢。等他发言，听听口音再说。

座谈会继续进行。这个“黑大汉”果然一张嘴就是一口淳朴的山东普通话。我的心骤然激动起来，握笔的手微微有些发抖，真的是他，果真是他，我在心里一遍又一遍地回应着。一散会，他的眼神中也放射出兴奋的光芒，高叫着向我走来：“赵培龙，小作家!”我同样兴奋不已：“大李，真的是你啊!”顿时，我们的双手紧紧地握在一起。我怎么也不敢相信眼前这个皮肤黝黑面容苍老的汉子，就是当年那个风华正茂的大李。我们都会心地笑了，爽朗的笑声，犹如我们彼此这些年人生经历的精彩回放。

尽管会议开得很晚，大李还是拉我回家畅叙。大李的那份激动简直不好用语言描绘，听说老同学自远方来，他爱人热情超过太阳，非要炒几个菜，拿出家藏陈酿，让我们边酌边聊。

我和大李是1980年8月由地方高考直接考取军校的。毕业时我分到了南方，他分到了西北。分别的时候，我们只知道他分到了兰州，根本不知道具体部队在哪里，加之那时通信条件不好，因此多少年来彼此杳无音信。酒桌上大李讲起了他的故事：毕业时他的分配通知上写的是兰州某部，于是，他高兴地坐上了西去的列车，心想兰州嘛，也是不错的城市。可到了兰州某部报到后，又让其到某基地报到，问在哪里，说在酒泉。坐火车到了酒泉，再问，说还要再坐小火车到……经过多次转站，终于到达巴丹吉林沙漠额济纳深处的一个只有代号连名字都没有的小站。他做梦也没有想到，心中多年的理想金字塔，一夜间灰飞烟灭。置身茫茫戈壁，面对残酷现实，堂堂七尺男儿禁不住热泪盈眶，他仰天长叹，双手撕扯着衣服，恨不得将身上的军装扯烂撕碎，他后悔极了，后悔不该参军上军校。

一连几个晚上躺在床上，望着一轮圆月，他怎么也睡不着。他下定决心一定要想方设法离开这个鬼地方，想好了第二天就去找领导，可天一亮又没有了那股勇气。好不容易熬过一个礼拜，趁休息日他独自一人悄悄走出营区，毫无目标地向戈壁深处进发，大有一种豪气冲天的英雄气概。没有绿色、没有声音、没有人烟、没有生命，只有无边无际的滚滚沙砾。他有种如释重负的疾首快感，跑啊喊啊叫啊跳啊。他拿出全身的力气放声大喊，号声震得沙丘滑坡，接着放声大哭，泪水打湿沙地一片。就这样他茫然地走了一天一夜，也没有看到沙漠的尽头，自己也不知道走到了哪里，面对着一望无际的大漠，筋疲力尽的他倒在戈壁滩上，直到午夜的寒风吹得他浑身发抖，唇干舌燥喉管欲裂的时候，他后悔了，害怕了，恐惧了。可是茫茫戈壁，荒无人烟，他又能走到哪里去呢？小小的生命在这片大漠里能抵抗多久呢？他双手抓着几近干枯的胡杨哭了，由于极度的干渴他已经哭不出声来，开始还有狼一般的嗥声，之后只能绝望地张张嘴巴，丝毫发不出一点声音。他感到死神的脚步正在临近……

大李的突然丢失，使小站一片哗然。老站长急了，这个“老戈壁”深知一个新来的学生独自一人走进沙漠的危险，当即组织全站人员出动，把所有汽车加满油，分四个方向“地毯式”搜寻。基地领导得知此事后，要求不惜一切代价寻找。大李终于倒在了戈壁滩上，此时的他已经绝望，对于生命不再抱有任何希望，只是静静地躺着，等待死亡的来临。第二天清晨，大李隐约听到远处近似狼嗥的叫喊声，他侧耳倾听好像是喊他的名字。他强打精神斜坐起来，远远看到几个绿色的模糊人影在晃动。他的心一下子提到嗓子眼，猛然看到了生命的曙光，有人好像看见了他，号叫着奔跑过来，后面的人同样狂奔过来：“在那里！是他！是他……”这吼声已经不像人的喉咙发出的声音，更像旷野中野狼的长嘶。老站长发疯似的冲到他跟前，嘴里喘着粗气，双眼直勾勾地盯着他，那犀利尖锐的目光犹如一只饿晕的野狼看见美食似的。他早已做好了被老站长大骂一顿和抽几个耳光的准备，木然坐着，浑身直哆嗦。出乎意料的是，老站长来不及抹一把脸上的汗水和鲜血，伸出双臂死死地抱住他，满是水泡且已开裂的嘴唇蠕动了几下，红得像熟透的桃子的眼里流下了殷红的泪水。良久，才用嘶哑得像破锣一般的嗓子吼道："你个浑小子，把人急死了……你想走，我不拦，可你记住，一定要沿着黑河走，要不渴死冻死你个……"老站长边嚷边抚摸着大李那脱去水分而显得极度干燥的脸庞。那一刻，大李就像一个受了委屈的孩子，一下子扑到老站长怀里大哭起来，任凭泪水肆意狂流……

酒酣，我问大李，后来怎么不但没有离开，反而在大漠中成了家立了业呢？大李说，主要是几个终生难忘的人和事一次次给了他强烈的震撼。第一是一幅画。那是一年之后，由于收到家中的电报，大李整日闷闷不乐，老站长看出了他的心思，为了稳定小伙子的情绪，决定先安排他休假。那天中午，他饭都没吃什么也没带便冲出了营区，直奔小火车站而去。这儿与其说是车站不如说就是一个小牌子。烈日下他等了半天小火车也不见踪影，等来的是个检查轨道的小伙子。小伙子十七八岁，背着挎包水壶，左手腕系着白毛巾，右手握着铁锤，黝黑的脸上满是汗水，边走边叮叮当当地敲打铁轨。当小伙子走远时，只见其后背和帽檐上全是斑斑汗盐，看那检查轨道的表情，真是认真极了。眼前的一幕，犹如一幅油画，始终镶嵌于他的脑海之中，多少年挥之不去。第二是一座碑。在茫茫戈壁深处，有一个爱国主义教育基地，这就是烈士陵园。那高耸云天的纪念碑，仿若巨大的惊叹号，慨叹着这里发生的一切。在这里，长眠着共和国几代军人，他们活着的时候干出了轰轰烈烈的事业，但由于国家和民族利益的需要，不能为外人所知，甚至连父母、亲戚、朋友都不知道他们活在哪里、葬于何处，默默地贡献着自己的青春和生命。他们有的白发苍苍，有的年富力强，有的雄姿英发；有将军，有士兵，还有母亲和女儿。他们倒下了，但他们的无私奉献精神永远回荡在这块神圣的土地之上，激励着一代又一代共和国年轻的军人。第三是一件事。一次施工，张工程师为抢救国家财产壮烈牺牲。为了照顾烈士的后代，组织上决定保送他的女儿进院校深造，大家都以为这孩子可以走出大漠留在大城市了，然而出乎人们所料的是，小张的毕业申请，仍然是生她养她的茫茫戈壁，仍然是她父亲战斗过的这片热土。问她为什么，回答很坦然：我爱大漠！第四是一个人。就是他的老站长，他大学毕业后，不顾家人反对，从南方某市特招入伍，在这戈壁上一干就是二十多年。平时少言寡语，一有任务神采飞扬，那份敬业劲没法用语言形容。一次，为了 WR 科研项目，连续三天三夜没合眼，试验结束后返回站里的路上，一个跟头栽下去，满脸是血，门牙磕掉两颗，一嘴的沙子淘洗了半天也淘不干净，送进医院抢救八天才脱离危险，然而醒来后听说试验成功了却是一脸喜悦，弄得周围的同志都在笑着流泪……大李哽咽了，我同样眼中噙满泪水。大李说，从此，他再也不想走了。在基地娶了老婆，生了女儿，迷上了事业，当上了副站长。

不觉已过子夜，尽管是仲夏，此时戈壁仍然寒气逼人，如果不是喝点酒，大李说绝对不让我回招待所。那一夜，我躺在床上怎么也睡不着，我被大李本人和大李所讲的故事深深地感动了。这一夜我迷迷糊糊，不知是梦还是醒着，一会儿是军校的课堂，一会儿是奔驰的火车，一会儿是大李绝望的脸庞，一会儿是那位满脸是血的站长，一会儿是白色的纪念碑，一会儿是那满身汗盐的小伙子，一会儿是那位可敬的姑娘，一会儿是那金光灿烂的胡杨……

一转眼四天过去，我和大李每晚都有说不完的话语，谈工作、谈家庭、谈事业、谈孩子。一天，谈到归宿问题，据说基地在有的大中城市兴建了一些安居房，我问他有何打算。大李毫不思索地回答：这儿有我的事业和真情付出，我和家属、女儿商量过了，今后我们哪儿都不去，就在这“沙家浜”扎下去喽。说罢，开怀大笑。那笑声如茫茫戈壁上滚动的阵阵惊雷，撞击着我那怦怦乱蹦的心房。

分别的时刻终于来临。第二天一大早，大李就等候在招待所门前，给我准备了一大捆黑乎乎的苁蓉，说是让我补补身体。上车之前我们俩的手紧紧握在一起，握得有些疼痛都不忍放下，那感觉真是痛快酣畅。

越野车在戈壁上奔驰，大李的音容笑貌始终在我的脑海中浮现。忽然，我那极度干涩的双眼和冒烟的鼻孔敏锐地感到周围竟有些润泽起来。透过车窗我又看到了那茫茫沙砾的远处，一个坡陡如削的沙丘上，傲然挺立着几棵造型奇特的胡杨。我本能地呼唤起这沙漠精灵的名字。同车的李教授见我对胡杨如此钟情，索性给我介绍起来。他说，胡杨属第三纪地质变动时留下的古老树种，距今已有六百多万年的“家史”，目前世界上仅存三处，而这巴丹吉林沙漠额济纳深处据说有最大的一片，这种树别看其貌不扬，耐干旱、抗盐碱、斗风沙，生命力极其强烈，在极其恶劣的自然面前，生而不死一千年，死而不倒一千年，倒而不朽一千年。尽管高大粗壮的躯体被扭曲成各种姿势，然而始终不屈不挠雕塑般浩然矗立于风沙肆虐的大漠深处。这是怎样的一种昂扬、壮烈与崇高啊！

这使我再次想起大李，想起那些固守着这片辽阔的沙漠王国的共和国军人，他们不就是大漠里傲然挺立的棵棵胡杨吗？在这样一个物欲横流的时代，当所有的生命都退却的时候，他们悲壮地坚守在这里，一守就是十几年几十年甚至一辈子，为远方、为风沙之外的人们，毫无奢求地奉献自己，把汗水、鲜血、青春和生命融入了这里的沙沙砾砾。

想到这，我的心灵再次受到震撼，热血沸腾激荡。放眼望去，大漠不再是一片荒凉，由远及近形成一片绿洲，大李正从这片绿洲向我走来，身影越来越大，渐渐模糊了我的视线……

（2004 年《解放军文艺》第 2 期）

心随桂香飘千里

小时候，苏北老家的古宅里有个不小的天井，天井的正中是青砖垒就的精致花坛，花坛里种有一株枝叶茂盛的桂花。每年秋风劲吹的时候，青翠的桂花便悄悄穿上金色的外衣，沁人的香味随着黄色的厚重而愈发浓烈，以至三里长的村子随处都能闻到。这也是奶奶最忙最乐的时节，花期过半，她便在地上铺层纸，然后用竹竿轻轻拍打桂枝，只一会儿工夫，桂花如繁星点点洒落一片。接下来，奶奶将桂花小心地抖聚一起，拣去树叶杂物，清水中反复泡洗，屋檐下慢慢晾干，再用白糖拌腌起来，到了正月初一和十五，我们家的餐桌上便有了香甜可口的桂花元宵了。

二十世纪八十年代第一个秋天，伴随着桂花的馨香，我离开家乡来到军营。临行前，妈妈塞给我一个黄色的小瓶子，尽管盖子拧得很紧，可留在妈妈手上的余香告诉我，那是一瓶糖腌桂花。开始的时候，没有觉得这个小瓶子的珍贵，时间久了，特别是逢年过节想家的时候，拿出来看看，打开来闻闻，那感觉就是特别，仿佛置身家乡，妈妈就在身边。偶尔遇到困难和挫折，那神奇的芳香还会给我增添无穷力量和勇气。

一晃三年过去，伴随着桂花的芬芳，我成为共和国的一名年轻军官，成了带兵人。每天与那些青春勃发的小伙子摸爬滚打在一起，我感到生活很有规律也很充实。训练场上我们纪律严明，课余时间我们亲如兄弟。平时他们对我无话不讲，我对他们也关心有加无微不至，谁睡觉放屁咬牙打呼噜我是一清二楚，以至于他们私下里都亲切地叫我“大排老哥”。一天，嘉兴籍战士王小兵躺在床上辗转反侧，我问他怎么了，他说想家了。我羞他没出息，他说没办法。我让他数数，他说不管用。忽然，小兵不好意思地对我说：“排哥，能不能将你经常闻的那个小瓶子给我试试?”“咋不早说呢?”我一听乐了，赶紧打开床头柜，小心翼翼地取出小瓶，打开盖子置于他的床头。说来也怪，随着一阵幽香，小伙子不但渐入梦乡，还居然打起了呼噜。第二天眼一睁就兴致勃勃地对我说，夜里做了个好梦，回到了南湖，见到了妈妈……之后的日子，我几乎天天打开桂花瓶，小王从此不再失眠，尽管后来打开的瓶子几乎没了香味，但小王还是要求每天打开，否则，用他的话说“就睡得不安稳”。最后，我索性将小瓶子送给小王。虽然早已没有了香味，可小伙子照样像得了宝贝，瞧他那副德性，同样小心地将小瓶子锁到抽屉里。当我告诉他这是妈妈参军时送给我的礼物时，小伙子感动得直掉眼泪。

弹指一挥又是二十多年，老家古宅变成了小洋楼，那株桂花自是不知去处。不过，多少年来无论走到哪里，只要看到或闻到桂花的香味，便想起故乡、老宅、妈妈，以及早已作古的奶奶，还有王小兵那个鬼灵精。记得有一年秋天，我奉命率部赴漠北驻训打靶，由于装备多、课题新、任务重，我的心理压力特别大，开始的日子是焦躁不安，好在吃一片安定即可入眠，及至进入临战准备时，连续几个晚上吃多片安定都无济于事，急得卫生队长团团转。面对大漠戈壁特别圆特别大的月亮，身心疲惫呵欠连天的我就是没有一丝睡意，看书吧，眼睛又涨得要命。百无聊赖，只好拿起电话诉苦于妻。妻说，王小兵的故事忘啦，怎么不用桂花试试！乖乖，这一提醒可是了不得，激动得我几乎跳将起来，瞧自己这记性，讲了多少遍的神奇故事，自己居然忘得一干二净。第二天一大早，我便吩咐几个人分头寻觅桂花。说来也巧，附近的县城里有户人家就种有月桂，尽管那花儿开得不够热烈，可稀稀疏疏几簇小花还是暗香浮动。当讲明来意，任我们怎么给钱，主人就是不肯收，愣是要无偿赠予。奇迹终于出现，当那盆桂花置于床头，当闻到缕缕幽香，一种特殊的安详与宁静笼罩了我的全身，那种感觉就是美妙，真的好像回到了家乡，回到了妈妈身边，一觉睡下去，鼾声如雷，直到太阳高高升起才醒来。同样，尽管后来那株瘦小的桂枝上几簇小花纷纷凋零，但只要那盆花还在，即使训练任务再紧张，我都能睡得安安稳稳踏踏实实。一个月后，我们考核全优，发发命中，凯旋金陵。此时的六朝古都，秋高气爽，桂香浓郁，那种回家的美好感觉，那种取得成绩要赶紧告诉亲人的强烈愿望，无以言表。于是，我与妻商量，我们也采些桂花用糖腌起来，连同打靶的喜讯一起捎给苏北老家已年过八旬的妈妈。后来，我奉命调往东南沿海某部任职，说实话，妻准备的一大包行李我什么都可以不带，唯有我们自己腌制的那瓶桂花不能丢下。与妻分别的时候，妻说，不要想家，安心工作，实在想我和儿子或者失眠了，就看看桂花，闻闻桂香……真乃别有一番滋味在心头！然而，我和妻的担心都是多余的，因为此时的八闽大地，正值秋色盎然，我的住房不远处就有两棵高大的月桂，尽管花儿开得稀少，但香味足以让我沉醉。

故园依稀桂花开，香飘千里入梦来。唉，就是这普普通通的袅袅清香，犹如千百万慈祥妈妈温暖的手，抚慰了多少远方游子的心灵啊！难怪这三十年来，走遍天南海北大漠边陲，也总走不出故乡桂花那让人梦魂牵绕的香韵氛围呢。

（2004 年 9 月 27 日《解放军报》）

忠诚奉献铸辉煌

——献给人民空军55周年

1949年10月1日是个令人震惊的日子，一位东方巨人昂首挺胸屹立于世界之林；1949年11月11日是个令人难忘的日子，一支年轻的队伍腾空而起翱翔于万里蓝天。横空出世的人民空军，从此追日月伴星辰，携雨雪披霜露；踏千里云涛，卷万里长风……谱写了一首又一首塑国魂、振军威的壮丽篇章，创造了一个又一个惊天地、泣鬼神的人间奇迹！

翻开55年的蓝色画卷，伴随着共和国前进的步伐，人民空军从无到有、从小到大、从弱到强，用信念支撑事业，用热血记录战绩，用无畏锻造军魂，用奉献书写历史，用忠诚铸就辉煌！

当穿着草鞋、跨着战马为了中国人民浴血奋战的中国共产党人被敌机轰袭的时候，当78年前常乾坤等5名共产党员赴苏学习航空的时候，当74年前红军在鄂豫皖苏区缴获国民党空军飞机有了第一架“列宁”号的时候，当66年前中共中央选调第一批共产党员到新疆航空队学习的时候，当58年前东北老航校在吉林通化成立的时候，当55年前刘亚楼、肖华从毛泽东手中接过空军第一任司令和政委命令的时候，当人民空军第一所航校、第一支航空兵、第一个导弹团、第一个雷达营……成立的时候，谁也不曾想到，55年后的今天，这支队伍已经发展成为由航空兵、地空导弹兵、高射炮兵、空降兵、雷达兵、通信兵、电子对抗等多兵种，歼击、轰炸、侦察、预警、无人攻击和运输等多机种组成的，具备国土防空、空中指挥、空中支援、空中运输、航空侦察、无人攻击和地空突击等作战功能的现代化、信息化的攻防兼备的高技术军种。人民空军的发展壮大，靠的是党的阳光雨露般的哺育。55 年的历史证明，人民空军只要始终高举旗帜，坚决听党指挥，就一定能够阔步向前无往不胜！

太阳献给大地的是温暖的阳光，大地献给我们的是丰硕的果实；赤子献给母亲的是真情的热爱，空军将士献给党和人民的是一份大写的忠诚！人民空军的发展壮大凝聚了无数中华优秀儿女的心血和智慧。历史不会忘记，共和国不会忘记，人民不会忘记，他们顾大局、献青春、洒热血，他们的名字和事迹与江河同在，与日月同辉，与国旗党旗同艳！让我们永远记住这些名字吧：李汉、王海、赵宝桐、刘玉堤、韩德彩、张积慧、孙生禄、杜凤瑞、岳振华、夏北浩、朱伯如、高建成……

走过 55 个春秋，人民空军写就了一部部战斗的历史，树起一座座奋进的丰碑。抗美援朝，不畏强暴，以绝对的劣势，取得骄人战绩，从而英雄辈出，举世闻名；一江山岛上空，威震敌胆，展国威军威；要地防空，英勇顽强，不怕牺牲；进军西藏，迎难而上，克服险阻；入闽轮战，士气高昂，主动迎战；国土防空，机动灵活，屡建奇功；两弹一星，默默无闻，无私奉献；援越抗美，义无反顾，再扬国威；科研试飞，斗志凌云，尽展雄风；抢险救灾、飞播造林、驱雹炸冰、运送伤员……无论在大江南北，还是在长城内外，到处都能看到空军银色的双翼，到处都能看到空军将士的身影。

跨入新世纪，进入新时期，人民空军为了保卫祖国的领土领海领空，为了捍卫民族尊严和国家的统一，为了贯彻新时期军事战略方针，实现由国土防空型向攻防兼备型转变，促进现代化建设跨越式发展，在戈壁沙漠，在雪域高原，在江南水乡，在万里海疆，反复进行带实战背景的战斗演练，不断探索在高技术条件下打赢未来局部战争的全新战法。地空导弹部队装备的是具有世界先进水平的兵器，他们深化训练改革，初步形成了各种型号结合的装备保障和远中近程、高中低空的火力体系，战斗力不断提高。从世界屋脊的雪山，到东海之滨的海岛，从西部戈壁沙漠，到北国千里雪原，祖国的千里眼雷达兵，时刻警惕地注视着风云变幻的世界；空降兵练就了快速机动、远程突击和全天候、全方位的作战能力，成为空军快速机动的突击力量……

鲲鹏展翅志凌云，扶摇直上九万里。让越过祖国上空雄鹰的吼声再次说出人民空军的决心与意志吧！让划过共和国天空的利剑再次写下人民空军的忠诚与奉献吧！让飞过天安门上空接受党和人民检阅的机群再次留下人民空军的信念和誓言吧！在首战用我仍然是唯一的选择、用我必胜仍旧是必然结果的今天，人民军队在革命化、正规化、现代化建设的征途上必将铸造新的辉煌，书写新的更加美好的篇章！人民空军将在党的旗帜指引下，认真贯彻新时期军事战略方针和科技强军的战略思想，立足打赢现代高技术特别是信息化局部战争，全面加强“三化”建设，实现跨越式发展，履行好“打得赢、不变质”的历史使命，永远做祖国的空中钢铁长城。

（2004年11月6日《空军报》）

遗憾的全家福

二十多年前，我用提干后的头两个月工资，购买了一台无锡产的梅花牌相机。春节回家休假，尽管被爸爸妈妈骂了一顿，然而风暴过后仅用三言两语搪塞一番就乐在其中了。拿着相机的我，起先感觉特别“牛气”，等黑白胶卷一下拍掉三四卷，这脸上的快乐和心中的叫苦便悄然打起架来。可妈妈的兴致仍然十分高涨，说要把兄弟姐妹们都叫回来，好好拍张全家福，好在大哥为了厂里引进新产品出了远门，否则，又要添上一笔不小的开支。

1986 年“五一”节，我和爱人喜结连理，亲朋好友济济一堂，好赶潮流的大姐弄来一架海鸥牌相机和几卷“柯达”彩色胶卷，这可为我们的婚礼增添了不少喜气和光彩。你想啊，拍一张彩照，电影明星似的往客厅一挂，那份洋气着实令人羡慕。妈妈头一回听说可以拍彩色照片，第二次提议拍张全家福，遗憾的是小弟在外地上大学，此事再次搁浅。

1996 年爸爸七十大寿，合家大小回去三十人，大外甥、大侄子各自带回一台“傻瓜”相机，灯光不停地闪耀，胶卷不停地更换，上上下下老老少少，你拍来我拍去，不停地组合，不停地更换场景，合家热闹非凡开心至极。妈妈自是念念不忘拍张全家福，可偏偏大姐夫出差、二哥住院，老人家只好不停地啧嘴叹息。

2000年春节，小弟从山东回家探亲，捎回一台“索尼”摄像机，这下可是惊动了四邻，看到自己上了电视，老妈妈乐得合不拢嘴，非要拉上二大爷、三大妈什么的一起出镜，弄得弟弟直喊“磁带没了、磁带没了”。要不是大雪封门，妈妈准要通知哥哥姐姐们回来拍全家福。

2002年，我们兄弟姐妹约好，“十一”黄金周全部回家团圆，不为别的，只为了却老妈妈拍张全家福的心愿。据说，大侄子早就准备了进口的数码相机。然而，此时的我偏偏接到要去西北执行任务的命令，拍摄全家福的计划再次成为泡影。妈妈唏嘘不已。

今年的春天，我在江西出差，一则短信将我几乎击蒙，三个小时前，我那慈祥的妈妈驾鹤西去。兄弟姐妹携子带孙二十四小时内从四面八方赶回苏北，这一次真正是一个都不少，七家三十四口人。送走老妈妈，大家默默无言。小弟说，一家老小从未到过这么齐，集合起来不容易，不如拍张全家福，这也是妈妈的夙愿。一言既出，我们面面相觑，但大家还是静静地搬凳子，静静地排好队，静静将老爸爸拥到中间，并特意留下一个空位。当邻居小二子举起相机，调好焦距，让大家笑一笑时，与“喀嚓”声同时响起的是一片哭声。

多少年来，妈妈盼望着全家团圆，可总是难以遂愿，今天儿孙们全都到齐，可她却飘然而去。唉，没有了妈妈的合影，还能叫全家福吗？

（2005年3月4日《解放军报》）

纯真是一把钥匙

1982 年 7 月，我从空军某航空机务学校毕业。很幸运，被分配到南京市郊航空兵某师的飞机修理厂，当见习技术员。由于家住苏北里下河水乡，考取军校前没有出过远门，不要说汽车、火车、高山、大海没有见过，就连拨码电话怎么使用都不明白。分到部队后，说话办事单纯得像张白纸，从而做了不少傻事，出了不少洋相。

一天，张厂长把我叫到他的办公室，说我字写得不错，帮他把厂里的年终总结抄写一下。我愉快地接受了任务。经过加班加点，终于工工整整地将总结抄好。第二天上午，厂长召集分队长们开会，我连门都忘了敲，就冒冒失失地闯了进去。分队长们都用疑惑的眼光打量我。我根本没有在意，匆忙交上总结。为了表示认真，我当着众人的面，毫不顾忌地对厂长说，总结前后我看有些矛盾，还有不少错别字。厂长是个 1965 年入伍的老兵，听后连说：“是吗？好好好，先放这儿，后面再说。”然后红着脸笑了笑，摇了摇头。退出时，我才发现，分队长们有的掩面窃笑，有的神色异样，有的一个劲地摇头。至此，我才感到窘迫起来。后来，直接领导张分队长将我叫到一边，很不客气地数落了我一顿，说我不懂礼节礼貌，不知地厚天高，言行幼稚可笑……

不久，春节来临，我回苏北老家过年。临走时，张厂长托我买两条“沪产大前门”香烟，因为我曾在其跟前几次吹牛，未来的丈母娘在糖烟酒门市部，弄点计划没问题。节后，我回到部队。当天晚上，张厂长与几个助理甩老 K，我便大大咧咧地将两条烟拿了进去。张厂长既高兴又有些不自在，当即拆开一包，分给各位共享，顿时屋内烟雾弥漫。刚要离开，张厂长把我叫住，转身从抽屉里拿出十块钱递给我。我说多了，才九块多，说罢毫不迟疑地接了下来，心安理得地退了出去。第二天，我将几毛钱郑重其事地给厂长送了过去。厂长见我一脸认真的样子，不禁哈哈大笑，一个劲地说“算了，算了，谢谢，谢谢”。我走出办公室不久，身后传来厂长与李助理的对话，隐约听到“小赵这小子真认真……”的话语。后来李助理开玩笑时说漏了嘴，弄得厂里不少人私下里把我当傻帽。之后，我很纳闷，不知自己究竟做错了什么，便请教分队长，他冷冷地对我说：“你小子不知真傻还是装傻，哪有这么办事的，一来当着众人面送香烟，这让领导多难堪知道吗？二来这收钱就够傻的了，还小气巴拉地找上几毛零钱，丢不丢人……”细细想想才知，自己确实办了一件傻得不能再傻的事情。

第二年春天，倪教导员让我组织教歌，记得是电视剧《虾述传》的主题歌《游子吟》。因我没有看过电视剧，又没听过这首歌曲，突然让我教唱，似乎有些匆忙。于是，我跟教导员请示，能否改在第二天晚上教唱。教导员说不行，人都集合到俱乐部了，明天还有其他事情，学成啥样算啥样。我听后很不愉快，带着情绪开始教唱。为使自己尽快熟悉歌曲唱准歌词，我一气之下，先教了四遍谱子。正准备唱第五遍时，坐在底下的厂长有些不耐烦了，说，别再唱谱子了，大家弄不太懂，干脆教词算了。无奈，我只好硬着头皮一句一句地教唱。勉强教了一遍后，总感到有两句词唱得不准。再教第二遍，唱到不准处，厂长说好像电视里不是这样唱的。本来就不舒服的我，不知哪来的火气，当着百十来号人的面，红着脸气呼呼地说道："是你教还是我教，谱子就是这么谱的，电视怎么唱我不管，反正这句就是这么唱。"一席话，把全场弄得死一般沉寂。厂长一时语塞，顿时羞红了脸，但没有发火，而是大度地笑了笑，说："听你的，听你的，继续教，继续教……"歌曲一教完，厂长什么也没说，走了，可底下一片议论："这小子太狂，不知自己姓什么。""不得了啊，现在的新干部眼睛长到头顶上了。""真不知天高地厚，终有一天碰得头破血流才会懂事。""大傻帽，不就教首歌吗，犯得着这么牛吗……"

其实，说完这话的我当时就十分后悔。自知犯了大忌的我，一连几天都沉默寡言不敢见人，碰到厂长老远就躲到一边。那份内疚和自责，简直没法形容。

又是一年多过去，这期间我同样没少说傻话做傻事，倒是工作十分卖劲，得到了上下的认可。1984 年年底，分队长确定转业。分队工作由谁来负责，大家都很关注。包括我在内有三个人选。田技术员，1976 年兵，任职已经五年；王技术员，1978 年的兵，提干也已三年多；而我提干只有两年多。再说，大家心里明白，我平时除了肯吃苦、弄了几个革新外，说了不少傻话，干了不少傻事，特别是得罪过厂长，分队长一职恐怕一时还落不到我的头上。当然，我压根就没想这事。

大约到了 3 月中旬，张厂长、倪教导员找我谈话，说经师直属党委研究，分队长一职暂由我来代理，然后严肃地给我提了几点要求。听到这个决定，起初我根本不相信自己的耳朵，怔了半晌才转过神来，心里还不住地嘀咕：怎么可能，这怎么可能呢？

多少年后得知，那次厂党支部研究上报代理分队长人选时，开始意见并不统一：多数支委认为我好学肯干，为人实在，工作干得不错；少数支委有异议，主要说我刚到部队时处事不够老练，尤其是待人接物不成熟太幼稚。令大家没有想到的是，厂长、教导员居然对我评价不低，尤其是厂长，说我虽然有些方面不够成熟，但脑瓜灵、技术好、肯吃苦，办事认真爽气，不怕得罪人，有股子傻劲头。教导员同样认为我是个不错的苗子，调教好了，能够胜任工作。经过九个月的代理考察，我没有辜负他们的期望，最终被正式任命为分队长。

没有刻意追求，没有装腔作势，更没有拉东扯西。老老实实生活，本本色色做人，认认真真做事，非但没有吃亏，反而占了便宜。我做的这些事虽微不足道，但给了我很多启示，多少年来一直影响着我的军旅人生。

（2006年2月16日《解放军报》）

东方红　月亮升

这个真实有趣的故事发生在二十世纪八十年代的第二个春天。

正月十四下午，朔风凛冽，我和同学小前休完军校的第一个寒假，在亲人的千叮万嘱中依依不舍地登上了开往泰州的轮船。晚上七点多，我们在长途车站附近的“海陵旅社”住下，第二天一大早便登上了开往南京的班车，下午三点多终于七颠八倒地到达中央门。与南京粮食学校的同学联系上后，我们立即赶往中山码头。不看不知道，一看吓一跳，只见候船大厅内人头攒动熙来攘往一片鼎沸，椅上地下一片杂乱，空气污浊令人窒息。同学说，天没亮他就过来排队，谢天谢地终于买到了两张晚上七点去汉口的四等舱船票。简单吃过晚饭，我们到候船大厅等候。不远处，一个挺着肚子的妇女焦躁不安地坐在用麻绳捆扎的被子上，身旁的中年汉子神色慌张不停欠身安慰。

跟着冗长缓慢的队伍，我们好不容易曲里拐弯地登上江轮，可映入眼帘的景况更是令人咋舌。只见走道里、厅堂间、楼梯口，躺的躺、坐的坐、站的站，里里外外、上上下下、前前后后都是人和行李，想找个空当落个脚都十分困难，那份拥挤和嘈杂，不亚于早晨杂乱吵闹的农贸集市。费了九牛二虎之力，我们终于找到了舱区铺位。推开被杂物行李堵住的舱门，一股难闻的气味扑鼻而来，狭长的客舱里，同样床上地下满是人和行李，有的床位上竟然挤坐了五六个人。我和小前的铺位上早已堆了行李、坐了人。我们拿出船票，交涉了好一阵，才在那些人的骂骂咧咧中要回了铺位。

我和小前安顿好行李后，不约而同地想到舱外吸吸新鲜空气，欣赏夜幕下的大桥英姿。我们踮着脚，侧着身，七倒八歪地来到江轮尾部，出乎意料的是，就连这块狭小冰冷的行人通道上也挤坐了不少人。由于周天寒彻，能够有个地儿坐下来的都紧裹着被子缩成一团。看着金碧辉煌渐渐远去的大桥，听着奔腾翻滚的滔滔江水，想着苏北乡下的父老兄弟，心中的苍凉与惆怅油然生起。我和小前放下棉帽耳，竖起大衣领，缩脖袖手倚栏远眺，尽情地谈生活、谈学习、谈人生，谈假期里的所见所闻，不知不觉中半个多小时悄然而去。忽然，一声“解放军救命”的凄厉呼号从身后传来，不等我和小前转过身来，一个中年汉子已“扑通”一声跪在我们面前，不停地冲着钢板“嘭嘭”磕头。中年汉子的反常举动，不但弄蒙了我和小前，而且吸引了众人的注意。毕竟穿了一身军装，子弟兵的责任使然，我和小前赶紧上前将其扶起，问清缘由。原来，不远处冰凉的甲板上有位妇女蜷缩一团，正在痛苦地呻吟。汉子说那是他妻子，怀孕九个多月了，下午身子就有些不舒服，上船吃了点东西后，肚子居然隐隐地痛了起来，现在是一阵紧过一阵。起先以为闹肚子，现在看来像是要生孩子，去了几趟值班室，可找了好久愣是没个人影儿。这天寒地冻的，若是生了孩子咋整，正急得天昏地暗，刚好看到了解放军，于是……说罢，中年汉子呜呜地哭了起来。看着呻吟的孕妇、企求的汉子和围观的众人，想想自己的身份和人民群众对“解放军”的特殊信任，我和小前稍事商量后，毫不犹豫地决定先将孕妇暂且移到我们的舱位，然后再想办法。在大家的共同努力下，费了很大周折，我们终于将身量沉重的孕妇移到暖和的舱内。接着，我赶紧让小前去找船上的领导和医务人员，然后给舱内旅客讲清原委，恳请他们给予支持，让出床单、毯子等用具，协助在上下铺之间围起一个简易的“产房”。一会儿，广播音乐骤停，一条紧急求助妇产科医生的信息重复播出。

时间在消逝，呻吟在加剧。终于，赶来一位年轻人，自我介绍姓陈，是孝感某医学专科学校二年级学生，但所学专业是临床医学，而不是妇产科。见小伙子面有难色，舱内有一中年妇女自告奋勇地说她会接生，只是要赶紧找来干净的剪刀、棉线和草纸才行。小陈可没那么自信，紧张得直冒汗直摇头，说卫生条件太差，听诊器、血压计和急救用药什么都没有，万一有个紧急情况，是要出大事情的。最好的方法是让产妇在前方码头下船，立即到医院救治。现在的问题是，孕妇已经临盆，船又不是飞机，怎么可能遂人心愿。

小前真有两下子，居然将值班的张大副和随船的李医生带来。我和小陈欣喜不已。李医生四十开外，很有经验，她不但带来了医疗设备，而且让小前拿来脸盆、开水和手电，赶到后立即给产妇量血压、听心律。我和小陈建议大副：一是江轮开足马力全速前进，尽快让产妇上岸；二是给产妇换个暖和、明亮、干净的舱位。张大副一一答应，立即前去安排。正当一切就绪，准备移动产妇时，危急发生了，产妇破水了，孩子就要出生了。别无选择，李医生说只能就地接生，她让小陈帮助做些准备。愣在一旁的中年汉子呆若木鸡。我和小前赶紧动员舱内男客先到舱外或到船尾暂避。

江风瑟瑟，江水滔滔。船尾翻腾的浪花一泻而去消逝于浩渺的江心之中，大江两岸山形明明暗暗，树影朦朦胧胧。一会儿东方泛红，一轮皎洁的月亮轻盈地步上江天，一如碧玉光润淡雅，悄无声息地给独行的江船笼罩一抹神秘，给人间递来一瓣心香，给天地披上一层柔情，给世界平添一缕希冀。眼前的江天月色使我想起了“人生代代无穷已，江月年年只相似”的诗句。忽然，一句“生了生了”的喜悦叫声将我从梦幻般的美好意境中唤醒，只见中年汉子踉跄地朝我们跑来，快到我和小前面前时，竟然又是“扑通”一声跪在地上，声泪俱下不住地重复着“谢谢解放军”的感人话语。我和小前以及周围的人们都感动不已。听说母女平安，尽管寒风刺骨，可我们的心里都是暖烘烘的。我和小前拉起汉子，让他快去照顾母女，可汉子就是不放手，执意让我和小前给女儿取个名字。看着汉子的一脸真诚，仰望升起的一轮明月，我和小前不约而同地说，就叫“亮月”吧。大家拍手叫好。

月色皎洁，江水奔腾。“东方红四号”客轮，划破一江春水，载着摄人心魄的动人故事，载着恬澹静雅的盎然春意，载着人间融融的缕缕真情，载着拳拳赤子的声簌遐思，乘风破浪向着银色的前方港湾全速驶去。

（2006 年《安徽文学》第 1—2 期）

赏月的理由

这是进入阿拉善地区沙漠深处机动驻训的第三周，由于昨夜特大沙尘暴的袭击，一直在阵地上保护兵器的官兵们到现在滴水未进。太阳火球般悬在半空，重新搭起的帐篷内，蒸笼一般闷热。一些官兵汗流浃背，正在整理埋在沙中的被装和行李。突然，防空警报呜呜响起，一场新的演练课目开始。放远望去，气势恢宏依次排开的阵地上，霎时腾起股股尘烟。一个小时后演练结束。出乎意料的是，这次演练成绩不理想。A 营某连上下停车板多次不能一步到位；B 营某连氧化剂车上有战士不穿防化服；C 营将几批空勤批头弄错；D 营某号车上忘记打开保险，“导弹”未能及时发射，团直雷达站拍发的报码存在漏点。种种情况严重，不容忽视。团领导一碰头，决定立即召开临时党委扩大会，分析形势、深查问题、细找原因、制定对策。会上，营连主官、机关部门相继发言，团长对发生问题的当事人和所在单位主官进行了严肃批评，厘清原因教训，提了具体要求。最后，我做小结发言。

吃过晚饭，我和团长分头沉到各营连去。来到 A 营某连，我有意找上下停车板出了“洋相”的司机小刘聊天。小刘见到我，红着脸垂着手不停地啧嘴叹息。我问找到原因没有，小刘说找到了。我问是什么，他说溜号了。我问训练时怎么还这样，小刘说实在是情不自禁。我说有这么玄乎吗？小刘低头蚊子似的答道：有啊……说着哽咽了，随后泪流满面。我问他究竟怎么了？小刘说昨晚打电话回家，哥哥讲胃癌晚期的爸爸不行了，希望回家见最后一面……我和教导员愕然。我问教导员情况了解吗？教导员茫然。小刘说训练任务重，不想给营里添麻烦……离开A营我径直去了D营，找来三号车技师小陈，问他演练时怎么发生那么大差错。小伙子内疚不已，一个劲地做检讨。我说态度诚恳固然好，但关键要找准原因才行。小伙子说一来思想麻痹，二来低血糖病刚好发作……听说“低血糖”三个字，我一时语塞。离开D营，已是月挂上树梢，走在松软的黄沙上，我脚步凝重，一股自责情绪涌上心来……不觉走进帐篷，团长正在洗漱。我问情况怎么样，他说听到一些事儿。我把小刘、小陈情况一说，团长感慨不已，认为形势分析不够认真细致，尤其是问题的原因漏了“调动积极性不够”这关键一条。我很赞同。于是，我从隔壁帐篷叫来政治处主任，就训练政治工作进行研究商议。子夜时分，拟出方案。当走出帐篷，看到银盘似的明月将茫茫大漠照得如同白昼的时候，我们异口同声地说出了“明天中秋节”。我问主任能不能借题发挥，搞点温暖人心调动积极性的活动。主任看了看月亮，建议团里领导请官兵赏月。我和团长觉得这个点子不错。

第二天，一场别开生面的战地中秋赏月活动拉开帷幕。上午，政治处发出通知：

各营、连：

为在战地过一个有意义的中秋佳节，今晚，团领导邀请部分官兵到阵地赏月。出席人员由各连推荐，每连5—10个名额。被邀赏月的同志请在20：40前列队前往，各营连各来1名主官带队。

通知发出，全团上下奔走相告一片欢腾，大家踊跃报名，几个营纷纷请示能否增加名额。我让政治处答复：增加名额可以，理由必须充分才行。

茫茫大漠，万籁俱寂。除了值班的，几名团领导早早地在一个沙丘上坐下。由于温差大气温太低，大家都穿上了军棉大衣。大家谈论着率领部队驻训打靶以来的情况，对下步驻训工作情况进行预测分析，大家同样谈了不少生活家庭上的琐事。

一轮金黄的月亮冉冉升起，无边的沙漠宛若浩瀚的大海，静静地翻滚着灰黄的波浪。远处的帐篷朦朦胧胧灯火阑珊，近处阵地上的兵器整齐排列发着寒光。各营官兵踏着如水的月光纷纷列队而来，大家统一穿上军棉大衣，带上小马扎。只是各营多来了不少官兵，除了C营营长感冒外，A、B、D营主官全部到齐。团长询问战备值班情况后，同意大家留下。与团长示意后，我宣布赏月活动开始。发好月饼和矿泉水，我请团长讲话。团长说："每逢佳节倍思亲，今天是个团圆的日子，同志们远离亲人，驱车数千里，为了练就过硬杀敌本领，在这漫天沙尘中驻训，表现了英勇顽强的拼搏精神。为使这个节日过得有意义，感谢大家对团里工作的支持，我和政委、主任商量，今天晚上团领导请大家赏月。下面，请政委致赏月辞。"敬礼后，我请同志们先吃月饼，而后说："这些天来，同志们克服困难，从难从严，刻苦训练，在我们身边出现了一幕幕感人场面，涌现了许多好人好事。团长讲了，为了感谢大家，我们采取赏月这个特殊形式来过节。是啊，大漠赏月，好一番浪漫情怀与景致，然而只有不辱使命的共和国军人才有这样豪迈的奇情别趣！表面看来我们是在苦中作乐，其实我们是在用特殊的方法为千百万个家庭幸福团圆而祝福！为使赏月活动有情有趣有意义，我提议，下面请部分同志回答一个小问题，那就是连里推荐你来赏月的理由是什么？希望大家大胆发言，一句话、几十个字都行。"

我的话音刚落，底下马上七嘴八舌。各营、各连长比画一番后，确定了发言人选。我让按编制序列依次发言。

“报告首长，连里推荐我参加赏月的理由是：驻训以来我经常加班加点排除故障，保证了兵器良好运行。A营一连技术员顾小静。”掌声响起。

“报告团长政委，我是A营三连上等兵李勇，连里推荐我参加赏月的理由是：带病坚持参训，轻伤不下火线。”

“报告首长，俺们连推荐俺的理由是：俺的家属产前高血压，前天在老家顺利生下一个胖小子。”底下哄笑。“笑什么，这是真的。说实在的，本想请假回家，指导员找俺谈了几次，俺才……就这样大家还说俺处理关系不错呢，所以……”一片掌声。

“我是B营一连副连长田广浩，我今天被推荐参加赏月的理由是，我跟我的家属离婚了……是协议离婚，驻训前就商量好了，女儿跟她过……同志们说我没有影响工作。”底下先是默默无声，接着热烈鼓掌。

“报告，我们B营二连推荐我来的理由有点不好意思说，大家说我馒头做得好，还有面条做得劲道……不说了，不说了。”大家笑。

“我是C营四连士官马为强，我的思想疙瘩到现在其实还没解开，尽管大家推我来，可我明天还是想回老家一趟。报告团长政委，我家属病得很重，这两天要动手术，身边没人照顾家中又没钱，我心里那个急啊，我咋能安下心来呢？我也想留下来，可是我……”说罢马为强哽咽了。一片沉静。教导员想解释几句，我用手势制止了。

“报告首长，我被连里推荐的理由是，我的父亲被邻居打了，我很恼火，想回去找他们算账。这个情况指导员发现后，让我冷静处理，然后给我家里打电话，讲了很多道理，尽管现在问题还没解决，可大家说我觉悟高，就推荐我了。对了，我是C营三连一级士官武文斌。”

“报告，我是D营参谋周成，我被推荐的理由是，对象又吹了。大家不要笑，这是第三个，人家嫌咱穷，结婚后还不能在一起……大家说我坦然处置，没有分心走神，可说良心话，遇上这事哪有不走神的，在这里做个自我批评，上午将空情批头校错的就是本人，对不起了，给团里抹黑了。”大家先是愣着，接着给其鼓掌。

“我是指挥连列兵张东方，我是替我们班长刘小容来参加赏月的。大家知道，机动行军的第四天，他就病了，至今还躺在医院里，说是血液病……今天上午排长去医院，听说团里组织赏月，他说无论如何要带上他……”

一时间寂静无声。为了调整大家的情绪，我提议大家为刘小容能早日康复鼓掌祝福。

“我是团直司机胡春雨，我被推荐参加赏月的理由是，单过的母亲生病了……”

“……我被推荐参加赏月的理由是新媳妇来部队探亲才一周就因我要执行任务回老家了……”

“……三发导弹连续时，我昏倒在阵地上……”

“……连里让我回家找对象，好容易与在外打工的妹子联系上，没等见上面，就通知我回来了……”

……

大漠无边，月海苍茫，黑压压一群人坐着，像天空云朵投下的阴影。凝思中，我被团长推醒。于是，我提议，大家以热烈的掌声向这些可亲可爱的同志致敬，为远在千里之外给我们力量的亲人们祝福！接着，我对大家说：听了同志们发自肺腑的话语，心灵震撼，受到教育，首先代表党委和团领导感谢同志们，大家舍小家顾大家，不怕苦不怕累，严格要求刻苦训练，表现了顽强的英雄主义精神，大家个个都是好样的！其次借此机会做自我批评，由于工作不深不细，对同志们的情况若明若暗，了解关心不够，请大家批评谅解。

第三，给同志们表态，对于反映的问题和困难，从明天开始尽最大努力解决。最后，坦诚地告诉大家，到现在自己也才弄明白了组织这次赏月的真正理由，那就是各级领导必须关心每一个官兵，真心实意地了解大家、爱护大家、为了大家，只有这样，我们才能上下一心、众志成城，战胜一切困难，完成好党和人民赋予我们的光荣任务！

官兵们报以长时间的热烈掌声！

赏月活动结束了，又大又圆的月亮照耀着这片了无声息的茫茫戈壁。大家终于从沙漠赏月这个无形课堂中，找到了解决问题的答案。

二十天后，我们全团驻训考核全优，实弹打靶发发命中目标，顺利安全归建。

（2010 年《安徽文学》第 1—2 期）

认 可

那一年我在空军驻闽某部任职。

一天上午，邓政委通知我，说老领导张牛科病得很重，让我代表指挥所党委去慰问看望老人家。

张牛科，抗美援朝时任空军某团副大队长，是著名战斗英雄韩德彩（中将）的长机，当年与韩生死与共搏击长空。那次击落美国双料王牌飞行员哈罗德·费席尔上尉的战斗中，张的飞机发动机中弹，凭着一股不怕死的革命英雄主义精神，他坚决没有跳伞，而是将受伤战机安全降落，差一点就机毁人亡。韩德彩当年 19 岁，飞行总时间 100 小时左右，就击落了费席尔，可谓英雄出少年，张牛科作为领头雁同样功不可没。应该说，他们都是英雄，都是功臣。这段传奇佳话令人动容，日后韩、张成为生死之交。到龄后，张牛科从副军职岗位退休，回蚌埠安度晚年。

我于第二天上午飞赴南京，吃过中午饭，顺便在机关办点事，然后匆忙赶往蚌埠。到达那家医院，已是万家灯火。张牛科的老伴见到我很激动，一开腔就是，这下好了，你们组织总算来了，这下好了。我问阿姨，这是怎么了？老太太叹息一声，看着躺在病床上奄奄一息的张老，没好气地说：“他不走啊，硬挺着，等你来，等你们组织来，等组织的认可呢。”认可？认可什么？我不明就里。老太太说："老爷子心里有几件事放不下，否则，早就撒手走人了。一来医药费自费部分怎么处理？二来经济适用房置换（一大换二小）能否批准？三来也是最重要的，就是他在朝鲜战场虽然没能击落敌机，但保全了一架战机，这行为算不算英雄？"

老太太说："老头子为什么不肯走，他在等组织，等组织的消息，等组织的认可。你来了，这下好了。"

我一时无话可说，心想，这老领导真是的，都到了这个份儿上了，还纠结这些问题，但转念一想，他们这一代军人，追求的相信的就是组织，只要组织一声令下，他们就可以舍生忘死。临了，心中记挂的仍然还是组织。这不能不让我们后辈们为之感动，敬意之心油然而生。

惨白的灯光下，老领导口中鼻里手臂腿上插满管子，眉眼不睁，命若游丝。隐隐听到艰难的喘息，似有一股痰，堵在嗓子里，上不来下不去。一旁的老太太告诉我，老头子半月前就不能言语，神志不清了，医生让我准备后事，说他只能挺个三五天光景，但这老先生就这么挺着，苟延残喘，不肯撒手，不肯撒手啊！这下好了，组织来了，这下好了。

我高声呼喊老首长，但毫无反应。我轻轻拍打他的胳膊，同时呼喊，仍然没有反应。我问："阿姨啊，怎么才能将各级领导和组织的问候，转达给首长，让他心安呢？"老太太说："你只管跟他说，兴许他能听见。"我问："那我怎么才能知道他听到了呢？"老太太直摇头，说："我也不知道怎么办。"

就在这个时候，我发现老首长的身子，似乎微微抽动了一下。我很惊喜，难道是他听到了我与老太太的对话？天晓得哪来的灵感，我"眉头一皱，计上心来"，于是清了清嗓子，正式与首长对话。

我大声地对老首长说："老首长，我是空军某指挥所政治部副主任赵培龙，我代表指挥所党委、领导看您来了……首长，如果您听到，请您给我一个信号，或者微微动弹一下，或者轻轻哼一声也行。”

时间静止。10秒，15秒……忽然，奇迹发生了！老首长用他那坚强的细微的颤抖的紧凑的“嗯嗯”之声，伴以身体轻微的抽动，给了我回应。看得出那是多么艰难和费力啊！我震惊了！老太太呆立一边张大嘴巴：“天哪，天哪！老头子听到组织的召唤了，天哪，天哪！”

我很感动，嗓子哽咽起来。紧接着我高声说：“谢谢您老首长，您给了我回应。”我接着高呼，“老首长请您不要担心药费，您是老英雄，组织上一定会替您解决好，您尽管安心养病吧。首长，如果您听到了，请给我一个信号好吗？”

三秒，五秒，老首长仍然是坚强地细微地颤抖地紧凑地“嗯嗯”两声，仍然伴以两下轻微的身体抽动。

谢谢您，老首长！我接着继续高呼：“老首长，关于经济适用房置换问题，我们已经给上级报告，在政策范围内，组织会同意的。首长，如果您听到了，请给我一个信号好吗？”

五秒，只五秒，首长同样是坚强地细微地颤抖地紧凑地“嗯嗯”两声，再次伴以两下轻微的身体抽动。

“谢谢您，老首长！”我接着说，“老首长您在朝鲜战场保家卫国，出生入死，英勇顽强，保全了一架战机，挽救了国家的巨大财产，您是我们心目中的大英雄，党和人民永远不会忘记您的功劳！首长，如果您听到了，请给我一个信号好吗？”

这次仅用三秒，首长便“嗯嗯”作答，那声音比前面都要强烈，身体抽动幅度明显增大。

见此情景，我的眼泪不知不觉流了出来。老太太热泪盈眶。她说：“这下好了，得到组织认可了，老爷子，你终于可以瞑目了。”说罢老泪纵横。

时间已经是晚上八点多。我还没有吃晚饭，于是，我跟老太太讲，能否让我先去吃晚饭，然后再来陪护首长。

老太太连连点头。于是，我同样跟首长请假。我高声说："老首长我还没有吃晚饭，如果您同意，我吃过饭后再过来好吗？首长，如果您听到了，请再给我一个信号好吗？"

这次，大约等了十秒，老首长声音微弱地"嗯"了一声，身体不再动弹。我连声感谢老首长。

离开病房，看着躺在病床上基本失去意识，处于弥留之际的老首长，我的心潮无法平静。共和国的军人、功臣，在临近生命的最后一刻，心中仍然想着组织，盼望得到组织的认可。这何尝不是一种信赖和一份坚守呢?!

回到饭店，我刚端上饭碗，老太太打来电话，告诉我：老头子刚刚走了，走得安详宁静平和。

我听后，感慨万千，只"哦"了一声，随后安慰老人家节哀顺变。

电话那头，老太太语调平和，情态真挚，不停地重复：谢谢你，谢谢组织……

第三天上午，韩德彩中将赶赴蚌埠，挥泪为老战友张牛科送别。

(2018 年《散文选刊·下半月》第 3 期，获 2018 年中国散文学会一等奖，2018 年中国散文朗诵会作品之一)

沙漠洗澡

你知道沙漠洗澡有多奢侈有多危险吗？

那年秋天，我带一个独立团二百八十多辆军车在西北阿拉善地区沙漠深处驻训两个月，这六十多天最最折磨人的就是缺水。吃的水和用的水都极其金贵。

先说这吃的水。团里专门准备了两辆水车，每天往返百把公里，从阿拉善右旗政府所在地拉水。遇到大风、下雪、沙尘暴，就得停运，每人每天的饮用水十分吃紧，平均只有一搪瓷缸子。如果司机开车迷了路，有时两三天都回不到宿营地，大家的那份干渴烦躁可想而知。带去的一点急用矿泉水，如同酒一般充满诱惑。

水，成了与汽油一样宝贵的战略物资，成了沙漠驻训官兵的奢侈品，请喝水比请喝酒都要盛情。

沙漠昼夜温差极大，往往是白天穿背心汗流浃背，夜里裹大衣围火炉同样瑟瑟发抖。烈日骄阳下，一身汗一身土一身盐渍，身上黏黏的刺刺的。你问大家最大的祈求是什么？“痛饮一桶水，痛冲一个凉。”吃都成了问题，还想洗澡冲凉？大家只敢想不敢为，有想法没办法。

那一天终于来了机会。新来的两名司机前去拉水，由于记错了水源地，运回一口快要枯竭的井水回来。到了驻地放出水来，马上有人看出问题，色质淡黄，一尝，乖乖，又苦又涩。一问才知原委。司机免不了挨一顿批评，但水尽管不能吃，还是能够用的。于是，团里商量，两车水按人头进行合理分配，洗衣服洗澡营里自行安排。为这事，营里动了很多脑筋：有的模拟评功评奖的方式，民主推荐，会议讨论，确定洗澡名额；有的以积分模式，由高到低打分排出名次，鼓励主动发扬风格让给排在后面的人；有的弄得大煞风景，抓阄确定。反正，最终确定了几十个人。大家灰头土脸欢天喜地，拿着换洗衣服，在临时用编织袋围起的露天浴室外排队。有的营负责放水的人不停提醒洗澡人，要快冲快洗，到了水量时限，就算肥皂打在身上也不再放水。

沙漠洗澡，成了一道风景，成了一次盛宴，轮到的人一脸轻松，满足得不行。

奢侈不需说，这危险从何说起？说起来令人毛骨悚然。

由于久旱无雨，沙漠中的骆驼刺全部枯焦，稍一触碰就是一堆碎片。那天，我幸运地得到洗澡名额，按序列排在了前几名。轮到我洗，只一会儿工夫，我发现地上好像有个石子在动，开始我以为眼睛花了，再低头仔细看，我的天，是个活物，颜色与沙子一样灰暗。再仔细看，是个钻出地面寸把儿的蛇头。这时，外面放水的小伙子也惊叫起来，说，发现几条灰蛇朝临时浴室游来。于是，我赶紧穿衣。大家七手八脚打蛇。这时，一旁的老百姓制止我们，让别打烂了，他想捕起来泡酒。他说这些蛇都很毒，听到水声就从沙子里钻出来。他提醒我们，沙漠洗澡一定得当心，不但有蛇，而且还有毒蝎和蜥蜴。它们为水而来，不小心踩了它就会咬你。那可是毒得要命，一旦被咬了，基本没得救的。

于是，我要求迅速告知所有洗澡人员，并做好警戒防护，确保万无一失，不发生咬伤事件。

沙漠洗澡，让我不但刻骨铭心地感知了水的宝贵，更深刻地领略了生命的奇迹！

（2019 年 8 月 27 日《扬子晚报》）

喜怒哀乐一瞬间

子夜，团指接到前指命令：今天凌晨 4 点左右，敌方拟向某要地发射导弹一枚，预计方位××，航速××，命令你部机动至××区域，组织集火拦截。

昨晚 20 点左右，全团官兵刚刚移防至沙漠深处的新阵地，四野苍茫，沙海连天，没有任何参照物，全靠经纬仪定位。临近 22 点，各营才将阵地布设完毕。23 点左右临时营地渐渐安静下来。

随着一声刺耳的警报，散落的帐篷中纷纷亮起灯光，寂静的大漠里顿时洒下一片星星灯火，各类机车发出阵阵躁动。半小时后，部队整队完毕，数百辆军车宛若钢铁巨龙，在黑暗中轰鸣着滚滚向前。一个多小时后，部队到达指定区域，各营抓紧阵地布设，架设雷达天线，导弹推上发射架，严阵以待浩荡蓝天。

这次的考核课目是集火拦截低空突袭目标，通俗一点说，就是两枚地空导弹打一枚低空飞行导弹。之前，各营进行了为期半个月的集训和演练。三天前，专门进行了技术重点难点讲解示范。基地教员和领导再三强调：从敌方导弹发射到我方雷达搜索到目标，再到我方导弹发射，只有短短 22 秒反应时间。也就是说，我方从发现、跟踪、瞄准、发射，必须在 15 秒之内完成，否则目标就会加速下降，直至逃脱消失，考核成绩即为零分。

这是既靠胆识又靠技术的课目。大战在即，全团上下气氛凝重，大家既紧张又兴奋。团指再次召开紧急会议。团长最后再三提醒，敌方导弹起飞、我方发现目标、跟踪发射仅有 15 秒左右，这是黄金时间，如果两枚导弹发射不出去，就会前功尽弃。团长讲完，我宣布一条纪律：随机抽到的营，一定要大胆沉着，果断处置，15 秒之内导弹不发射，以贻误战机论，营长教导员同时给予处分。

3 点，我和团长进入指挥所。3 点 17 分，×营突然报告兵器故障，正在组织力量排故。我的心一揪，坐立不安忧虑重重。3 点 41 分，×营报告兵器故障排除。我长长舒了一口气。3 点 50 分，各营进入临战状态。凌晨 4 点 5 分 20 秒，远方雷达发现目标，团指标图人员迅速标定方位，通报各营。团长随即下达战斗命令。我再次提醒各营，务必相信科学，果断发射导弹，不得贻误战机。时针嘀嗒，9 秒过去，10 秒，11 秒，12 秒。说时慢，那时快。此时，透过指挥所玻璃墙，肉眼已能看到敌方升腾疾飞的导弹。我的心脏快要蹦出嗓子眼。我和团长齐声呼喊，发射！见没动静，我急得刚要骂人，只听“轰”的一声巨响，接着又是“轰”的一声巨响，两发导弹火龙一般腾空而起，呼啸着直刺苍穹。天哪，导弹终于在指定时间 14 秒内发射升空，指挥所内一片欢腾。然而，接下来的场景，一下又将我的心弦几乎绷断。只见巨大的天幕上，两发导弹从两个方向飞向敌方导弹，但高度明显偏低，在敌方导弹下方留下的轨迹上交叉后，各自惯性分叉飞离，也就是说，两发导弹 3 秒前与敌方导弹擦肩而过，几秒内如不迅速调整飞行弹道追踪，就会脱靶。我的心脏加速狂跳、手心冒汗、视线模糊。忽然，奇迹发生，两发导弹同时着了魔似的，突然攀升、拐弯，对准敌方跃升的导弹，全速追击。有戏，好啊！指挥所内惊呼阵阵。4 秒，仅仅 4 秒工夫，远处巨大的墨绿色天幕上，一道巨大的闪光，一个巨大的火球，一声沉闷的巨响，一道绚丽的礼花，向四处扩展、分散、坠落。我简直不敢相信自己的眼睛，与团指全体同志一样，情不自禁地高叫起来：打中了！打中了！我和团长十分激动，紧握着的手久久不肯松开。

掐指一算，从发现目标到击落目标，短短20几秒，我的心情大起大落，可谓分秒之间悲喜交集。如果心脏不好，真是难以承受。

那一年，我任某导弹独立团政委。这次机动实战训练，发射数枚导弹，全部命中目标，考核成绩全优。个中喜怒哀乐，只有亲历者自知。

（2019年11月22日《人民日报》）

大山深处小学校

二十世纪七十年代初，为了战备需要，数十万工程技术人员和民工，奋战数年，终于在皖西的大山深处建成机场。不久，这里进驻部队。顿时，寂静多年的小山沟成了热闹的小集镇，人数最多时达到上千。其中，家属小孩与日俱增，适龄入学儿童越来越多，而这里远离县城乡镇，交通极其不便，小孩上学十分困难。为了解决军人家庭后顾之忧，经报上级批准，决定在这里建座子弟小学。仅用半年工夫，就盖起了校舍，选调和聘用了老师，加上附近山村的孩子，四十多个孩子终于入学，根据孩子的情况分成两个班。学校按部就班，采购全日制小学课本。

我是 1987 年开始协管师里的几所子弟小学和幼儿园工作的。此时，部队经过多次整编，该场站已经转为留守，剩下不到两百人，随军家属和小孩同样不剩几个。

那年春天，我利用在该场站举办战士考学文化补习班的机会，顺便检查学校和幼儿园工作。留守领导陪我先去幼儿园。园内安安静静，滑滑梯等大型儿童玩具被杂草覆盖。三个中年妇女，也就是老师，带着两个孩子玩积木。据她们讲，这里没有教育教学，任务就是看好孩子。

我们踏着沙石路，顺着坡道来到不远处的学校。校园内冷冷清清，操场上没有一个人，一棵斜树丫上挂了一个黑乎乎的铃铛。校长是个中年人，个头不高，头发不多，脑门发亮。他笑容可掬地站在校门口迎候，把我们引进教师办公室。办公室里两个男老师在看书，一个女老师在织毛衣，见我们进来，纷纷丢下手头的书和针，礼节性地起身招呼。校长一一介绍后，领我们去了他简陋的办公室。办公室里有一张旧办公桌，桌上有竹笔筒、墨水瓶、小茶缸和简易书架，书不多，但有一本《乡村女教师》；两张旧木椅子，油漆剥落得差不多了；一个旧木柜子，上面放了一只篾壳热水瓶。他热情地给我们用缺口的瓷杯子泡上粗茶，之后慢条斯理地介绍情况。他说，目前学校运转十分艰难。经费还好，关键是留不住人。现有五名老师，只有一名学生。一名学生，怎么教学？老师实在待不住，下月就有两位老师要走。这名学生现在三年级，小学没毕业，所以学校还不能停课解散。

一名学生，不久就只有三名教师。天哪，这是什么学校！听完介绍，我心情沉重。我极其理解校长的心境，十分赞同他的想法：想方设法留住老师，继续办好学校。我提议到教室看看。一路走去，整排教室多数门窗关闭上锁，唯一一个开着门的教室内传出女教师讲课的声音。我们走进教室，老师停止讲课，与我们打招呼。那名小男孩坐在第一排中间，用怯生生的眼神看着我们。我问老师还有多久下课，老师说快了，还有一节课就放学了。我问孩子学得怎么样，孩子起立，小声说：“老师讲的都能听懂。”我轻轻拍了拍孩子的头，跟他说：“能听懂就好，虽然你没有同学，但有爱你的老师，你一定要好好学习，天天向上。”小男孩连连点头。

这是我一生中见到的唯一的只有一个学生的学校。我感慨万千，郁闷无言。

临别时，我跟场站领导再三强调，无论多么困难，都要把学校办下去，把老师留住。我跟校长说：“无论多么枯燥，都要办好学校，坚守到底，坚持到孩子毕业。不为别的，只为那怯生生的目光和人民老师的光荣称号，以及肩负的那份沉甸甸的责任。”

第三年，小男孩终于小学毕业，学校正式停课解散。坚守到最后的只有那名校长和那天讲课的那名女教师。

一晃三十多年过去，那大山下的小学校，那位可敬的校长和那位女教师，以及那位既不幸又万幸的小男孩的形象，始终在我的心里挥之不去，我曾经在多种场合给朋友讲述这个离奇的故事，并发自内心地感激敬佩那位校长和老师！

（写于 2019 年 12 月）

寻找一棵松

那年仲夏，我去皖西山区出差。

我先坐大巴到合肥，然后转车到六安，再转车到一个叫独山的小镇。之后，部队派吉普车接我。我们行走在山间弯曲崎岖的沙石公路上，两边山高林密莽莽苍苍。太阳快要落山的时候，我们终于到达山沟里的营区。

我住的招待所在一个小山坡上，透过窗户就看到连绵起伏的山峦。山夜寂静，偶尔传来不知什么动物凄凉的叫声。可是到了凌晨天刚蒙蒙亮的时候，四周林子里一片欢腾，鸟儿们叽叽喳喳各展歌喉，热闹极了。印象最深的是不远处一棵高大松树上的啄木鸟，一直乐此不疲接连不断地猛啄树木，声音极其有力而且均匀。我被吵醒，再无睡意。索性起床，穿上运动衣，拿着半导体收音机，去山间林中散步。

小道弯曲崎岖，四处花朵芬芳。只是信号时好时差，收音机声音时断时续。忽然，我似乎听到了脚步声。果然，不远处出现了匆忙赶路的一对男女。他们汗水涔涔，男的抱着一个似乎睡着的孩子，气喘吁吁；女的提着包裹，紧跟其后，神色焦虑。此时，他们看到了我。女人急忙跑上几步，急切地问我：“大哥，你知道一棵松在哪儿吗？”

一棵松？满山遍野都是松树，到哪儿寻找一棵松？见我迟疑，男人马上补充：“大哥，是一个地方，这地方有部队，有亲人解放军，有军医。”

“噢，你们在找部队医院？”

“是的是的，找部队，找解放军军医。”女的哭着说，“娃儿病了，村里中医说，他没得办法了，让我们快去一棵松，找解放军军医，不然娃儿就危险了。我们昨天上午出来，走了一路，问了一路，翻山越岭一天一夜，眼看娃儿气息越来越弱，我和他爹都快急疯了。”女人泣不成声。

我一听，看一眼昏睡的孩子，感到情况危急了，当即跟他们说：“快，跟我来。”

我们加快步伐，向营区奔跑。此时快七点了，营区内静悄悄的。我领着他们直奔卫生队。

卫生队里有名值班护士，医生刚去吃早饭。待我说明情况，护士赶紧为孩子量体温。我让护士打电话给队长，护士说：“队长夜里去双墩集出诊，凌晨才回单位，让他休息一会儿吧。”护士打电话到食堂找值班医生，可没有接通。她说：“我这就去食堂。”说罢，跑步出门。

我见医生还不来，急了，拿起电话，让总机快接队长。电话一接就通。我说明情况，队长说，他马上到。令我惊喜的是，不到五分钟，一个头发稀少、皮肤黝黑、身材高挑、腰有点躬的汉子风风火火赶来。他脸色发白、眼睛发红、声音沙哑。见到我顾不得寒暄，直奔治疗室。他用手摸了摸孩子的额头，拿出体温表举高看了看，再用手电照了照孩子的嘴巴。他说孩子发烧，是扁桃体发炎化脓了。只要吊水消炎，问题就不大了。

这时，值班医生和护士跑了过来。他们按照队长的吩咐，开始着手为孩子吊水做准备。此时，孩子的妈妈似乎有话要说，她迟疑地问队长："叔叔，吊水……贵吗？我们没带多少钱。"

队长笑了，说："看着你们翻山越岭冲着我们来，今天机关领导在这里特批，不收你们一分钱。"我在一旁点头赞同。

护士为孩子做了皮试。这时，男人眼中流下泪水。

我让队长派人到招待灶拿点吃的。一会儿，护士说孩子不过敏可以吊水。配完药，孩子吊上水。一名战士拿来一袋鸡蛋、馒头、包子之类的食物，年轻的夫妻不停地说着谢谢！我跟他们说："解放军是人民子弟兵，为人民服务，为老百姓解难是应该的。"

我跟队长交代几句，回到招待所。场站领导已在那里等我。我给他们讲了刚才的事，他们都说应该为贫困山区老百姓排忧解难。于是，我跟场站领导商量，能否让那对夫妻在场站招待所住两天，待孩子好些再走。他们齐声答应。

三天后，孩子病症明显好转。队长告诉我，可能是先前孩子使用抗生素少的缘故，所以疗效奇好。临行前，队长为他们包了一包药，以备不时之需。年轻夫妻热泪盈眶，连声感谢解放军的救命之恩！

之后，我问队长，人家为什么寻找一棵松，而不直接找部队医院。队长笑了，堆起一脸皱纹："为了解决部队对外交通困难，场站领导向当地政府申请了'绕道公交'，尽管增加了营运成本，当地领导还是特批每周专门为部队增开一班加班车。为了保密，刚好站部那儿有个大转盘，中间有一棵高高的松树，因此这个公交站就叫一棵松了。找到了一棵松也就找到了部队。'一棵松站'其实可叫'拥军站'。"

原来如此。

（2019 年 12 月 12 日中国作家网）

Part 03

心随大家行

高晓声的随性

二十世纪八十年代初，我参加了一个文学培训班。

一天，我接到第二天下午听专家讲座的通知。那天赤日炎炎，我从大校场骑自行车前往鼓楼附近（具体地点已记不清），到达时，我是汗如雨下，脸上火烧火燎一般。进得一个院子，但见几棵高大的法桐，顿感些许凉快。然而，斑驳的树阴下的一幅景象，很是吸引我的眼球。只见一个头发蓬乱稀疏，皮肤黝黑的小老头儿，露着半块肚皮，在一床细草席上张着嘴巴呼呼大睡，尽管树上的知了没命地叫唤，小风吹得热浪滚滚，似乎都没有影响他的睡意。

讲座即将开始，我和大家进入一个小型会议室，尽管电风扇在吱吱打转，然而似乎没有多大用处。但由于通知中讲是著名作家讲座，我们还是摇着纸折扇子静心等待。一会儿，主持人领着一个精瘦黑黝，走路有点摇晃，肩膀一高一低，手头夹着烟的憨厚老者，乐呵呵地走了进来。我一看，天哪，这不是刚才鼾睡树下的那位老人吗？

主持人的介绍，让我十分吃惊，原来这位老者就是大名鼎鼎的作家高晓声。高晓声，如雷贯耳。我是之前从《雨花》杂志上认识这位大家的。那一年，他发表了著名的短篇小说《李顺大造屋》，我被他质朴的语言和率直的表达所吸引。接下来的讲座虽然夹杂着浓重的苏南口音，但不失风趣幽默；虽然没有多少高深理论，但将“从生活到创作”的具体方法讲得十分具体接地气，尤其列举了李顺大、陈奂生等人物的塑造，讲得十分投入到位，令我受益终身。在我想象中，这些文字了得的大作家，平时应该都是文质彬彬衣冠楚楚的，然而，生活中的他们，居然如此随性不讲究。人不可貌相，此言甚是。

梁晓声的胆怯

我与大作家梁晓声再次见面，中间隔了三十四年。第一次见面是在南京，那时他已经是全国短篇小说奖得主，我作为文讲所的普通学员，极其虔诚地认真地听他讲课作辅导。这一次见到他是去年底的北京，我们一起领取了 2016 年“中国散文年会奖”，而且都是大奖。虽然不能与其比肩，但自然能够坐得靠近。梁先生其实已经不记得我了，但我提起一件事，他突然笑了，并热情与我握手，还在我的获奖证书上签名留念。

1983 年《青春》大型丛刊推出了梁先生的中篇小说《今夜有暴风雪》（当时就是中篇）。4 月，他到南京，应邀为文讲所的学员讲了一堂叫《素材小议》的文学创作课，主办方极其盛情，付给他 20 元讲课费。这在当时每月平均工资 30 来元的现状来说，可谓一笔“巨款”。当时梁先生不好拒收，刚好，《青春》给他新作稿费，梁先生顺水推舟，为表示他对江苏文学事业的支持，特地从稿费中拿出 200 元，同时加上那 20 元，一并捐赠给文讲所，并写了一封热情洋溢的短信。尽管这事过去多年，被我提起，梁先生依然激动得像个孩子。他说，尽管当时钱不多，不能派上大用场，但也许可以作为参加讲习所的青年们聘请讲课老师的费用。我说我是受益者，不然今天根本无法与他坐在一起。他说，这我就十分欣慰了。

说罢，我们一起合影留念。梁先生临别时跟我讲，江苏人杰地灵，大家如云，当年不知哪来的胆子和勇气，竟然就去班门弄斧了，现在如再邀他去讲课，都不敢轻易答应和造次了。

我知道这是他的谦虚话。我深信，就凭他如今的文学成就和名望，完全有资格来江苏大讲特讲，而且会受到热烈欢迎。

陈贤德的用心

陈贤德，《解放军报》高级编辑，享受政府特殊津贴，中国新闻奖一等奖得主，首届全国十佳评论员，第五届韬奋新闻奖获得者，国内著名评论家。主持的“长城论坛”被评为第二届中国新闻名专栏奖。

我与陈编辑相识，缘于一篇叫《领导要做基层“常客”》的言论。2001 年 9 月，我任某团政委。我下基层，发现了一些连队接待我和团领导的做法有点过分，了解缘由，原来是因为领导下基层太少，以至于基层把领导当稀客对待。我心里很不是滋味。回到机关，我召集机关有关部门开会，着手解决这些看似小事，但反映领导干部和机关干部作风建设大事的不良现象。会议结束前，我做了一个小结。会后，我将小结发言整理一番，发现是个不错的话题。于是，我稍加修改润色，寄给《解放军报》“长城论坛”编辑。

没想到，稿子寄出半个来月的一天，居然收到了主持人陈贤德编辑的亲笔信。信是用那种蓝色吸水笔写的，他首先肯定稿子选题好，然后建议我如何加以修改，改好后立即寄给他。陈编辑不但字写得潇洒、漂亮，而且语句简练、亲切，就像一位长者，语重心长、谆谆教诲。

为了改好稿子，我找来《解放军报》“长城论坛”栏刊登的十多篇稿子，从风格到字数，反复研读。然后，根据陈编辑的要求，认真修改润色，寄出。一个星期后，陈编辑回信。这一次，他亲自在稿子上做了认真修改，然后写下了“主持人的话”，并附言，问我这样改是否妥当。我认真仔细研讨他修改的每一处，改得确实精彩到位，令我敬佩得五体投地。

11 月 24 日该文在《解放军报》二版刊出，反响强烈。不久，我又收到陈编辑寄来的样报，同时收到一份长长的书单。我乍一看，发现书名相差无几，但仔细一看，是一类书籍的不同版本，比如，《新闻评论教程》，范荣康，1988 年 9 月人民日报出版社出版；《新闻评论写作教程》，程世寿，1987 年 8 月华中理工大学出版社出版；《中国新闻评论名篇选析》，顾勇华、陈杰，1990 年 6 月河海大学出版社出版；《评论员札记》，于宁，1995 年 2 月蓝天出版社出版；《新闻评论学》，王兴华，1998 年 1 月杭州大学出版社出版；《新闻评论他说》，田望生，1999 年 5 月华文出版社出版；《新闻评论学（第二版）》，丁法章主编，张骏德、程士安、曾建雄撰稿，1997 年 1 月复旦大学出版社出版；《新闻评论教程》，胡文龙、秦珪、涂光晋，1998 年 7 月中国人民大学出版社出版；《同研究生谈新闻评论》，邵华泽，1999 年 4 月人民日报出版社出版……

看完这相似的书单，我明白了，他是想让我静下心来，系统研究新闻评论。从那时起，我只要逛书店，都要收集、购买各种版本的新闻评论著作，买回后，认真比较研读，从中发现和收获了许多关于新闻评论写作的门道和技巧。不久，我写出了反映基层连队日常管理方面问题的言论《“不听话”与“不像话”》，寄给陈编辑，他很快来信，说这篇言论写得好，进步很大，几乎不用改即可发表。2002 年 5 月 1 日，该言论加“主持人语”在《解放军报》刊出。从此之后，我利用业余时间，写作发表了 200 多篇言论，不少在军报刊出。其中，《为官就要多读书》被《军队写作教材》作为范文收入；《领导要做基层“常客”》等三篇文章被《新时期政治工作苑论》（解放军出版社）一书编入；《能下，也是育才之兴趣举》获得军兵种新闻评论一等奖，连同4篇文章被《人才战略工程论坛》（甘肃人民出版社）一书编入；《且学且思不浮躁》等三篇被《治军方法论》（原兰州军区政治部）一书收入。2006年5月，我将这些言论选出一百篇，取名《政工随笔》，长征出版社出版后，深受基层部队指战员欢迎，多次再版重印。再后来，我将写作体会编成《实用言论写作讲义》，为机关和院校新闻干事讲课，同样受到欢迎。

我能有今天的言论基础，并写出“像样”的评论文章，得益于陈编辑当年的悉心辅导和引领指点，这是他对我最大的赠予。据我所知，多年来，陈编辑不但辅导和引领了我，军中不少才俊都曾受到他的教诲。其中经过各自努力，有的当了大军区宣传部部长、报社社长和理论研究部门的负责人，有的走上了师、军、大军区级领导岗位。现在看来，当年陈编辑给我开的那份书单，书名尽管相似，但异乎寻常，让我从相似中读出了区别、读出了真谛、读出了精髓，这才是这位大评论家对我的良苦用心。

（2017年第5期《军事记者》，题目改为《编辑的书单》）

贲道春的执着

2002年底，南空政治部考核组考核团党委班子，经过一周考核得出结论：该团是一个讲学习、讲实干、有威信、有实绩的班子，尤其在建设学习型党组织方面，有独到的做法。回到机关，他们向领导汇报，时任政委是个特别讲学习的首长，要求政治部宣传处，了解情况，总结经验。这一了解不得了，说我是个学习型政委，很多做法值得推广。当时正值中央号召全党建设学习型党组织，南空领导认为，身边有这么一个典型，应该认真总结宣扬。于是做出决定，将我作为南空当年重大典型给予宣传报道。这下，把我推上了“风口浪尖”。

首先是南空政治部宣传处采访，接着是空军报社的采访，再接着《解放军报》《解放军画报》，中央电视台七套……一时间，我成了焦点，压力很大。

文字采访我约法三章，不能言过其实，因此采访时间相对短些。让我印象极其深刻的是摄影这一块，时间长，折腾多。“折腾”我的这个人就是大名鼎鼎的摄影家贲道春。

他是原南空政治部宣传处专职摄影干部，空军报社记者，《解放军画报》特约记者。1979年起从事新闻摄影工作，在国内外报刊发表摄影作品3000多幅，200多幅作品在省、市及全国性摄影评比中获奖。曾出版《蓝天长城》个人摄影作品集，先后载入《中国摄影家大辞典》《二十一世纪人才库》。连续六年被南京市评为摄影“十佳”，2003 年获江苏省摄影“金瞬奖”，2008 年获全国摄影艺术展金奖、银奖。他是中国摄影家协会会员，中国新闻摄影学会会员，中国人像摄影学会会员，南京市摄影家协会副主席。因年长我几岁，又是老熟人，所以我叫他老贲。

老贲一到，吓我一跳。那套摄影“家伙”，夸张一点讲，既像枪又像炮。老贲办事风风火火，一到团里就忙活开了。他首先要在我办公室拍一张与学习有关的主题照片。他东看看，西瞧瞧，一会儿调整书橱，一会儿调整桌面；这边调整光线，那边摆放白色反光布伞。摆放半天开始拍摄。这一拍不得了，将我调整来调整去，咔嚓咔嚓，拍了多少张我根本搞不清楚，反正不少于两个小时。最后，选了一张主用片、一张备用片。

之后，是党委集体学习、研讨、交流的照片，同样不轻松；接着，是与基层官兵一起“五同”的照片，下基层，一弄就是三天。那个拍摄量，让我瞠目。那时正值初春，山头阵地泥泞不堪，还有积雪，老贲为了拍出最佳角度，不管是泥是水是雪，跪着、趴着、躺着，毫不在意，那种职业追求，着实令我感动！

老贲究竟拍了多少照片，我无法知晓，但最后他只从这些照片中选出 38 张照片给我纪念，说这是他从数百张中反复挑选的，这些是“合格”产品，其余全部报废。我的天，折腾了三四天，泥里水里，就拿出这几张照片。老贲说，干什么都不能有丝毫马虎，尤其是拍摄人物照片，必须形神兼备精益求精，或者叫“慎之又慎，山穷水尽”。后来，我把老贲这种对于作品完美的执着追求，概括为“老贲的执着”，并向每一位官兵宣传灌输。

后来，《空军报》《解放军报》《解放军画报》等报刊上刊出的有关我的照片，果然光彩照人，效果了得，冲击力强，反响强烈。

以前，我总以为照几张照片就那么回事。经历这么一次折腾，深感不简单不容易。老贲的执着举动，深深地打动了我，影响了我。从此，我写文章也好办事也罢，尽可能追求完美，弄到“山穷水尽”才肯罢手。

许南湖的淡泊

1994 年春天，我第一次去周庄。说实话，小桥流水人家，对我来说并不新鲜，从小生活在里下河，出得家门十步便是如此景致。张厅、沈厅虽有特色，但与旧时大户人家大同小异。兴许平时留意书画的缘故，我反而对古镇的古玩字画店面更加感兴趣。

那天，同行的卢先生是字画收藏爱好者，眼球全被市面行画铺的字画吸引。于是，我们沿着千米长街，一一逛了林立的十多家大同小异的画店。及至街尾，我们大有游园不值之感，好多东西入不了眼啊。剩下镇边东隅最后的半开门户，既似住家小宅，又似一匹小店，没想到门口挂着的一块四寸宽、尺把长的木头牌匾吸引了我们："南湖书画，吴冠中题"。好大来头！我们面面相觑，同时笑出了声音。为什么？我们都在怀疑这块牌子的真伪。走近细瞧，了不得，那字分明就是吴老真迹。怎么回事？我们决定探探究竟。

这是一个小店面，就是一个普通的临街住家。进去后，书画挂得满墙满壁，案几条柜上十分杂乱。挨门贴边有个很小的柜台，一中年妇女正在经营招呼。光线不好的边墙角处，一老人手执画笔在认真作画。见有人进来，笑一笑，点点头，继续作画。

此时，我们注意到，四壁遒劲苍老的山水画，与临近的行画铺大相径庭，不同凡响，层层青山绿水、点点渔舟碧波。我们顿感吃惊，心想：偏僻一隅隐藏大师不成？接着，柜台里的两块中英文证书映入眼帘。中年妇女见我们好奇，解释道："那是联合国教科文组织颁发的证书，他是世界文化名人。"我们拉长脖子细细观看，顿时肃然起敬，决定走近这位大家。攀谈中得知，老人是一位隐居湖海、不求闻达的民间老画师，叫许南湖，原名绍江，号崇虹，1906 年生于昆山周庄，幼时酷好艺术，师从无锡画家王云轩，后考入上海中国文艺学院，潜心艺事。黄宾虹时任该院院长，教师中丹青好手、翰墨名流云集，邓午昌、计徵白、邓曼青、商笙伯、马公愚、张善子、方介堪诸人领衔执教，许先生广得诸家教益，尤服膺黄宾虹先生。黄翁离校后，许先生随师而去，赁居沪上西城里与师为邻，朝夕聆教。黄翁感其志诚，乃收为入室弟子，授业四年，专攻山水，艺乃日进。1932 年起，许先生执教于蔡元培先生创立的上海爱国女校美术班，后辗转于苏、沪，几经坎坷。多年来，世事变幻莫测，但许先生从艺志坚，长期悉心钻研黄宾虹老师的画法，洗尽铅华回到他的出生地周庄小镇，默默传承老师衣钵，淡然作画生活。

中年妇女说："许爹是宾翁嫡传弟子，画品人品皆学宾翁。宾翁生前很少卖画，许爹作画多赠友人，不求价钱。宾翁生前有言，他的画五十年后必有知者，结果为所言中；而许爹也说，相信若干年后他的画同样如此。"

我和老卢说，我们就是知者。看看画的质量，再看看标价的便宜，我们有些于心不忍了。许先生似乎看出了我们的心思，说："我只作画糊口，不去追名逐利。"于是，我和老卢各选了十几幅字画，一算价钱，才六百多元。我们给了七百元，老先生坚决不收，必须找零。临别，老先生送了一些关于他和他作品的复印资料给我们，同时跟我们留影纪念。他很高兴，说是遇到了知者。

回到南京，我分送朋友，不少人说我花钱买了一堆废纸，我很不服气。我去北京，送给朋友，他们说字画水平不低，就是没有听说书画圈内有这个“名人”。

1996 年我陪友人再去周庄，专门去了此店，有趣的是，小店门面依然未变，只是多了一幅先生的自画像，下边题款是“平生书画最关心，师从虹庐丘壑来”。我说这幅自画像画得很写实，他说这是参照了陈复礼为他拍的相片画的，半真半假，半像不像。

我向许先生讲了送画的情况，他笑了，笑得像个孩子，说：“管他呢，我行我素，宾师理解。”我说我这次想多选一点作品，作为礼品送人。许先生说：“这好这好，功德无量，如此这般，买一送一。”先生说到做到，我选了十幅，他赠送了十幅。只是这一次价格稍微有些上扬，也就花了千把块钱。这次他与我聊了很多，听后慨叹不已，受益匪浅。回到南京，我到哪儿出差，都捎给朋友，比如到西安、成都、济南、北京、杭州等，我都向朋友推销过许先生的作品。尽管遭到朋友讥笑，但还是乐此不疲。

2000 年春天，我再次来到周庄，这一次没有遇到许先生，那位妇女说，许爹节后不久走了。走了？我愣了许久，好不遗憾！这次，我没说更多，选了一堆作品，付上钱悄然离去。最后送人的一幅画是 2005 年春天，那位同仁一看便说这是黄翁的画风，我很高兴，终于遇到“识货”之人了。据传，许先生仙逝后，作品价格一路攀升，上蹿至原价几十倍，沪上亦对其人品艺品高看一眼。

真是耐人寻味！许老先生师从黄先生学画距今近七十年，为何之前众多黄宾虹研究活动中，从未见其出头露面？二十世纪八十年代以来，黄宾虹声誉日隆，画价日高，黄宾虹研究会、黄宾虹故居也纷纷建立，不少人打着黄宾虹私淑弟子的旗号，拉大旗作虎皮，大行其私，大发其财。为什么许先生这位老资格的虹庐入室嫡传弟子，独独鲜为人知，默默耕耘在江南古镇，居闹市而不染，甘于寂寞、甘于清贫，最后无疾而终于他那风雨飘摇的小木楼中？

活生生只有八个字：为艺而来、淡泊而去。

王蒙的签名

去年底，我在北京领取一个散文大奖。一开始，我以为就那么回事，可一看嘉宾名单吓我一跳，王蒙、王巨才、蒋建伟、梁晓声、韩静霆、刘庆邦、叶延滨、王宗仁、巴根、艾克拜尔·米吉提、温亚军、王涘海、黄艳秋等大家赫然其上，这让我受宠若惊。

第二天，我同样有点吃惊，主办方居然让我坐在了前排。主持人、著名作家、资深杂志主编蒋建伟先生宣布获奖名单我才知悉，我发表在《海外文摘·文学》第 4 期上的散文《泰东河的女儿》获得了一等奖，同获该奖的还有九位。《人民日报》等媒体报道了这一活动。

利用精锐奖得主，“尹武平将军作品讨论会”的间隙，我冒昧请教了文学大家王蒙先生，并将我对他的一本叫《王蒙的红楼梦》的著作提出看法，并请教。王先生粉丝一堆，极低调，不拍照、不签字，他对我的话题很感兴趣，但人多，根本无法直面交流，他让我写个电话给他随行，日后联系。会议快结束时，我将条子递给他，并将荣誉证书一并呈上，意思请其签名留念，没想到这位大家，善解人意，想都没想，大笔一挥，签上“王蒙”二字。

既然得到了王蒙先生的签名，我想，何不让大家们为我的证书继续增光添彩呢？于是，我先后拜见了梁晓声、王宗仁、刘庆邦、叶延滨、温亚军、巴根、蒋建伟等大家，令我感动的是，他们都很热忱，纷纷签名留念，韩静霆的签名上午已经签在了通讯录上。

晚上，主办方举办了“2016 年中国散文朗诵会”。会上，北京人民广播电台的播音员朗诵了迟子建、廖静仁、王宗仁、曹文轩、韩静霆等大家的作品，我的散文《短暂的阳光》排列第八，是最后一篇。其间，有位作家十分羡慕我，更加羡慕我的那份有大家们签名的荣誉证书，他说那是含金量极高的招牌，无价之宝，好好保管，收藏价值是很高的。

事后，江苏文明网晒了我的这一宝贝。不久，还真有一位收藏爱好者找上门来，希望高价收购，被我婉言谢绝。

大家们的签字，虽说没有什么，但对我来说是一种肯定和勉励，也是一笔可贵的精神财富，必将激励我今后更加勤奋地读书、思考和写作，学习大家、追赶大家，以期取得新的更大进步。

朱光亚的平易

2000年我在北京参加空军高层次人才建设课题组。除了调研起草《意见》和《说明》，还参与了“空军与国家科技界实施战略联姻，聘请26名两院院士担任顾问”的活动，从而让我近距离接触了航空、导弹、雷达等领域的这些顶尖专家。

聘请两院院士作顾问，在全军空军是第一家，引起的反响十分强烈。国外有媒体称“中国空军一夜之间增加了26个师”，他们知道院士的分量、科技的力量不容低估。

我具体参与了三件事：一是参与首届聘请院士仪式，负责会议的准备保障工作；二是参与空军首长组织的“院士座谈会”，具体任务是参与起草首长讲话；三是与科技处同志一起，陪同院士到基层部队参观指导。

聘请首届院士顾问仪式由时任空军政委邓昌友主持，邓政委说：“培养空军的高层次人才，迫切需要‘高人引路’‘名师指点’。聘请院士充分依托了国家最高科技界的人才资源优势。不求所有、但求所用，借风扬帆、借船出海。”

这些话说得何其生动形象！首长固然讲得精彩，但稿子如果写得不到位，有何漂亮可言。这要感谢一位叫赵勇的前辈指点，他是文章高手，可惜已先我们而去。

“两弹一星”元勋、时任全国政协副主席的朱光亚院士出席聘任仪式，对这项工作给予高度评价和热情指导。接受聘任的26位院士顾问虚怀若谷、平易近人，使人高山仰止，如沐春风。“两院”院士、著名空气动力学家顾诵芬深情地说：“我的头衔很多，我看最重要的有两个，一个是院士，一个是顾问。”顾院士对空军建设的关爱之情，溢于言表。

接着是座谈会。想起那天座谈会，至今胆战心惊！关键在于太突然！这个会本来计划迟些时日召开，不知什么原因，一下子提前。问题还在于，当时已经是中午十二点半，下午三点开会，突然加入一名副政委并要做讲话。讲话稿谁写？任务自然下达给课题组。这可不是闹着玩的，不到两个半小时，要写一篇首长讲话，几乎不太可能。不太可能也要创造奇迹，这是硬任务。于是，干部部王副部长和科技处卢处长简短议了一下路子和框架，让我和李教授各写一半。现在虽说是事后说说而已，但当时真是直冒虚汗，拿笔的手都在发抖。教授自己在电脑上写，我只好叫来打字员，我说他打。

那是一场考验，是立马可待的“现实版”。时间在流逝，嘴巴在嘀咕，键盘在敲击……两点半，相关人员在催促，因为他们还要统稿、修改、送审。真是要了命！好就好在，领导不是开场，而是做结束语。但总不能让首长拿到稿子就讲，总得送给他审改定稿才行。三点，我们的稿子终于上交，心里忐忑不安，不知仓促成稿，能否过关。阿弥陀佛，谢天谢地！

据说，我们的稿子是一张一张送到首长手里的，一直快到四点，才送出最后一页。四点半首长将改好的稿子退回，幸运的是，首长只做了不太大的改动，让我们清稿后给他。心中的石头终于落地，大有大病初瘳之感。晚上干部部领导说话算数，请我们胡吃海喝一顿。

第二天，我们陪院士们去基层部队参观指导。一架专机，载着

26 名院士，向南方某应急机动作战部队飞去。

开始大家不怎么讲话，飞机飞了一会儿，大家就拉开了话题。这些平时了得的大学者、大科学家，在常人眼里，应该是正襟危坐、不苟言笑的，你跟他们一接触，你才知道他们有多平易近人。坐我右边的两位在笑着讨论小说《白鹿原》中白嘉轩的小媳妇泡枣子的事，一个说有效，一个说胡扯。坐在后边的一位问了我两次，去不去市里，他想为孙子买两款新的游戏卡。见我边笑边给朋友转“段子”，坐我前面的老者问我怎么乐成这样，我说朋友传来笑话太逗，他说这么好笑，怎么不给他转一下。见我发愣，他补充道：“专家也是人，也想乐……”举目一看，机舱里，有的在玩俄罗斯方块游戏，有的在摆弄随身听，还有的在照相……反正，你如果不说他们是科学家，随便让谁看，怎么看都是一群普通老人。

下了飞机，一到部队，与机务人员一交流，这些院士们便直奔主题，展开前沿高端话题的探讨，听得我云里雾里。与院士们接触，让我感慨良多。至此我才真正理解，什么叫实现了“空军高层次科技人才建设与国家科技顶尖人才的战略联姻”。同时，也真正明白了什么叫大智若愚。

2001 年，我参与撰写的以空军党委文件下发，时任军委副主席张万年在文件上做了重要批示，该文件获得空军军事理论研究成果一等奖。

费爱国的备至

网上这样介绍费爱国：空军装备研究院某研究所所长，专业技术少将军衔，高级工程师，中国工程院院士，北京邮电学院工学硕士，北京科技大学工学博士。长期在一线从事指挥信息系统顶层设计、装备科研和工程建设，是空军网络化指挥信息系统建设主要开拓者之一。先后担任多个国家和军队重大项目技术总师，主持设计了我国首套出口型防空指挥信息系统和空军首套网络化区域指挥信息系统，为促进空军指挥信息系统建设做出了突出贡献。先后获国家科技进步一等奖一项、二等奖二项，军队科技进步一等奖六项。撰写、编译出版了七部专著，发表学术论文多篇。荣立一等功一次、二等功两次、三等功四次。先后获政府特殊津贴、中国科协求是杰出青年实用工程奖、军队杰出专业技术人才奖、何梁何利基金科学与技术进步奖。

我与费院士朝夕相处近一年，还是在空军高层次人才建设课题组。他是江苏连云港人，那时他任空军某研究所总工，是空军院士的培养苗子，我们课题组几个人习惯叫他老费。老费平时爱笑，也爱开玩笑，天热时常打赤膊，胸口有一撮黄毛，因他身材魁梧，我们戏称他“虎毛熊腰”。别看老费是个大男子汉，有时心是很细的。我之所以写他，主要是感谢他，感谢他对我无微不至的关心。

一天晚上，我去朋友家拜访，不慎踩空受伤。第二天去空军总院检查，发现左脚跖骨骨折。当时课题组就在该研究所办公，吃住在该所招待所。打上绷带石膏后，我继续参加课题组的学习讨论研究。老费见我吃饭、上下楼梯很不方便，专门安排一名服务员为我打饭端汤，让他的司机送我去总院检查换绷带。这些都是平常小情，感动我的是接着发生的故事。

我真不知道老费的心这么细，为了让我的骨头尽快长好，他专门找来一个治疗跌打损伤的部队中医，为我开发了全新的治疗方式：拿掉石膏绷带，每天上午用一种捣碎的草药敷在我脚背的受伤处，然后用纱布包起来，再让我每天口服两次特制的中草汤药。

老费每天看着中医为我换药，用清水洗掉前天留下的药渣，还通知招待所食堂每天给我做骨头汤，或者黑鱼汤、鸽子汤，提供新鲜水果。有时让人扶着我下楼晒太阳。一周过去，半月过去，二十天过去，奇迹发生了。都说伤筋动骨一百天，可我从摔倒到下地走路，前后只花四十多天工夫。去总院检查，发现骨头长得天衣无缝。“五一”节我居然坐飞机回南京度假了，走路如常。我不说，家里人根本看不出我的腿受过伤。近一年一起工作的日子，我们结下了很深的友谊。

后来，他当上了院士，晋升了少将。这是我们课题组走出的第三位将军。2009 年 11 月 10 日，我在电视上看到老费走上领奖台，领取 2009“何梁何利基金”“科学与技术进步奖”，心中十分温暖和亲切。及至后来他从当时的领导人手中接过“荣立一等功”奖牌，我更是分享到了一个军人和朋友的荣光与自豪！老费现在是科学大家、高级干部，虽然我们多年不见，但这份特殊经历和感情，我始终记着。

陈兵的气魄

陈兵是大忙人。自从2015年10月接任苏果超市有限公司总经理、当选党委书记后，与其见面就很不容易了。苏果摊子铺得太大了，安徽、江苏网点发展到2000多家，拥有会员数量近千万，他不忙谁忙？

说来有缘，去年底，我们同赴南通参加会议，住在同一家酒店，且在隔壁房间。吃完晚饭，我们一起冒着细雨散步。

聊着聊着就聊到了工作。我问陈兵："2015年你接管苏果时，公司出现较大亏损，压力挺大吧？"

陈兵不假思索地回答："压力山大！尽管亏损原因来自方方面面，但在某种意义上讲，这还不是最可怕的。最让人担忧的是巨大亏损面前，团队信心不足，员工士气低落，直接影响到公司的经营发展，苏果十万人就业，关系着四万个家庭，承载着股东的期许和社会各界的厚望，社会责任重啊！"

我对陈兵应该是了解的。他1975年9月出生，江苏盐城人，中共党员，研究生学历，1996年7月加入苏果超市有限公司，历任门店店长、中心店经理、便利营运管理分中心执行总监、标超便利事业部总经理、助理总经理、副总经理、江苏省政协委员，一路走来，可谓风调雨顺。现在终于被推上了风口浪尖。

小雨如毛，路灯晶莹。我们继续前行。我问他：“听说你上任三年，一步一个脚印，2016 年基本实现盈亏打平，2017 年一举扭亏为盈，2018 年更进一步，利润总额突破 4 亿元，在华润万家各业务单元中排名前列，制造了一个又一个‘神话般的奇迹’。这些是怎么做到的呢?”

陈兵捋捋头发，沉思片刻说：“一言难尽。现在说起来轻松，其实趟了不少路子，下了不少险棋。”

这是第一次听到一个成功者发自肺腑的话语。

陈兵继续说：“取到鱼，黄板都会说话。成功者，怕谈以往。”

“为什么?”

“说起来容易做起来难，”陈兵说，“1996 年 7 月江苏省供销合作总社创办了苏果公司，之后加入央企华润集团。与生俱来的‘红色基因’，使苏果历经数十载市场经济大潮洗礼，创造了不少辉煌业绩，成为江苏大型连锁超市和国内行业标杆。能取到这些成绩马嘉樑等老领导功不可没。苏果是一艘巨轮，惯性大，要调整航向、再振雄风、破浪前进，不是一件容易的事情。”

这一说，还真不容易。此时的雨，似乎变成了雾，能见度明显降低，路灯罩了一层光晕，模糊起来。见我兴趣盎然，陈兵索性打开了话匣子。

“我感到幸福是奋斗出来的，业绩是拼搏出来的，而且思路决定出路，出路在于创新，创新在于落实，这些话听起来大，其实一点不假。

“苏果向前进，班子很关键。作为领头羊，首先不能乱了阵脚。我感到，困难面前，统一思想，凝聚智慧，提振精气神极其重要。只要大家心往一处想，劲往一处使，撸起袖子加油干，就一定能够走出困境、再续辉煌。再一点就是，审时度势，大处着眼小处着手，认真分析市场形势，针对营运模式，突出网点优势，整合企业资源，着眼短期业绩改善和中长期能力建设，制定‘减亏、扭亏、增盈’三年工作规划，采取项目管理方法，推动增收节支等一系列举措，促使企业经营业绩持续改善，成功走出困境。在此基础上，我们优化企业未来3—5年发展规划，提出了‘巩固南京大本营，做强外埠优势市场，加快创新转型升级，提升门店竞争能力，实现线上线下融合发展，保持苏皖市场领先地位’的发展方向、发展策略和发展路径。

“其次，鸟瞰天下、寻找出路、推动转型。抓好业态创新，先后推出三代、四代‘好的’便利店、‘生鲜加强型’生活超市、三代社区店和二代大卖场，并试水无人自助零售，这一招首战告捷。抓好业务创新，打造‘元旦跨年购’和‘7·18司庆’两大购物节，塑造强大的苏果品牌效应；依托品类中心建设，持续推进商品升级，搭建各式消费场景；尝试‘生鲜+餐饮’模式，不断提升招商餐饮、儿童游乐等功能品类占比，并打通线上消费渠道，推进‘新零售’步伐，抓好管理创新，引入项目管理机制，推动经营业绩改善和重要业务落地，探索形成‘内加盟’及‘生鲜合伙人’机制；抓住服务创新，打造‘贴心管家’服务品牌，加快‘自助收银机’、‘扫码购’等新技术的运用，提升超市科技化、智慧化程度，提高工作效率，增强服务体验。

“第三，避短扬长，改弦更张，改变‘跑马圈地’的规模扩张，注重‘有质量的规模和有效益的增长’。严格选址、规范审批，加强投资与建店管控，三年来新开的大卖场全部实现当年开业当年盈利，大大缩短了投资回报期。同时，小业态也以年均100家左右的速度进行快速发展，持续稳固南京大本营及外埠重点城市的优势地位。

“第四，调整组织架构，压缩管理幅度，重视人才培养和梯队建设，补强顾客洞察、O2O等职能短板，推动外埠区域管理，提高管理效率效能。选拔任用政治素质过硬、综合能力突出的年轻干部，重视专业人才和高潜人才的引进，开展管理团队领导力提升、中高层后备培养等培训项目。我在基层门店干过，深知一线员工十分辛苦，深知尊重员工价值创造，提高薪资福利、提供发展平台、增加专项激励的重要性，这几年保持了员工年均收入增加10%以上，提高他们的获得感和满足感。

“第五，企业党建是生产力，抓党建就是抓发展。苏果网点2000多家，员工总数4万多名，党员只有500多名，很难做到基层党组织全覆盖。2016年起，我们率先开展党建示范点创建工作，以‘党建示范店’和‘苏果先锋组织’为核心，成立党员小组和青年先锋队，工匠先锋队，工人先锋队，明星先锋队，以大党建为核心，党建带群团，形成‘打头阵、争先锋’‘以点带面、星火燎原’的‘头雁效应’，从而出现了亏了十年的老门店打赢‘扭亏攻坚战’的喜人局面。”

不觉走了一个大轮回，我们又回到了酒店。雨虽然停了，但我们的衣服基本被打湿。听陈兵这一介绍，我对苏果再创辉煌终于找到了答案，对陈兵这位苏果掌门人的战略谋划部署才能敬佩不已。

前不久，我去调研苏果公司党建工作。在“党建示范店”江东南路购物广场，我问陈兵：“全年和跨年销售业绩如何?”陈兵眼睛红肿，但喜形于色地告诉我：“统计出来了，去年直营销售规模240多亿元，1号当天实现销售6.57亿元，比去年增长了1个亿，再次刷新历史纪录!”

苏果了不起，陈兵了不起。

（2019年1月29日《中华合作时报》，原名《陈兵布阵》）

Part 04

感恩师与友

短暂的阳光

1973 年 9 月 1 日学校开学，我进入小学五年级。新学年第一堂课铃声过后，校革委会孙主任面色严肃地领着一位面目清秀、身材消瘦的中年人进入教室。孙主任介绍：“这是新来的陈老师，他教你们语文，也是你们的班主任。大家鼓掌欢迎!”

陈老师上身穿藏青中山装，白色衬衣，看上去十分精神，声音不厚实，比较尖细洪亮，态度和蔼可亲。孙主任走后，即做自我介绍，说：“我叫陈鸿仪，邻村开村人，我喜欢与同学们做朋友，希望大家多多配合我教学，好好学习，天天向上。”接着陈老师可能为了熟悉同学，开始点名，之后开始上课。这节课是新课，名叫《水莲》，说的是黄海之滨射阳河口一个女少年抓美蒋特务的故事。我们当时不知道黄海在哪里，也不知道射阳在哪里，更不知道台湾距离射阳有多远，反正听老师读讲，十分羡慕那位女孩的机智和勇敢。

我是班长（那时叫红小兵中队长），这天放学，陈老师将我留下，问了很多班上同学的情况。我不知道从哪儿说起，他问一句，我答一句。末了，他说现在反对“师道尊严”，老师和同学是同一个战壕里的战友，谈话不要拘谨，平时要坦诚相见、互相帮助，希望我向黄帅同学学习，协助他管理班级，千万不要出什么不好的事情。听完这些，我十分感动，这是我上学以来，第一个以这种态度待我的老师。

第二天上午上课，陈老师继续讲解《水莲》。忽然，班上一刘姓女同学浑身颤抖起来，随后脸色苍白，口吐白沫，全身抽搐，教室里顿时一片混乱，女同学们纷纷前来施救，有掐人中的，有抹胸口的，还有掰手指的……陈老师被眼前的场面吓住了，呆站一边，不知如何是好。一会儿，躺在地上的刘同学平静了，同学们安静了，陈老师惊魂未定，问我怎么回事？我其实一点不紧张，因为这事经常发生，于是悄悄告诉他，刘同学患有晕晕病（癫痫病），个把月发作一次，这是轻的，有时候发作起来折腾半天都救不下来，那才叫怕人。陈老师听后“哦”了一声，长长舒了一口气。之后，他关切地问刘同学能否继续上课，要不要回家休息，确定她没事后，他这才继续上课。中午放学，陈老师没有马上去厨房吃饭，而是让我陪他送刘同学回家，并且耐心劝说她的家人，无论如何要给刘同学治疗，不能这样拖下去，并说他认识这方面的医生，星期天帮助联系。不久，陈老师联系了上师范时的同事，很快为刘同学联系了医生，虽说后来治疗效果一般，但刘同学犯病次数明显减少，她的家人十分感激。

一个星期后，是作文课，陈老师在黑板上写下了题目：热烈庆祝党的第十次全国代表大会胜利召开。题目写下后，同学们议论纷纷，有的说这样写，有的说那样写。陈老师先后提问了几个同学，开头如出一辙：东风劲吹，红旗飘扬，山在欢呼，海在歌唱……陈老师没有说好，也没有说不好。最后，他点名让我说说。我说：“这个题目比较难写，太大，不好下手，能不能把题目弄小点，比如，‘红小兵’要关心国家大事，或者，用勤奋学习庆祝十大召开。”陈老师听后，十分赞同，当即表示，改作文题为：勤奋学习，庆祝十大。

没想到，就是我这个不靠谱的建议，给陈老师带来了麻烦。

校革委会孙主任很是警惕，认为这个题目表面看没有什么问题，但仔细分析发现，隐含了“智育第一”导向，强调的是“学习第一”，淡化了“庆祝”，如果上纲上线的话，这个题目有不小的问题。

陈老师无话可说，只是苦笑，连连解释，自己嗅觉不灵敏，没有想那么多，只是觉得题目太大，怕同学们把握不住，所以才做了调整。有个同学报告孙主任，说这题目是我建议陈老师改的。孙主任问陈老师是怎么回事，陈老师依然回答：同学谈个人看法很正常，关键看老师怎么行事，这事与别人无关，终究是我改的，要追究责任算是我的。

第二天，一件意想不到的事，让陈老师更加陷于被动。

上午第二节下课铃响了之后，几个男同学你追我赶打闹一堆，突然他们逮住了一名姓杭的同学，杭同学耍懒趴在地上不起身，于是他们四个人，抓手的抓手，拖脚的拖脚，将杭同学脸面朝下抬起便走。突然前面拉手的同学滑了手，这下惨了，杭同学的脸刚好磕到地面的砖头上，先是气上不来，过了一会儿鬼哭狼嚎，待同学将其扶起，恐怖场面出现了：杭同学满脸是血，居然随手从嘴里拿出两颗连根拔起的血淋淋的门牙……

这事吓傻了同学，吓坏了陈老师，惊动了孙主任。

陈老师毫不犹豫地背起杭同学，直奔村南的合作医疗站。到了医疗站，气喘吁吁几近虚脱，背上满是汗水和血水。

事后，陈老师召开班干会，传达校革委会的指示。孙主任认为，这是阶级斗争新动向。首先查出抬人的人，视其出身，进行批评教育还是批斗；然后，班上开展整顿教育，抬人的人、特别是家庭出身不好的人，一定要做深刻检查；最后，下次学校召开批判大会时，陈老师上前讲讲经验教训，挖挖思想根源。

陈老师将查人的任务交给了我。很快，我查出了四名同学。我给陈老师一报，他愣住了，原来四名同学都根红苗壮，家庭出身最“次”的都是“下中农”，是革命的同盟军。不好办，陈老师家庭出身是富农，看来根源只能从他那儿挖起。好在杭同学事先说是自己挣扎松手的，这才减轻了陈老师的罪过。但为了吸取经验教训，陈老师还是用自己的工资买了一堆慰问品，由我们几个陪着去了杭家。这弄得杭同学很不好意思，笑得掉了门牙的嘴里直呼酸气。

那天学校开展批判“师道尊严”大会，陈老师脸色凝重语言低沉地做了检讨，并从灵魂深处痛挖思想根源，主要讲自己没有提高革命警惕性，放松了管理和教育，从而让同学栽了跟头，没有发生大的问题实属侥幸。陈老师没有责怪同学，主动承担杭同学治疗的一切费用。四名惹祸的同学事后找陈老师道歉，他只笑了笑，说：“我知道你们不是故意的，往后注意一点就好了，有你们这个态度，我很欣慰，这说明你们明白了道理，以后一定会做得很好的。”

三个月后，杭同学的牙镶补好了，陈老师却生病了。据说要住院治疗。同学们都很担忧。

那是一个晴朗的日子，虽是数九寒天，但由于艳阳高照，大有小阳春般温暖。这天下午，陈老师的哥哥和爱人来到学校，同学们开始并不知道他们是来接陈老师的。得知陈老师可能这一走就不再回学校，大家心情都很压抑，男生女生默不作声，一起来帮他收拾物品，然后一件一件地搬运到河边的小木船上。临了，陈老师脸无血色、身体摇晃着走出宿舍，与同学一一道别，他笑着对我说：“赵培龙，谢谢你，时间虽然不长，但你对我支持很多，有空到我们村上玩。好好学习，天天向上。”

陈老师艰难地登上了上下浮晃的小木船，同学们一字排开站立在河岸边，挥手与陈老师道别，我们对陈老师都很留恋，一直等小木船消失在金光闪闪的水天之间，才依依不舍地离去。

我呆立于河边，心情十分复杂，也不知道陈老师究竟得的什么病。想想与他短暂的相处，虽然阳光晒得肩膀暖暖的，但心里凉凉的。一时间把“学生反潮流”和“师道尊严”混淆了起来，或者说根本弄不清这两个词组究竟代表了什么意思。

陈老师和蔼谦恭、坦诚助人的形象一直系于我的脑际，多少年挥之不去。有趣的是，十多年后，陈老师居然成了我的岳父。有时我常常想，这，难道就是师生缘分的美好延续？

（2016年《散文选刊·下半月》第11期，该文选为“2016年中国散文朗诵会”8篇作品之一）

人生奠基人

初中毕业的我，由于家庭出身和父亲的原因，未能上高中，加上身体原因，我一直没有参加生产队的重体力劳动，处于在家待业状态，父母一直在寻找机会，想让我学一门不太费劲的手艺。母亲始终认为，荒年辰饿不死手艺人。

这是一个秋高气爽的上午，利用星期日，父母又去了溱潼溱湖湖南村，为我能够学习轮船驾驶的事奔波。我和弟弟在家。我正在聚精会神地阅读从四叔那儿借来的油印的《毛泽东革命生涯》的小册子。乡下从来不关门，突然我感觉有人闯了进来，抬起头，只见一个满脸皱纹，长着络腮胡子、留着小平头的小老头步入院子。他一进门就大嚷大叫："文俊、文俊，文俊在家吗？"

听到有人直呼父亲的名字，我和弟弟本能反应，都很觉得刺耳，加上不认识这个人，因此对他也就冷漠甚至反感起来。好在这个人能够自我调节，主动与我和弟弟搭讪。他自我介绍："我姓孙，叫孙光焘，时堰中学老师，跟你爸曾是同事。"

见我们不吭声，他继续说："你妈也认识我。我托你爸找你伯办点事。"

出于礼貌，我放下书："找我伯批砖头吧？"

他笑了，眼后的鱼尾纹特深，说："是的，批点计划砖。"他见我继续翻书，问我："读什么书？上几年级？"

面对询问，我苦笑了笑，回答："毛主席自传，我四叔他们油印的。贫下中农没推荐，上不了高中，在家闲着。"

他没有马上回答，只笑了笑，问能不能倒杯茶（即开水）让他喝。我说可以。待我倒来水，他着实渴了，一点不怕烫，咝咝喝了几口后，大声对我说："这书我看过，斯诺写得挺好。"再喝几口水，突然问我："想上学吗？"见我不解其意，继续问我："我是说，你想上高中吗？"

我以为他在开玩笑，笑了笑，不以为然地说："怎么可能，再说都 11 月份了，人家早开学了。"

没等我说完，他斩钉截铁地说："这你不用管，我只问你想不想上学？"

我见他语气十分认真，于是正经地回答："这个我说了不算，得等我爸妈回来才能定这事。"

之后，他给我详细介绍了时堰中学"三时工读班"的情况，并跟我介绍了我们村上在那就读的董、崔、赵等几名男女同学，他们都是我初中的同班同学。之前，我非常羡慕他们，不经推荐，也能读上高中。

不久爸妈回来，果然是爸爸的老同事老朋友，谈话十分自然随便。爸爸先陪他去办事，之后留他吃饭。饭桌上，孙老师向爸妈提出让我读书的问题。爸妈没有立即表态，只是说考虑考虑。孙老师说："只要愿意，明天就可让小赵去学校找我。"

经过一番家庭讨论，最终爸妈让我去时堰"三时工读班"读书。三天后，我在董、崔两位同学的引导下，找到孙老师，办完报名手续，来到位于时堰中学最后一排的仓库一样的破旧不堪的教室里。班上连我十七八名同学，没有统一的课桌和板凳，黑板就是一块木板，讲台是一张旧得连油漆都磨没了的学桌。见此情景，我十分失落，做梦也没有想到我上的高中竟然是这般模样。

孙老师是语文老师兼班主任。因为没有教材，他选的课文，都是发表在《解放军报》“长征”副刊上的文章。他讲的第一节课叫《今年春来早》，油印给大家，首先让同学们齐声朗读，然后从文章结构、层次、表现手法和中心思想等方面进行讲解。有同学私下讲话，他马上停下，点上烟，对着窗户看着窗外不吱声。同学发现课堂上没有了老师的声音，于是不再讲话。安静下来之后，他扫视一下同学，不太高兴地说：“说呀，继续说呀？你继续说，我继续看菜。”

他布置作业十分特别，要求大家反复朗读，下节课抽人背诵。

后来，他给我们讲了郭沫若先生写的词，讲到激动处，将粉笔左右手掂来掂去，弄得地上到处都是粉笔头，讲到最后“拥护”两句，居然拉长声音像唱一般。同学们哄堂大笑，他十分生气，怒斥大家“朽木不可雕”。

再后来，他给我们讲《八月的乡村》，是鲁迅批判二十世纪三十年代化名“狄克”张春桥的，这个课文有点深，他费了九牛二虎之力，我们也没有弄清楚文章中所说的“我们之中的他们”和“他们之中的我们”是什么意思。他很沮丧又很无奈，说我们：“榆木脑袋，冥顽不化。”最后，只好自嘲：“鲁迅先生是不是这个意思，可能他自己也弄不清楚，我们只能猜测而已，事隔这么多年，管他什么我们他们，这些今天弄不清楚也不会出事。”

后来，为了排练文艺节目，晚上加班我不能回家住，经与其商量，孙老师同意让我住到他中午休息的小平房里，但有个条件，房间里他的书箱比较多，只同意我看，不允许我外借给别人。印象很深的是有一套八本的《史记》，有一套五卷本的《太平天国研究》，一摞《红楼梦学刊》，排列整齐的《诗经》《楚辞》《唐诗三百首》《中国历代诗词选》，几本《中国通史》，还有一堆《教学参考资料》，其余全是各种小说和诗集。《史记》我读不懂，最喜欢的是《太平天国研究》和《唐诗三百首》。其中，更让我感兴趣的是他自己用又粗又黑又大的蘸钢笔写的，没头没脑的长篇小说，大约有150页。页中夹有一封发黄的编辑回信，大体是说，小说已经通过编务委员会审定，正在排版，可能七月出版发行。落款时间好像是1966年4月。看到这个，我对孙老师肃然起敬，原来他曾经写过小说，是个作家。

之后，孙老师经常给我一些学校图书馆借不到的书，比如《爱情三部曲》《雾》《雨》《电》《林海雪原》《红旗谱》和《烈火中永生》；再比如《复活》《安娜·卡列宁娜》《静静的顿河》和《鲁滨逊漂流记》；还比如《王子复仇记》《威尼斯商人》《罗密欧与朱丽叶》等。我看得十分粗糙，只看故事情节，不看艺术手法，但让我开阔了视野，增长了见识。

1977年高考恢复后，我转学溱东中学。考取军校接到录取通知后，我专程去时堰看望孙老师。那一天，他十分激动，拉着我的手不放，嘴中一个劲地说："什么叫出息？这就是出息！什么叫前途？这就是前途！"

我永远不会忘记孙老师，没有他就没有我的"三时工读班"，也就没有我之后的一切基础。从这个意义上讲，他是我美好人生的奠基人！

吟唱的诗篇

这是1976年12月底一个风和日丽的正午，苏北里下河古镇时堰的小巷子里满是温暖和煦的阳光，我走在小镇东南的一座小木桥上，丝丝凉风徐徐吹过，传来小河上游汰衣女人的欢声和笑语。

我的心情特别好，昨天下午全社中小学文艺调演的情景依然令我陶醉，我的笛子独奏《牧民新歌》引起阵阵掌声，被组委会确定为"元旦汇演"节目之一。要知道，这十个节目是公社文化站的领导和专家通过打分从五十多个节目中精心筛选出来的。今天上午课间休息，隔壁班的语文老师吴耀先笑吟吟地找到我，让我晚上抽空去他家一趟，说有事拜托。因我是编外高中班——"三时工读班"的另类学生，"拜托"二字听起来让我心潮起伏、受宠若惊。吴老师只简单告诉我他家住在镇东南小桥过去不远的吴家墩，究竟住在哪里我并不清楚。为了晚上少走弯路，利用中午休息时间，我想提前趟个路子。

走过小桥，步入小巷，只走了一会儿工夫，经过询问，我便轻易地找到了吴家小院。三间正屋青砖小瓦房坐北朝南，西山墙临着东西走向的小土路。小院子被不算太高的砖坯墙围着，门头同样简陋。小院子的门没有关，透过小门可以看到不大的天井，天井里有几个盆栽，内有枯萎的花秆。再往前看，便是流淌的小河和小河对岸枯荣的杂树。小院子非常清爽安静，几只土鸡有的趴在地上打盹，有的悠闲地走动。我没有打搅吴老师，而是静静地退回，等待晚上正式拜访。

我本来是早出晚归的走读生，由于参加文艺节目排练，加上时堰镇到我家有七八华里地，在父亲的老朋友孙光焘老师的帮助下，我十分荣幸地住到了学校最后一排的老师宿舍的一间小平房里。这是孙老师个人的书房兼午间休息室，虽然不到十平方米，而且低矮潮湿，但有电灯、小床和桌椅，对我来说简直就是天堂。因为那个时候我们村庄普通人家还没有电灯这个奢侈的现代照明设备。

吃过晚饭，我稍事修整边幅，直奔吴家小院。天虽然很黑，但我心中亮脚下有数，所以很快到达院前。在院外，我隐隐约约听到屋内传出的琴声和吟唱的声音，只是那首歌曲被拉得有点走调。我轻轻敲门，一会儿，一个跟我差不多身高的黑瘦男孩前来开门，他手拿画笔，疑惑地问我："你是?"

我连忙回答："我是赵培龙，应……"

没等我答完，吴老师笑声爽朗地走上前来，十分亲切地说："培龙贤侄来了？贵客，快，快请，请进，欢迎你。"

我被引进灯火明亮的主屋。屋内人不少，掐尖儿几个孩子，有男有女，见我进来，纷纷走进卧室。见我有点窘，吴老师连忙把我介绍给正在缝纫机上做衣物的师母，说我是赵文俊老校长的儿子，她的老本家，笛子吹得特好。师母说，她跟我爸妈都很熟悉。然后，吴老师拉着我的手，高兴地将我介绍给正在拉琴、个子稍高一点的男孩："这就是我吃饭时跟你提及的培龙贤侄。"他指着男孩继续介绍："他叫为人，喜欢音乐，从今天开始，拜你为师，学习乐理知识。"我一听，心头咯噔一下，心想：吴老师开什么玩笑，怎么没弄清我肚有多少货色，就弄出这样的笑话来。我脸一红，连忙摆手："这可不行，我的水平说不定还不如他（为人）呢。"吴老师见我推辞，连忙解释：“我从戚老师（专职音乐老师）、汪老师（演出队负责人）、王老师（乐队手风琴手）处打听了，你的乐理知识基础扎实，还会谱曲呢！你在县文化馆刊物上发表的作品我看到了，很有水平的。”

我不好意思了，说：“那是跟我四叔一起搞的，他的乐理知识才叫扎实，我只知道一点皮毛。不过，如果为人哥哥不嫌我水平低，以后我们经常在一起学习交流好了。”

吴老师就等我这句话，听后十分高兴，他将正在画画——就是刚才开门的男孩叫过来：“他叫为山，爱好美术，跟你同年级。这是培龙，笛子吹得好极了。”

为山不怎么吭声，只笑了笑，说：“刚才天黑没看出来，原来是你呀。这两天你可是校园里同学们谈论最多的人，你现在是学校名人，怪我有眼不识泰山了。”

我听了很不自在，只好笑着说：“那是弄着玩的，吹个笛子没什么，汪老师抬举我，每次演出都让我上，把我弄得洋相百出，压力挺大的。”

“这多好啊，我做梦都想有个出彩的机会，只可惜画画儿没人欣赏。”说罢，为山做个鬼脸，继续进去画他的画儿了。

第一天晚上我和为人没有谈什么乐理，只是谈了一些个人的经历，以及工读班没有课桌、板凳和教材以及同学的事。回到宿舍，已是十点多钟。孙老师的小屋十分温暖。我简单洗漱，然后坐到床上，将我四叔的一本旧得没了封皮的《简明音乐教程》拿出来，认真阅读起来，因为我知道既然要做“先生”，没有“学问”哪成？所以，为了不出洋相，这次看得尤其仔细认真。

之后的日子我便成了吴老师家的常客，只要晚上有空我便过来与为人交流乐理知识。时间稍久，对这个家庭也渐渐熟悉起来。原来，吴老师不姓吴，本姓高，名冉泽，出生在溱湖之滨的小甸址高氏书香世家，自小过继给姨家，他的二伯就是著名学者、诗人、书法大师高二适先生。吴老师少年时启蒙于私塾，后入新式学堂，曾在省立如皋师范和江苏教育学院就读，学识渊博，闲暇爱好书画，擅长箫笛，对古诗文情有独钟，兴致所起填格律体，大事小事均以诗文记之，因体形偏瘦，故取笔名“瘦箫”。

兴许是高考制度恢复的缘故，第二年 3 月的一天，我们工读班十几名同学，取得正式学籍，被分成四组，分别插入时堰中学正规班次学习。我刚好分到了吴老师班上，他虽然不是班主任，但是我们唯一的语文老师，虽然身形瘦小，但声音厚实洪亮。我们插班进来的同学没有课本，吴老师让我们自己借同学的书本抄写。印象中他给我们上的第一节课是鲁迅先生的《为了忘却的记念》，他在前边讲得头头是道，而下面同学莫名其妙，我更是听不下去。倒是后来他讲杜牧《山行》，虽是古诗文，我倒听起了兴趣，不为别的，只为老师念诗的奇特，严格意义上来说，他不是念，而是唱，一句连着一句唱：“远上寒山石径斜，白云生处有人家。停车坐爱枫林晚，霜叶红于二月花。”初听起来有点怪怪的，但品评一番回味一下，又有一股说不出的韵味。有的调皮的学生听完干脆笑了起来。吴老师不高兴了，愤愤然：“诗言志，好诗是用来谱曲吟唱的，只读，体会不了其中的韵味。”多少年之后我才知道，吟唱诗篇，是吴越文化之世界文化遗产百戏之祖昆曲的滥觞，吟唱诗词是一门极高的语言艺术。与为人交流音乐知识之余，我与为山弟兄们同样玩到一起。一天为山问我最喜欢他画的哪张画，我毫不犹豫地告诉他，碳素素描《你办事，我放心》。一次，我受为山所托，带他专程拜访我能画会写的四叔。那一天，他用碳素笔即兴为我画了一张很大的速写，大家都说像，但我觉得不太像。此画现在已不知去处。

后来，吴老师为我们讲了许多《古文观止》上的篇目，我们听不太懂，但他让我们背诵，他说：“现在不懂，不等于将来不懂。幼学如漆，多少年之后，你们就知道背诵是多么重要了。”老师所言极是，其实这是很高的治学境界。

有一年，我回家休假，专程去时堰看望吴老师，那天吴老师特别开心，可能是刚刚吹过箫的缘故，那等眉飞色舞的情致溢满两颊。我们师生谈了许多，他专门捧出为山为他66岁生日时塑的像，因谈得投机忘情，居然忘却了时间，中午留我小酌。到南京后，我与为山多有交往，吴老师与我亦有书信往来。2001年初，为山亲自登门，赠《瘦箫诗稿》（吴耀先著）一册和贺年卡及吴老师书信一封，并在书页上留言纪念。

“三时工读班”是个由另类孩子组成的群体，因为吴老师的欣赏和倚重，使我在那个特定年代得以重新找回早已荡然无存的自尊。这样说来，与所教知识相比，老师的礼遇和尊严，应是更大的恩泽，这种浩大无边的恩泽对我以后重塑人格、再造自我，从容走向美好明天，真正是弥足珍贵！

多少年之后，每当听到昆曲或者参加诸如诗歌朗诵会之类的活动，我便想起恩师吴老师，想起他那信任的眼神、谆谆的教诲以及那抑扬顿挫的吟唱和凝重飘逸的箫音。只一句话，他的音容笑貌便会萦绕于我的耳际、浮现在我的面前。

（编入《瘦箫诗馆艺文集》一书，青年作家网、中国作家网转发）

“三机一泵”的魅力

1976 年 11 月，我在父亲的朋友孙光焘先生的推荐介绍下，进入时堰中学“三时工读班”。我曾经在多篇文章中提及，这是一个极其特殊的班级，没有课桌板凳，没有课本教材。起先只开设了语文和数学两门课，语文课内容全是报纸上的文章，数学课教的是优选法，即 0.618 选粮种法，当时还不知道这个数字叫“黄金分割”。后来才开设了物理和化学课。物理课“与生产劳动相结合”，开设的是“东风 195 型”柴油机、“东风 12 型”手扶拖拉机、小型电动机和小型水泵这几门课程，俗称“三机一泵”。化学课非常简单，讲讲简单的化学现象和基本反应。

教我们物理、化学的老师叫刘加勤，时堰镇郊人，二十三四岁，时堰中学高中毕业，原本回乡务农，办“三时工读班”时师资紧缺，便将其聘为老师。

加勤老师年纪不大，个头不高，身材偏瘦，头发留得不算长，眼睛不算大，嘴皮有点薄，平时上衣穿中山装或学生装，领口一圈是白色的衬布，看上去比较文静、成熟，有时也害羞脸红。讲起课来不但声音大，而且频率高，听起来脆亮清晰，尤其他讲“东风 195 型”柴油机，同学们都很用心听。每讲一课我们都要到一个拆开的柴油机上实习，观看实物零件，所以大家感兴趣，学起来十分容易。

加勤老师虽然年轻，课堂要求可是十分严格，不管是谁，只要交头接耳窃窃私语，都会当场受到严肃批评。同时，教学方法十分独到，要求大家记课堂笔记，下课前专门检查，每节课都要提问上节课的内容，弄得不用心的同学十分尴尬。有时刚好请女同学回答问题，常常是女同学回答不出问题，不是女同学害羞，而是他满脸通红。这个时候，我们才发现，原来加勤老师跟我们差不多，也是一个情窦初开的毛头小子，根本不像一个老师。

我对柴油机有一种天然的亲近，所以学得特别认真仔细，曲柄连杆、油料、冷却、润滑等系统弄得很熟，飞轮处的齿轮室、离心减速装置，以及三道气缸环前后顺序，还有错开角度等记得十分清楚，尤其是气缸盖上的零件，几乎能背诵下来。每次课堂提问，我都对答如流，很少出现错误，加勤老师十分满意。于是，加勤老师每次实习课时，对我的提问解答尤其用心和详细。一次，他为附近生产队修理一台柴油机，在没有其他助手的情况下，居然将我叫上。这次当助手，虽然只是递递拿拿，但由于是实物操作，将理论付诸实践，因此对我真正了解 195 型柴油机帮助很大。我也看得很细，学到很多，只是在最后装对飞轮附近齿轮的时候，由于配合不到位，操作不精细，我居然将一只手指肚夹进齿轮，顿时轧下一小块肉，鲜血淋淋。这着实吓坏了加勤老师，他见我捂着的手不停地往下滴血，立即停止作业，拖着我就往附近的医疗站跑。我说没事，他说不行。等医生为我包扎好之后，他才叹口气说，怪他粗枝大叶，没有事先跟我提个醒，这是一个十分不该犯的错误。事后，他跟我说，还有一个地方必须注意，就是用摇把发动机器的时候，左右手的配合十分要紧，左手压下减压阀后，右手就要拼命摇动，一旦飞轮达速后，左手必须瞬间松开，同时右手再给力。此时，有一个要领十分了得，那就是紧紧握住摇把，不能松手，只要不松手摇把就会自动脱落，一松手摇把就会跟着飞轮转，那个场面十分危险。他曾经有过疏忽，险些打断右臂。当他露出伤痕让我看时，着实让我感到触目惊心。

那柴油机修理装配完毕后，加勤老师开始给全班讲授发动这一课，他把要领讲了若干遍，讲一遍他示范一次。最后，他让我第一个上机操作。说实话，刚开始拿摇把，我确实有点心慌，待看到他的信任眼神，我便鼓足勇气，充满信心。于是，我根据要领，屏住呼吸，一步一动发动机器，只七八秒，我便将柴油机发动起来，引来同学一片呼声。男同学在加勤老师的指导和我的示范下，基本能够发动机器，而几个女同学，基本无法完成，她们不是体力不够，而是胆子小，不敢操作。加勤老师很想手把手教她们，苦于年龄相近，羞于靠近，只好作罢。但从女同学们流露的眼神看得出来，她们都很崇拜他。

之后，加勤老师教我们手扶拖拉机驾驶。因为变速箱太复杂，讲了我们都说听不懂，加勤老师只好讲简单原理和驾驶技术。那天下午，阳光灿烂，新修的“安时”公路上，加勤老师开来了一辆半新的东风 12 型手扶拖拉机，那声音，那气派，同学们欢声笑语、羡佩不已。这一次，加勤老师要求男女同学必须都要尝试体验，男同学挂 3 挡，女同学挂 1 挡 2 挡都行。倒挡不做要求。同样是让我第一个驾驶。我感到特别开心，上去开了一会儿，居然挂了 4 挡，下来后，满以为会受到表扬，加勤老师反而劈头盖脸一通批评：“赵培龙，你出什么风头，开这么快，出了事谁负责？”印象中这是他第一次训斥我。一时间，我和他脸都红得如同晚霞。过了一会儿，他提高嗓门对同学们说，最高 3 挡，谁都不能违背。女同学多数开 1 挡，只有胆大的李同学开了 2 挡，还是加勤老师站在车踏上手把手护着完成的。车子停下后，我们发现，在我们的掌声中，加勤老师的脸居然比李同学还要红。

后来，加勤老师还教我们学绕小型电动机，教我们如何根据漆包线的粗细计算匝数。再后来，教我们小型水泵知识，那时候我才知道水泵有“扬程”这一概念，同时弄清了功率与扬程之间的关系。加勤老师还是我们的化学老师，给我们做了很多有趣的实验，让我们这些农村孩子大开眼界。

我们都很崇拜加勤老师，当时我经常想，一个比我们年纪大不了多少的年轻人，怎么知识那么丰富？一年之后，我转学溱东中学，与加勤老师再也没有见过面。后来听说刘老师 1978 年考取了省城的一所师范大学，至于现在他生活在哪个城市，不得而知。

加勤老师是我中学时代见过的最年轻最有知识的青年，我很敬佩他的学习钻研精神。多少年过去，他的音容笑貌犹在我的耳边，令我终身不忘。

“65-4B”的辫子

他的幼年生活可能得到了前所未有的重视，童年生活也还算过得不错，青少年时代过得比较艰辛，一直到恢复高考制度，他的日子才算步上正常轨道。他的命运与民族命运息息相关。他叫赵培林，是我的大哥。

大哥生于1948年11月，是父母的第一个孩子，也是赵氏大家族的第一个曾孙。大哥从小乖巧伶俐，加之长得帅气，嘴巴又甜，深得长辈欢喜。大哥脑子聪明，又刻苦好学。1965年他参加盐城市物理、化学竞赛，分别获得二等奖和三等奖，如果不废除高考，他可是保送重点大学的对象。他不但学习成绩好，爱好也极其广泛。他识简谱，而且十分熟练。他的笛子和唢呐吹得特别好，还会自己做笛子，取天然笛膜，制作唢呐哨子。他的字同样写得漂亮，还有一点绘画基础。他十分爱好无线电，从我的一个远房叔父那儿得到一些元器件后，开始着手装半导体收音机。

我对大哥的崇拜，是从他装矿石收音机开始的。那时候，他还在上高中，我们乡下没有通电，没有有线广播。整个村庄仅在大队部有一部配电池的手摇电话，偶尔接通，声音像蚊子叫。全村只有一个从抗美援朝战场退役回来的张姓老兵手上有一台半导体收音机，那份自豪与满足无与伦比。夏天晚上乘凉，他走到哪儿后面都会跟上一堆人。我时常跟在后面，对那个会说话会唱歌的黑匣子特感兴趣、特感新奇。一天，我看大哥在家摆弄一块水车上用的类似塑料的板子，铁丝烧红后在上面烫了许多小眼，然后将一堆东西固定上去，再用烧热的烙铁蘸点松香，化开焊锡，把电线和耳机连接起来。最后，在天井的高处拉上一根铁丝，再用电线连到那个塑料板上一根可动的线圈上。一切完毕，大哥戴上耳机，开始拧动一个可动的把手。一会儿大哥乐了，竟然叫了起来："收到了，收到了！"我不懂大哥收到了什么？于是问他："怎么了？"大哥从头上摘下耳机，套到我的耳朵上，我一听，呆了，里边居然在唱歌。我学着大哥的样子，旋动那个把手，天哪，里边一会儿音乐，一会儿变成了说话。我拿下耳机问大哥："这是收音机吗？怎么不用电池？怎么声音这么一点点？"大哥说："这叫矿石收音机，不用电池，声音较小，还必须用天线。"从此，我知道了矿石收音机。同时，从大哥那儿知道了磁线天线、纸质电容、可变电容、二极管、三极管、电阻和耳机等常用的无线电基本元器件。

除此之外，我对大哥印象最深的是去井冈山串联。去之前母亲为他换了许多全国通用粮票，准备了草绿军装、军帽、挎包和白衬衫。去的时候神采飞扬，衣衫整齐；回来的时候没精打采、衣衫破旧。带回来最多的是领袖的金属小头像和一堆发酸的面包，讲得最多的是一路看到的武斗场面和杂乱时局。妈妈说安全回来就好。后来，家庭出现变故，风华正茂的年轻人，一夜之间失去阳刚之气。生产队要求他参加生产劳动，从此，我的大哥，一个十八岁的青年，开始了农村长达十年的强体力劳动。挑粪、挖沟、罱泥、割稻、插秧……农村的所有苦海累活脏活都有他的一份，命运的改变，精神和肉体的折磨，却没有让他彻底崩溃。

我对我的大哥最佩服的地方有三点。一是不畏强暴的勇气。那一年，作为可教育好的子女，他被推荐上大学，有人私下乱填社会关系，使他政审没通过。知道真相后，他据理力争，把那个使坏者驳斥得体无完肤。黄沙港大型水利工程，明明知道自己体力扛不下来，但为了尊严，拼了老命坚持到最后，工程结束回到家，几乎剩下一副骨头架，我们全家人几乎认不出他来。二是乐观向上的追求。劳动之余自寻其乐，经常吹笛子和唢呐，尤其是没有放弃对无线电的钻研。一年冬天，我的大姐夫，知道我的大哥喜欢玩弄无线电，花 4 元钱，买下了人家从水下打捞上来的一台“65-4B”型来复式半导体收音机。我的大哥如获至宝，一有时间就仔细研究，翻阅无线电资料，换掉扬声器，换掉变压器，换掉磁线天线……终于有一天，这台肥皂盒大的家伙发出了浑浊的声音。之后，他再调试中周、再生等器件，挂上天线，不久，一台声音清晰的收音机从此诞生。三是知足常乐的心态。除了干农活，大哥有时帮助大队出大批判专栏，画大幅的宣传画，那画大到一面墙。有时他与四叔同时完成一幅大画。县生资公司搞文艺宣传队，让他去吹笛子，他一去有时就是个把月；地方国营砖瓦厂排练文艺节目，请他去配乐，一天能得一块三毛五分钱，他十分满足；大队过年排节目，他同样去吹笛子。他相信命运，不屈服于命运，又十足的随遇而安。对生活不拘希望，又不失望。娶妻生子后，只求油盐酱醋茶，其余没有想法，显得知足宁静。

恢复高考后，大哥开始不相信仅凭成绩能够录取上大学，直到身边的一个个事例诱发他考场一试，结果第二年居然以每门 90 分（100 分卷）以上高分被南京工学院盐城分院录取。直到那年，他已在农村干了整整十年的农活。接到录取通知书，他热泪盈眶。在他的激励下，我和我的弟弟赵培田，两年后一个考取军校，一个考取华东冶金学院。

大哥现在退休了，被几家企业返聘为设计师，晚年生活十分平静祥和。大哥不但是我的大哥，也是我兴趣爱好的启蒙者之一。

（2017年《散文选刊·下半月》第5期）

乡村“文豪”

在溱东直至东台一带，我的四叔赵文豪，是响当当的“文化名人”。然而，他既不是高官，也不是富豪，他出名完全在于和他名字一样响亮的才华。

四叔出生于 1947 年 6 月，男孩排行老四，我们习惯叫他老叔。他与我爸一样也不一样，一样的是同胞兄弟出生在一个家庭；不一样的是父亲出生在过去有钱有势的大户人家，接受过良好的教育，而老叔出生在一个普通家庭。而且，幼小的时候，我爷爷过世，加之遇上那场运动，四叔书只念到农业初级中学一年级就被迫回乡务农。更加糟糕的是，他小时出天花，治疗不及时，致使一只眼睛失明。

命运没有拖垮老叔，苦难没有让他消沉，他选择了自强不息。起初参加生产队劳动，由于个子瘦小，干不了重体力活，于是主动向队长申请业余时间里担当义务记工员。为了办夜校扫盲班，他一边请教我的父亲，一边刻苦自学，编写扫盲课本，主动担任扫盲辅导员，公社抽查考试，排名靠前，被公社评为先进。更为可贵的是，生产队参加大队“语录歌”汇报演出，他主动教唱歌曲，自制乐器，演唱比赛被推荐到公社参赛。

他的手很巧。为了增强“语录歌”的演唱效果，他用水蛇皮、毛竹筒和弹棉花的牛皮线，自制了一把音色柔和的嗡子（二胡）。根据一本泛黄的《二胡演奏法》，他自学苦练，居然把二胡拉出了专业水平，什么调都会变奏，《红旗渠水绕太行》《喜看稻菽千重浪》《赛马》等高难独奏曲不在话下，后来成了演奏高手。县文工团调他去做专业演奏员，因为四婶和孩子在乡下的缘故，他婉言谢绝，丢弃了农转非的好机会，十分可惜。我的简谱乐理和谱曲基本知识，多数是他教我的。他把他那本宝贝似的《简明音乐教程》赠送给我，并与县文化馆联系，为我弄到了《歌词写作漫谈》和《作曲浅谈》两本小册子，当时我如获至宝。这时人们都称他是音乐家，他笑而不应。

他的毛笔字写得很漂亮，尤其是魏碑和行书写得极好，达到了书法家的水平。村上的标语、宣传栏和大批判专栏，几乎都是他一人的手笔。有时候，我帮他拎糨糊桶，贴纸到墙上，他直接用宽宽的排笔，潇洒写上斗大的魏碑字，那个力道、那个匀称，引得驻足观看者连声喝彩。到了春节，除了我父亲那个地方，找他写春联的人同样特别多，他态度和蔼，下笔认真，绝不敷衍，逐一满足。这时人们都称他是书法家，他同样笑而不应。我的字虽然没他写得好，但受他影响，后来练了多年，他鼓励我坚持下去，亲自为我选了帖子，并讲解要领，特别是魏碑要注意内圆外方，钩折照顾，所以我的字体至今跟他的很像。二十世纪九十年代初，我为《南京日报》一些小专栏题写刊头，很大程度是那个时候打的底子。

他的画同样画得十分专业。多次参加省市农民画展，每次都能获得二三等奖。他画的领袖像，形神兼备；画的普通人像，栩栩如生。村上的墙壁上巨幅宣传画，基本是他的作品。一年，村上一姓崔的农民突然亡故，没有遗像，请他上门，照着遗体，仅花两小时，画出的死者没人不说像的。我的中学同学吴为山，初始学画的时候对他很崇拜，专门让我带他去拜访他，他很热情地接待，并给予精心指点。吴现在是中国美协副主席、中国美术馆的馆长，是具有国际影响的著名雕塑家。可惜我没有这个天赋，没有学到他绘画的一点皮毛。人们叫他画家，他仍然笑而不应。

他的文章写得同样了得。每年都在《新华日报》、“江苏人民广播电台”、《农民日报》《江苏科技报》发稿十多篇，有一年居然在《人民日报》登了“豆腐块”，一时引起轰动。他创作词曲的歌曲曾被江苏人民广播电台录音播出，他创作的戏曲《梨园风波》参加盐城地区调演并获奖，他有很多很多的歌曲和文章被东台的小报小刊登载。他写的“调研报告”多次被县市内部刊物刊用。他是当地有名的“土记者”。当人们称他是作家、记者时，他依旧笑而不应。他喜欢读书，看完后立即推荐给我，比如，《毛泽东的革命生涯》《半夜鸡叫》《闪闪的红星》《高玉宝》《艳阳天》《金光大道》《长缨在手》等，我之所以爱好文学和写作，很大程度上受他影响，是他把我引向了文学的殿堂。

1978 年 7 月我高中毕业，以半分之差名落孙山。他知道我的文字表达水平较高，和当年推荐演《艳阳天》中的小石头一样，向公社文教秘书推荐我到公社广播站做土记者和业余编辑，协助他编辑广播稿和办自办节目。他让我业余时间逐页学习《新华字典》，消灭错别字；教我背诵《汉语成语小辞典》，提高文字表现力。至今依然受益匪浅。

1982 年秋天，我军校毕业分配南京工作。1984 年夏天，他来南京《江苏科技报》和《新华日报》送稿件，我们叔侄相见十分高兴，酒过三巡，谈及过往和人生，感慨万千、泪流满面。我们游玩了玄武湖、中山陵和总统府，参观了历史博物馆和南京大学，只因时间太短，没能让他玩得尽兴。

有一年的晚上，他骑车，不慎被迎面汽车撞倒，生命垂危。从死亡线上挣扎过来后，他没有更多责怪肇事司机。我的四叔就是这样，不但才高八斗，而且为人厚道。多少年来，他的性情温和、待人热忱的处世态度深深影响了我；他那勤奋好学、刻苦钻研、吃苦耐劳、乐观向上的精神激励着我。而今，我虽然没有取得什么成就，但也算混出了个人样子。这与音乐、书法、文学熏陶大有关联。我的四叔是我这些知识的启蒙者和引路人。我非常想念和感激他。

（2017 年 3 月 17 日“中国作家在线”）

想起王教授

1980 年 7 月，我参加高考，8 月被空军第一航空机务学校录取，9 月正式入校学习。

严格意义上讲，我们是该校第二批地方“知青生”学员，前一期只招收了一个试验班，我们被编入 20 期乙班（甲班是部队短训学员），全国招收 800 名学员。多数省份招收的是高中生，少数几个省份招收的是初中生。江苏省那一年突然改变招生方式，高等院校和中等院校分卷考试，报了大学就不能报中专，很多高中毕业的同学，原本准备考大学的，为了“保险”起见，只好放弃了考大学的机会，我便是其中一个。结果，那年的高中中专，人满为患，录取率差不多是 290∶1，竞争十分残酷激烈，很多成绩不错的同学考大学可能会被录取，考中专却名落孙山。虽说哭笑不得，但这就是现实。我是幸运儿，以均分 82 分成绩名列前茅，不但顺利过线，而且被分数、身体、政审条件都较严格的军校录取。

进入军校，两个月紧张的传统教育、军事共同科目训练、条令集训后，转入文化基础课程的学习。我被分在金工修理科系电镀热处理专业。我们使用的教材多数是学校自主编写，比如《党史》《高等数学》《电工学》《材料力学》《机械制图》《钳工学》《电器电路分析》《航空材料学》等，我们觉得很简单，只有《分析化学》使用的是武汉华中工学院的教材，学起来并不容易。基础课和专业基础课结束后，我们开始学习专业课程：电镀和金属材料热处理。电镀、热处理专业各有两名教员。电镀因基础原理和基本知识比较简单，由两名相对年轻的教员授课。热处理理论相对复杂，所以两名教员都是很有教学经验的老教授。一位姓蔡，广西人，个子较高，头发乌青，声音脆亮，态度极其温和，每每讲话面带笑容。另一位就是今天的主人翁，湖南人，身形瘦小，脑门发亮，顶发几乎掉光，声音尖而细，口齿十分清楚，二十世纪五十年代毕业于南京航空学院的王泉声教授。

王教授来给我们上第一节课的时候就给大家留下深刻印象。一是他的夏常服军装不合身，上衣太宽太长，裤子过于肥大，加上穿了一双解放鞋，人显得十分瘦小。二是他挽着袖子和裤脚，没有穿白衬衫，加上风纪扣没有扣好，里边磨破了边的棉白衫我们坐着都能看到。三是他来讲课，教材、教案什么东西都没带，区队长报告后，开始什么都没讲，就拿起粉笔在两块拖拉黑板上埋头写了起来。大约写了二十分钟，才对我们说："学员同志们，现在开始讲课。"

从这一时刻开始，他讲我们听，一直到下课，几乎没有停止。他在讲的过程中，我边听边看教材，至此我才发现，他讲的教材上都有，连数据都准确无误。黑板上写的教材上没有，他讲的内容远比教材上多得多。第二节课同样如此。第三节课就不是这样了，首先他开始提问，让知道的学员举手主动回答，没人举手他点名回答。在大家回答的基础上，他开始讲解。一节课下来，几个问题互动，课堂氛围轻松、效果特好。第四节课是课堂作业。他提醒大家，有不懂的问题及时提问。临下课，他问大家黑板上的文字还留不留，开始我们不明白怎么回事，纷纷说都记下了。他很高兴，于是自己用粉笔擦擦掉。区队长说："教授，您不用擦，下课有值日生。"他说："你们用心做作业，教员擦黑板是分内工作，下课多留点时间给你们体育锻炼。"

王教授的第一堂课就征服了我们，下课后大家叹服不已。金属材料及其热处理，本来是枯燥无味的专业课，由于他知识渊博，讲得精彩，大家也听得全神贯注、津津有味。以后的日子，只要王教授上课，我们都事先把黑板擦得干干净净，而且上完课我们故意留下一些内容不抄写，为的是不让这样一位才高八斗、德高望重的教授擦黑板。他理解我们的用意，每每点头微笑。几个月下来，王教授从不带教案进教室，而且每每像背书一样流利。

一次，我到王教授的办公室取资料，发现他正在伏案疾书。走近一看，甚是了得。原来，王教授正在翻阅几本厚重的资料，有清华大学的、华中工学院的、西安交通大学的，他认真编写教案。而且，他的办公桌上摞了厚厚一沓教案。都说功夫在诗外，现在，我终于看到了王教授的教案，有形的放在办公室，无形的装在脑子里。如此认真备课，刻苦严谨治学，着实令我感动。

我把这个秘密告诉了大家，这让我们大家更加尊敬和佩服王教授，学习更加自觉认真。到学期结束考试，我们班理论和操作平均分数都在 90 分以上。王教授十分高兴和满足，他夸我们学到了真知识，掌握了真本领。

毕业的时候，王教授非常希望我们这个班能留下几个充实教员队伍，只可惜我们都想到部队发展。王教授十分惋惜。临别的那天，下起瓢泼大雨，他专程到信阳火车站送我们。他拉着我的手，只语重心长地说了一句："部队是个大课堂大熔炉，你们都会百炼成钢，有用武之地的。"

火车开动了，他站在站台上向我们挥手致意。他的身形虽然瘦小，但他在我的心中形象那么高大。窗外雨还在下着，火车离站了，他还在那里挥手。透过车窗玻璃，我的视线模糊了。

至今，三十四年过去，我再也没有见过王教授。每每想起他我便肃然起敬，多少年来他都是我劝人学习、勉励后生、激励自己的具体事例和生动教材！

（2016 年 8 月 11 日《解放军报》）

苛严的背后

1989年5月，我被南京空军政治部海选选中。6月底，我到干部处调配科报到，接待我的科长叫毛国葆，二十世纪五十年代出生，江苏泰州人，入伍之初曾在白山黑水的克山农场干了八年，吃过大苦头，经受过大磨砺，后因勤奋好学、善于思考，写得一手好字，吹得一口好笛，提干后调入沈阳空军机关。当过干事、首长秘书，后来调入院校机关，再后来调入南空高级领导机关任职。此人看上去也面善，个头不大，清瘦单薄，嗓门尖细响亮，精气神极足。然而，他介绍我的方式令我面红耳赤：这就是那个条件不太过硬的赵培龙。之后，他一一介绍科内同志。接着，他带我去见处领导，同样一本正经把“条件不过硬”作为开场白。

退出处领导办公室，毛科长正式与我谈话：“调配科工作要求极高，没有真才实学是混不下去的，提醒三点：一是不想吃苦不要来调配科，工作量很大，加班加点是家常便饭；二是不想动脑不要来调配科，创新是工作的追求，日常工作我们从来不作为考核指标；三是心态不平衡不要来调配科，资历、实绩不如你的人提升很正常，如果把自己摆进去，看不惯、气不顺，只能是气量小、素质低。从现在起帮助工作三个月，不合格退回原单位。考虑一下，不愿意马上回原单位，下午给我回话。”

听完这些严苛的话语，我心潮起伏，走与留成了巨大的问号。中午，我打电话给原单位领导。科长听后笑了，说："还记得当年你来干部科的情景吗？这既是挑战，也是机遇，相信你能干好。"李科长的话很是中肯。是啊，别人能干好，我为什么不行？

下午，我向毛科长表达了留的想法。毛当即表示欢迎，说："既来之，则安之，我们之所以破格选你来，主要是看中了你的调研能力，特别是文字表达能力。你之前发表的调研文章，以及你执笔拍摄的电视片我们都看了，很有思想水平。这样吧，给你一周时间，写一篇调研文章，题目暂定：正确处理当前干部调动中的五对关系。"

听后，我心里当即"咯噔"一下。先前我虽说从事过调配工作，但一个师级单位，工作面毕竟有限，有哪"五对关系"？如何处理？脑子里一片空白。这任务太艰巨太过分了。我刚想表明想法，毛科长不容置喙："这是硬任务，必须完成，算是对你综合素质的测试。后天给我初稿，本周末拿出正式稿。"说罢，将一堆杂乱的资料交给我。

我哑口无言，一身冷汗，心中压力重有千钧！

早听说这个毛科长心直口快，性格偏执，办事干脆，说一不二，没想到刚一见面就让我有了领教。无奈，我只好带着满脑子的后悔，开始阅读那堆资料，虽说静不下心来，还是硬着头皮往下看。下班后我将资料带回家，丢下饭碗就开始看资料，直到深夜才逐渐开始进入那堆文字。之后两天，我开动脑筋，倾力构思，查阅资料，夜以继日，心无旁骛，终于在第三天拿出初稿。我兴致勃勃、小心翼翼地将稿子交到毛科长案前。

毛科长很高兴，当即表扬我按时交稿。让我先放那儿，待他看完再作打算。他让我向各个师院干部部门打电话，征询这方面的意见建议，以期修改完善。我总算松了口气，但忐忑不安，就像犯人等待判决。

临下班，毛科长把我叫到跟前，当着全科新老同志的面，指着材料，语言极具杀伤力：“赵培龙，这就是你的水平？”我一时被问得哑口无言、面红耳赤。接着的语言更加刺激：“实话告诉你，这个材料，观点不新颖、素材不充分、层次不清楚、问题不准确、原因不到位、措施不管用……我感到机关公文你连门儿都没入，差距不是一般大。今天你再考虑一下，明天我听你的想法。”

晴天霹雳。接过材料，我的手都在抖，腿有千斤重，心中的那份压抑与晦暗，无法用语言表达。我的自信在一瞬间被击垮，我的自尊同样在一瞬间扫地。自以为文字了得的师政治部一支笔，在这儿居然是门外汉。我嘴上不吭声，内心非常不服气。怎么办？心情平静后，我坐下来，仔细阅读自己写下的文字，同时仔细回味毛科长说的每句话每个字，决定从头思考立意，从头搭建框架，重新提炼层次观点，重新分析原因，重新提出对策，尤其是将从部队了解的活情况列入其中。同时，找来几份有参考价值的调研文章，逐字逐句逐段分析。凌晨3点，终于重新拿出了一份新稿子，誊写清楚，准备第二天交稿。

上班之后，我将稿子交给毛科长，并将昨晚写作的经过进行简要汇报。毛对我的工作态度表示肯定，但稿子如何，要等他看过之后再说。我忐忑不安。

10：00左右，毛科长将我叫到会议室，开始与我研究稿子。他首先肯定这一稿进步很大，但仍然存在不少问题。接着，他从观点提炼、材料安排、文字应用，逐次进行分析。最后，提出具体修改意见。于是，我再次修改调整，晚上加班加点，连夜整出一稿。第二天上班，再次交上稿子。毛科长立即看稿，看完，当即表示：这一稿不错，但仍要精加工，抽空我们再通一遍。

晚上，毛科长从“五对关系”成立与否、原因和对策入手，重新提炼层次观点，逐字逐句推敲下去。字斟句酌，不知不觉，进入深夜，终于在夜里2点，弄完稿子。之后，我将稿子修改校对，寄给几家军内期刊。没过多久，传来消息，首先是空军政治部的《政治工作情况》拟刊用，接着是更大喜讯，原总政治部《政治工作通讯》列入刊用计划。这可了不得，能在这样高规格的刊物上发表文章，这是南京空军政治机关干部梦寐以求的事情。一个帮助工作的干事居然在这种刊物上发表文章，一下在机关引起震动。我在自豪之余感到受之有愧。毛科长虽然在多种场合表扬我，但私下里同样不客气："这个成绩的取得其实你比我心里明白，没有任何骄傲的资本，要举一反三，多阅读琢磨这类文章。写文学作品固然重要，这类公文如果不过关，在机关是很难立足的，懂吗？"

我从内心感谢毛科长，但对他的做法一直持有异议。想法归想法，从此之后，我开始了机关公文写作的钻研和尝试。短短一年，我研读了几十本有关公文写作的书籍，专门准备了一个层次观点的摘抄本，一有好的公文就想方设法复印或者抄写下来，顺利完成了从"文学"到"公文"写作的重大转变，多少年后成了机关小有名气的笔杆子，撰写了大量的典范公文。其中，有一篇被时任军委副主席张万年批示，获得军事理论成果一等奖，有的获得军委空军政治部重大现实问题征文一等奖和解放军原总政治部宣传部年度优秀作品奖。还有一些文章在全军、全国获奖。没有当年毛科长的"逼迫"，能有今天的我吗？

后来，毛科长当了处长，在他的指导下，我们每年都撰写十几份大材料，还编写了3本专著近百万字，其中有20多篇被原总政治部的刊物选用，并被国家级大型文集收入。2000年底，毛处长转业地方工作，十几年来成绩斐然，先后获得中国海员建设工会授予的"金桥奖""中国优秀企业家"和"华夏新世纪管理精英"称号等国家级奖励，被《人民日报》《亚洲新闻周刊人物画报》《中国改革报》《新华日报》，中央电视台“神州采风栏目”、江苏电视台等数十家新闻媒体报道。这些年来，我们经常交流心得和感悟，谈论过往和人生。每每提及个人成长经历，我都由衷地感激他敬佩他。因为，没有他的引领和指点，我可能这辈子都是机关公文的门外汉，也就没有了我后来在高层机关工作多年的宝贵经历，更没有我之后取得的一个个人生辉煌。

（2017年《散文选刊·下半月》第9期，发表时有删节，获2017年“中国散文十佳”奖）

严格考究的师傅

那年我 12 岁，跟师傅学吹竹笛已经有三个年头。

师傅姓陈，30 多岁，中等身材，在某地级市的文工团工作，他爱人是我父亲的同事。他回家与妻子团聚时，常常唤我过去，检查上次教的内容以及练习的情况，然后再教新的内容。

师傅穿着随意，风趣幽默，十分随和，但教起笛子来非常严格和考究。

先讲严格。只要我拿起笛子，他就要求我站着必须侧身偏右，两脚自然分开，挺胸收腹；坐着必须面朝正前，两眼平视，小腿自然下垂，笛身微微向右下方倾斜。只要我吹笛时肩膀稍稍耸起，马上高声提醒："这样不行！必须自然放松。"关于演奏技巧方面，要求更加严格：长音必须平稳饱满，吐音必须干净利落，颤音必须均匀清爽，花舌必须圆润平和，尤其是琶音、泛音必须气韵连贯。还有循环呼吸，鼓腮也好丹田也罢，必须一气呵成、天然无缝、强弱有致。一首曲子吹错一个音符都必须重来。

再说考究。一是选笛子十分考究。不唯贵、不唯美，只唯好吹和音准。所谓好吹就是省劲，高音上得去，泛音吹得出；所谓音准，就是音程、音阶准确，发音清脆厚实。二是用笛膜十分上心。除非万不得已，店里卖的基本不用，都是自己采集。

我的家乡在苏北里下河水乡，那一带河沟纵横，芦苇丛生。小时，立夏过后，一望无际的芦苇荡，犹如绿色的海洋。到了小满时节，师傅回来后约上我，带上镰刀，深入沙沙作响的青纱帐，去寻找长得稍微粗高的芦柴，取其中间割下，去掉叶子，捆好后拿回家中。师傅用锋利的铅笔刀和刮胡刀片取笛膜。他将选好的芦苇用铅笔刀分节割断，然后用刮胡刀片边旋转边轻轻削去一端的芦皮。下刀讲究不轻不重，重了皮膜一起削掉，轻了皮膜粘到一起，唯有恰到好处，一圈白膜才会完整露出。接下来，用右手轻轻把白膜捻成小结，然后用筷子或者小树棍轻轻朝里慢慢捅，待膜结从另一端露出，再慢慢地、小心翼翼地拉出。这样，一条白膜就被取了出来，轻轻抹平后夹到本子里。经过多次提取，几十条白膜夹进了本子。

接下来就是筛选。师傅认为，好的笛膜应该透明滑亮，且富有韧性。薄而黄，老了；厚而涩，嫩了。老膜音质闷，嫩膜音质噪，只有老嫩适中的膜儿，音质才会洪亮饱满富有弹性。师傅贴膜手法细腻，先将自采的笛膜割成小方块，然后轻轻卷起，用大拇指和食指轻柔捻揉，使膜柔软起皱富有弹性，然后在笛子的膜孔周围涂些清水，再用中药白芨或阿胶摩擦，待产生胶质后，十分小心地把膜从左至右贴上去。接着用左右手两只大拇指轻轻按压膜孔两边，顺着膜纹的方向，向笛身两侧抹，同时又沿笛身使暗劲。这是扎实的内在功力，劲不能大，大了膜儿会破，小了抹不服帖。直至抹紧笛膜，抹出细密均匀的皱纹，师傅边抹边试边吹，直到抹得松紧适当、音质优美为止。

师傅说，没有一支好笛子和一片好笛膜，没有好的贴膜功夫，演奏技巧再娴熟，也难吹好一首曲子。

17 岁那年，为了准备高考，我放下了心爱的笛子。四十年过去，只偶尔碰过几次笛子，但师傅的严格与考究始终令我不忘。现在想来，“严格与考究”其实就是用心做事、追求完美。吹笛子如此，干其他事何尝不是这样？多少年来，之所以小有长进，恐怕与当年陈师傅潜移默化的影响不无关系。

（2018 年 5 月 18 日《吉林日报》,《散文选刊》转发）

Part 05

文海撷浪花

竹思飞扬

小的时候，隔壁的赵二太太讲述了这样一个凄美动人的故事：舜帝南巡，死于苍梧。两个爱妃娥皇、女英，明知夫君已驾鹤西去，仍千里迢迢哀号奔丧，观天地悠悠，叹世事苍凉，悲愤至极双双投入湘江。其情其景感动上苍，她们婀娜哀伤的身姿化为婆娑摇曳的竹竿，晶莹圆滑的泪珠变成了竹竿上花花点点的斑纹，从此便有了湘妃竹。老太太每每讲述，都感动得泪流满面，似乎本人看到了那副凄婉悲凉的场面。及至长大，读《述异记》，读屈原、韩愈等文学宗师的作品，才对湘夫人、湘君等有了更为深刻的了解，也才知道赵二太太原先说的有关湘妃竹的故事不仅仅囿于竹子。不过，自此以后，每当看到竹子我就想起屈大夫，想起湘夫人，想起早已作古的赵二太太，想到女人那悲伤苦涩的眼泪。一次去扬州，个园的竹子很有灵性，兴许是刚刚下过小雨的缘故，轻风一吹，点点玉珠顺着细窄的翠叶串串洒落，如泣如诉，缠缠绵绵，哀怨娇嗔，令人心碎，仿佛在诉说逝去的悲欢离合和园内春夏秋冬的冷暖凉热。这使我想起了曾国藩这位毁誉参半的湘乡学子。当年，他将家乡的竹子移栽到六朝古都，是否受了“竹林七贤”的影响呢？你想啊，西花园里，荷映余晖，身倚竹榻，口嗫香茗，任微风吹皱一池清水，真乃置身仙境。无论是茶是酒都让人似醉非醉、似醒非醒。所谓“竹风能醒酒，花月解留人”，似乎也就是这番美妙境地吧。

如果不到杭嘉湖平原，不到“川原五十里，修竹半其间”绿宝石般璀璨的中国竹乡安吉，不到有竹子王国之称的六百亩竹子博览园，有关五千多年的竹史文化还真的知之甚少。一千八百多年前，汉灵帝来到这里，见其钟灵毓秀，竹海起伏，“安且吉兮”（《诗经》句），于是赐“安吉”名。这里不但是竹子的故乡，而且是我国白茶的主要出产地，汇聚了竹子大家族中的三百多个成员。只有到了这儿才真正领略到了竹子的风采。空空竹竿，蕴股股清白浩然之气；鼓鼓竹节，显耿耿孤傲不屈之节；翠翠竹叶，展片片磊落向上之情；浩浩竹海，涤滚滚浮华喧嚣之尘。人行竹径，自觉高格，轻风掠过，神清气爽，顿觉升入一派空灵的禅界仙境。“不受尘埃半点侵，竹篱茅舍自甘心。”现在终于明白隐士们为何要选在竹林中避世，贤达们为何要在竹林中肆意酣畅。想兰亭四野若无茂林修竹，这曲水流觞之游戏又有何等雅趣？据说，佛祖释迦牟尼讲经的第一座寺院，就是用竹子搭的，叫“竹林精舍”。观音老母不必说，身后永远是一片清清爽爽的紫竹林。历代丹青高手，画竹的时候恐怕没人没题过“风高亮节”四字，足见竹子的品位。十多年前去江苏东海，白塔埠的好友送我一只玲珑剔透的天然水晶壶，制作者匠心独运，鸭蛋般大小，竟将孤松、寒梅与傲竹集于一身，组成了“岁寒三友”，尤其是那鲜红的梅花小盖，愈发映衬了竹把子的凛然不屈。瞧！这些秉性多像人的刚正傲骨！“宁可食无鱼，不可居无竹”，现在懂了，自古至今的清雅之士们，为什么要在庭前舍后种上几株竹子，就连林黛玉这么个弱女子，都要把个潇湘馆弄得冷月如水竹影斑驳。

今年初春重上井冈山，满山遍野的翠竹又给了我新的启示。看啊，那被大雪压折的竹子生命力何等强烈！一竹倒下，万竹爬起，前赴后继，傲然挺立，众志成城，团结一心，绝不让异类占有一席之地！那执着、那豪迈、那顽强、那气势，苍苍莽莽，锐不可当，叹为观止。难怪当年黄洋界上仅有的一声炮响就把山下的敌人吓得屁滚尿流，红军是否也借助了井冈翠竹的磅礴大势呢？当京九铁路在此拐了一个弯之后，竹子制成的各式各样的工艺品，为井冈人带来了巨大经济效益的同时，其气贯长虹的“井冈山精神”再度震荡万里神州。由此，我对竹的不屈、竹的坚韧、竹的灵魂、竹的精神，以至竹的价值的理解又有了一个新的升华。

可能是出于对竹子的偏爱，一次去成都，我和同伴游罢乐山冒雨沿岷江而下，来到以竹子和美酒著称的宜宾，来到长宁县 20 公里以南的闻名遐迩的蜀南竹海。面对漫山遍野的楠竹，着实让人思潮起伏，心胸开阔。相传北宋诗人黄庭坚谪居巴蜀，当来到万岭箐顶峰时，面对茫茫的竹海，叹息不已：“壮哉，秀色使吾醉矣！”在这里人们对竹子的钟爱更是难以言表。他们歌竹林愉悦纵情，制竹椅靠坐斜躺，造竹板击敲起舞，扎竹筏撑篙漂荡；在这里随处可挥舞竹剑，吹奏竹箫，品尝竹笋，蒸煮竹饭，书刻竹简，编扎竹篱……好一派竹国风光。人与竹，竹与人，日复一日，年复一年，相依而生，相依而伴，相依而存。竹子呢，更是默默奉献，不图索求，这何尝不是祖祖辈辈生活在这片古老土地上的中国人的风采与品格呢？

（2002 年 5 月 29 日《徐州日报》）

听 埙

9 岁时我开始学吹竹笛。据民间老艺人讲，笛子这种乐器先前叫横吹，是从一种叫“篪”的古乐器演变而来的。老艺人还说，更古老的还有一种叫“埙”的陶乐，有鹅蛋那么大，六个孔，顶端为吹口，多用陶土烧制，也有少数用象牙和骨头镂空做成的，音调特别悲凉凄婉。由此推断，篪音似乎像笛，而埙形究竟何样，声音如何幽怨，不得而知。

二十年前参加汉语言文学专业自学考试，偶读《诗·大雅·板》“如埙如篪”诗句，不觉诱发我沉埋心中多年的那份好奇，一个始终挥之不去的问号又一次浮现于脑海。我私下常问自己，这埙到底是何等神秘的乐器呢？于是，我跑遍全城诸多商店，终究没有寻到它的踪影。光阴荏苒，及至前几年读贾平凹的小说《废都》，那西安古城墙上埙的呜咽，伴随主人公庄之蝶的迷茫心境，似乎在想象中隐隐约约对这种古音有所体会。文字毕竟是文字，现实中埙音到底凄迷到何种程度，只能是充满诱惑时时让人萦怀。

因为学过笛子的缘故，人到中年的我，每当夜深人静的时候，常独自戴上耳塞，欣赏诸如笛子、唢呐、巴乌、箫等乐器演奏的曲子，每每如痴如醉不能自拔。有时在美妙的乐音之中进入梦境。去年秋天，我客居北京西郊香山。一个轻风细雨的夜晚，我独自斜卧床上，欣赏着下午刚刚淘来的新书。窗外，雨声淅沥，屋内万籁俱寂，只有翻书时才发出一点哗的声音。子夜时分，困意袭来，我放下书，调暗灯，下意识地打开半导体，不知是一种什么感觉，耳塞里传来了一种令人泫然回首、千肠百结的曲子。那声音似从远古飘来，柔柔地透过重重雨帘，传入我恬淡的心扉，如悲如歌，如诉如泣。直觉告诉我，这乐音非同寻常，似曾相识，很慢很轻，委婉低吟，抑郁似绝，烟霞明灭，悲凉哀怨，一缕荒凉的喜悦从心底滋生，一股凝固的哀伤挥之不去。随着乐音的缥缈，旋律的起伏，我的思绪好似飞到了迢迢数千里之外……我被震撼了，我被融化了，我被陶醉了……当乐曲由近而远，如丝如缕消失于天际尽头的时候，我的灵魂似乎出窍了、飘走了，呼吸似乎也停息了，脑子里如云如雾，一片空白。播音员即使不介绍，我也体悟出这是“埙”的妙音，只是不知道此曲为《苏武牧羊》而已。听罢乐曲，窗外的小雨似乎也幻成了埙音的凄迷，精灵般穿墙而过，洒满我的两腮，打湿我的枕巾。这一夜，我的脑海里始终萦回着“鸿雁不堪愁里听，云山况是客中过”的诗句，睡梦中陪着苏武来到贝加尔湖边，挥鞭赶着流动的羊群，凝望蓝天白云，朦朦胧胧中似乎听到了远方亲人盼归的呼唤。

没想到一个小小的陶罐儿，竟能奏出如此出神入化“只应天上有”的仙曲，难怪古人用埙篪同奏时柔美和谐的音调来赞美兄弟和睦的手足之情。三月，我去扬州，清鲜宜人的瘦西湖畔，高山流水般的乐曲从几个打扮古雅的少女手下的古筝中飞出。欣赏完古曲，我问有无埙的演奏，姑娘抿嘴答道，瘦西湖景区里没有，但扬州城里有演奏高手。我急问高手何在，笑曰不知隐居何处，只是听说而已。你想啊，古城扬州，人杰地灵，历经千年风雨，历代文人墨客畅游此处，想这埙的陶冶自是必不可少的，要是嵇康的那首“广陵散”传至今日，用埙来演奏的话，定是别有一番情致在人间。更令人欣慰的是，日前看报得知，六朝古都南京城内，一个酷爱音乐名叫马宁的53岁民间艺人，竟然用鸡蛋壳做成了音质柔美的“埙”，据说还获得了日内瓦国际专利技术成果博览会金质奖、首届世界华人专利技术博览会金质奖等四个国际大奖。此后，这位老艺人兴致盎然突发奇想，又用木头、易拉罐、茶壶等物制作了一只只形体各异的“怪埙”，据说其音色同样迷人。唉，真是没想到，一只尘封千年且俗不可耐的陶罐儿，经艺人们匠心独运妙手佳制，竟然登上了令人羡慕的国际大雅之堂。

一个清风丽日的黄昏，我和爱人漫步于玄武湖畔，幽静的湖水轻拍堤岸，都市的喧嚣渐渐退去，万家灯火淹没了弯弯的月牙和稀疏的星星，不知是幻觉还是真的，远处的古城墙上隐隐约约传来凄凄迷迷的埙音，这绝妙的声音似空中薄薄的游云，似远山轻轻的呼唤，似荡涤尘垢润润的湖水，让人听了销魂荡魄，顷刻间进入了一种醉心神往空灵超脱的境地。但愿这来自远古的天籁，时时能够在雨中，在黄昏，在月色朦胧的夜晚，在远离了滚滚红尘的古城头上空，悠悠飘荡……

（2005年1月17日《解放军报》）

英雄悲歌

“大风起兮云飞扬，威加海内兮归故乡，安得猛士兮守四方！”一首《大风歌》，唱出了汉高祖刘邦的豪迈与气概。与楚霸王项羽的那首“力拔山兮气盖世，时不利兮骓不逝。骓不逝兮可奈何，虞兮虞兮奈若何！”的悲叹形成了强烈而鲜明的对照。说实在的，漂流于茫茫史海之中，刘邦也好，项羽也好，都是我顶礼膜拜的英雄，然而，又都是我为之叹息的豪杰。项羽无须讲，就说说刘邦这个人。

刘邦是否蛟龙转世，毫无疑问是后人借树生花的杜撰，但从太史公《高祖本纪》中可知，“高祖为人，隆准而龙颜”。可见，生来就是一副大富大贵的天子相。不仅如此，且志存高远，“常繇咸阳，纵观，观秦皇帝，喟然太息曰：‘嗟乎，大丈夫当如此也！’”

刘邦之所以能够打出汉家天下，读《通鉴》《史记》便知，除了有过人的胆识，超人的智慧外，关键在于用贤任能，用他自己的话说：“夫运筹策帷帐之中，决胜于千里之外，吾不如子房。镇国家，抚百姓，给馈饟，不绝粮道，吾不如萧何。连百万之军，战必胜，攻必取，吾不如韩信。此三者，皆人杰也。吾能用之，此吾所以取天下也。”尤其在楚汉战争中，更是开明有加从谏如流。汉朝建立后，定都长安，同样是听取了张良的建议后做出的决定。

然而，得到天下后，贵为天子的刘邦，由于有了至高无上的权力，渐渐地自大起来，不但刚愎自用，而且偏听偏信，就连立下殊功的重要谋臣张良的话也听不进去，尤其在废立太子这个事关全局的大是大非问题上，感情用事，存有私心。

册立太子乃国家大事，从周代就形成了立嫡立长的原则。刘邦虽然早在战胜劲敌项羽之前就按照惯例，立嫡妻吕雉之子刘盈为太子，但由于非常宠爱貌美娇艳的戚夫人，抑或是认为刘盈“竖子固不足遣”，过于柔弱，不像自己的缘故，很想废掉刘盈，改立戚夫人所生的儿子刘如意为太子。面对如此毫无道理且有违祖制的做法，一些开国元勋和大臣们多次直言相谏，刘邦就是听不进去，只是没有找到借口迟迟未下决断而已。

要让刘邦回心转意，唯有一人可图，那就是足智多谋的高人张良。于是，吕后请弟弟吕泽三番五次去见体弱多病（其实是见好就收，急流勇退，以避是非）、闭门谢客的张良。无奈，为了江山社稷，张良还是出了一个主意，他让吕泽带上太子的书信，卑辞厚礼，将“商山四皓”请出山，供养于家中，且奉为太子宾客，时时随太子入朝。

“商山四皓”何许人也，乃东园公、甪里先生、绮里季和夏黄公，是一帮政治上不得志的儒生。因为刘邦这个人得天下后，对读书人很是傲慢无礼，甚至拿儒生的帽子当尿壶加以羞辱，由于这方面名声太坏，读书人都退避三舍逃匿山林，谁也不肯投靠过来为其效力，尤其这“商山四皓”名气之大、学识之高，海内皆知，刘邦虽数次恭请，就是倨傲不屈。

公元前 195 年，刘邦带病御驾亲征，凯旋长安，因病得太重，自知将不久于人世，加之戚夫人越发急迫改立太子。张良进谏，不听。敬孙通博引古今，力陈利害得失。然而，刘邦表面认账，内心还是想易太子。眼看国将不国，无奈之下，忠心耿耿的张良只好亮出“撒手锏”。

一天，刘邦举行宴会，太子侍坐。四个白发苍苍的老人跟随其后，且衣冠楚楚精神矍铄。刘邦感到奇怪，问随者何人，四人自报姓名后，惊得刘邦张着嘴半天说不出一句话来。四人祝完寿，匆匆施礼而去。退朝后的刘邦神色沮丧，做梦也没有想到的事情终于不可抗拒地发生了。当戚夫人再次提及废立太子之事时，刘邦只好长歌以叹："鸿鹄高飞，一举千里。羽翮已就，横绝四海。横绝四海，当可奈何！虽有矰缴，尚安所施！"歌毕，戚夫人唏嘘流涕，刘邦叹息而去。此歌其悲其戚不亚于项羽的那句"虞兮虞兮奈若何"！不久，刘邦驾崩，太子登基。

刘邦英明一世，糊涂一时，死则死矣，可悲的是给宠爱有加的戚夫人和刘如意留下了弥天大祸。那个心狠手辣杀了韩信的吕后，不久便将其母子赶尽杀绝，其手段之残暴，惨不忍睹。说实话，晚年刘邦之所以犯下大错，一是重人情轻社稷。说穿了是不以国家利益为重，为了一己私利，视天下与原则于不顾。二是英雄自剪其翊。打天下时只知用人，坐天下时不尊重人。杀韩信，逮萧何，避张良，辱儒生，为了一个女人把个朝廷搅得一塌糊涂，失去人心，失去朋友，真正成了孤家寡人。三是刚愎自用，滥用职权。骄横自大，唯我独尊，听不进正确的意见，到头来众叛亲离，有心废立，无力回天。由此看来，无论何时，不管是谁，权力再大，地位再高，一旦为了一己私利，而不为天下人计，终究要落得惨惨兮兮的可悲下场。这就是铁定的历史规律。信哉斯言。

男儿有泪

读中国四大古典名著，要说会哭的还真不少，但有两个人给我留下的印象最深。一个是多愁善感的林黛玉，还有一个是“一代明主”刘玄德。林妹妹自不必说，人家原本是西方灵河岸上三生石畔的绛株仙草，之所以脱草木胎，得换人形，修成女体，是因为曾经受人“雨露之惠”。一句话，来到尘世的任务就是用一生的眼泪来报答别人的。难怪曹雪芹用“想眼中能有多少泪珠儿，怎经得秋流到冬，春流到夏”来写林妹妹。令人不明就里不可思议的是，作为堂堂七尺男儿的刘皇叔，为何动辄呜咽流泪，放声痛哭，甚至昏死过去。俗话说男儿有泪不轻弹，读《三国演义》知，人家玄德先生的泪是“弹”而有因的。

说实话，尽管《三国志·蜀书二》中评刘备“弘毅宽厚，知人待士，盖有高祖之风，英雄之器焉”，然而我更觉得罗贯中笔下的刘备除了出身好、脸皮厚、泪腺发达外，看不出其有“文能安邦，武能治国”的大本事，如果没有诸葛亮这样的谋臣，没有张飞、关羽这样的生死之交，恐怕只能是空有声声叹息。古今中外，第一号角色不坐第一把交椅者比比皆是，独刘备坐得巧妙自然。凭什么，凭的就是一腔热泪。你看那桃园三结义，串串眼泪四处飞溅，感动得翼德、云长肝肠欲断，热血沸腾，生死相随。

未得“卧龙”之前，刘备寄于刘表篱下，为拒南下曹操，困居荆州数年，且常遭刘表猜忌。一次，刘表请他赴宴，席间他流下了眼泪，刘表忙问其故，刘备说：“长时间不骑马打仗，髀肉复生，时光流逝，功业未成，很是难过。”应该说，刘备的这次流的泪倒是发自内心的。

赤壁大战后，刘备夺得荆州。周瑜气得七窍生烟，想与刘备决一雌雄，经鲁肃劝说才肯罢兵。但周瑜认为刘备占据荆州终究是东吴称霸的心腹大患，便命鲁肃前去讨要。起初，刘备以辅助侄儿刘琦为由赖着不还。刘琦死后，鲁肃再讨，诸葛亮以“天下”之说强词辩护，且立文书，说等取了西川后归还荆州。鲁肃无奈，只好空手而归。后来，刘备做了东吴乘龙快婿，孙权又让鲁肃讨要荆州，至此，刘备已是黔驴技穷，只好问计于诸葛军师。当鲁肃以仆人的身份请求刘备归还荆州时，刘备竟双手蒙脸大哭不已，哭得天昏地暗、地动山摇，弄得鲁肃惊慌失措、胆战心寒。加上诸葛亮所谓“进退两难”的巧妙解释，弄得忠厚的鲁肃只好“免谈”，刘备凭几串酸咸眼泪哭得宝地。

如果说哭得荆州是诸葛亮教的，那么自立为帝，则是刘备自编自演的妙剧。曹丕废献帝立为大魏皇帝。消息传到成都，刘备大吃一惊。想自己羽毛已丰，如立即称帝应该是恰逢其时。为了名正言顺，刘皇叔每天痛哭，令百官挂孝，遥望中原而祭，因哭而病，病而不起，最后干脆不理政务，把一切事务交给孔明。孔明自然知道刘备的“哭原病因”。此时正好有人夜间捕鱼，捞到一块金光灿烂，瑞气盘旋的玉玺，诸葛亮终于找到了医治刘备病痛的良方，率领群臣上表奏请刘备称帝。刘备看了玉玺，果然停止了痛哭，却又故作愤怒，怪诸葛亮等人陷他于不忠不孝，但经诸葛亮等人一番“苦劝”，终于高高兴兴地登上皇帝宝座，改国号“大蜀”。看人家刘备，戏演得多精彩。

平定西川不久，关羽失荆州，走麦城，丧了性命，刘备存小节失大义，硬要亲率大军讨伐吴国。此乃“刘吴相争，曹操得利”之举。为此，诸葛亮等极力谏阻，刘备无奈，只好终日以泪洗面。为了龙体，诸葛亮耐心劝说。你瞧刘备怎么说：“孤与关、张二人桃园结义时，誓同生死。今日云长已亡，岂能独享富贵乎？若不雪恨，乃负昔日之盟也！”说完，哭绝于地。众官救醒后，又大哭不已。一日哭昏三五次，三天不进水食，直哭得泪湿衣襟，血泪斑斑。一天不发兵，刘备就哭泣不止，如此夜以继日，弄得孔明都无计可施。于是只好出兵，结果刘备被东吴的陆逊打得一败涂地，逃到白帝城。因无颜回成都见群臣，只好将白帝城的驿馆改为永安宫。刘备召来孔明，流泪托孤。他当着群臣面，要笔写下遗诏，让孔明交于刘禅，并哭泣道：“如果刘禅可辅则辅，不能辅则请孔明自立。”刘备哭了半天终于说出了真话，原来是怕刘家江山易主，让你诸葛亮听懂“哭外之音”。待诸葛亮表态之后，又让三个儿子拜其“为父”。孔明明白了刘备的用意后，立马再次表态：“愿以肝脑涂地，安能补报知遇之恩也。”刘备的哭可谓用心良苦，先是打动孔明，后是让其表态，再次是让三个儿子称其为相父，把诸葛亮套得牢牢的，锁得死死的，从而心甘情愿地为刘禅效力。

刘备的“哭功”可谓炉火纯青，哭来同党，哭得皇位，哭固江山。从这个意义上来看，刘备还真的有些本事，不服不行。

远近轻重

潺湲而去的涡水岸边，有个小男孩正在嬉水游乐。俄顷祥云满天，一青衣老妇出现在男孩身边，她抱起他，喂完奶水，笑着对他说："孩子，你聪颖过人，可长大以后一定要淡泊名利远离是非哟。"说完，飘然而去。幼童何许人也？乃生于唐卒于宋，被宋太宗赵光义赐号"希夷先生"的一代"睡仙"，自号扶摇子的道教至尊陈抟也。此述虽说离奇，但毕竟有据可查。

陈抟，字图南，生于公元870年，祖籍亳州真源（今河南鹿邑东），与老子同乡，活了118岁，一生充满神奇色彩。年轻时发奋苦读，虽怀有满腹经纶，但每每名落孙山，无奈，只好潜入武当山九室岩，全身心投入神仙道术，没想一待就是二十年，练成高深莫测气功"胎息法"，后移居华山云台观，再修四十年，得内丹家独特奇技"睡功"。据说，他能在不食不饮、不盖不动的情况下，连睡上百日，且呼吸近乎无息、六脉近乎俱无，从而进入似睡非睡的虚幻情境。据传只有其好友吕洞宾，能够探研其中奥妙，但同样不能望其项背。其述著《元极图》《指玄篇》被后世信徒们奉为经典细究研学。

陈抟隐居深山与其说是求仙访道，不如说是韬光养晦，要不在武当山和华山修身养性，如此关注世态干什么。透过他那"万事若在手，百年聊称情。他时南面去，记得此岩名”的诗句，其鸿图大志可见一斑，及至后来周游四方，不得不让世人得出“名求仙访道，实观察天下”的结论。

一个方术隐士的行为如此乖张，作为五代第一明君的周世宗柴荣岂能等闲视之。为防不测，世宗特派臣子将陈抟召至京城汴梁，“请”进皇宫。陈抟岂是等闲之辈，在这左脚踩祸，右脚踩福的紧要关头，恳求世宗让他小睡片刻。于是，陈抟被锁进一间小屋，门外严兵把守，既不供水，也不供食。月余，满以为是僵尸一具的陈抟，非但无碍，反而面泛红光，睡得喷香，一副仙风道骨之像，令世宗瞠目惊叹。为此，世宗想以高官厚禄笼络陈抟，拟任其为谏议大夫。然区区之职，陈抟根本不屑一顾。尽管世宗不太高兴，且对陈抟归隐难以释怀，但终因没有正当理由不放人家回去，只好下令地方官经常到云台观去“照看照看”。不久，周世宗病逝，7 岁儿子继位。陈抟一看争夺天下的时机已经成熟，立即拉起队伍向东进发。当半途得知赵匡胤“陈桥兵变”，周江山易为宋，已是“尘埃落定，天下有主”的时候，只好垂头丧气继续回华山修炼。不过，这倒也让陈抟静下心来，认真研究起易学玄机这门大学问。

早在后唐时期，陈抟的诗文已经是洛阳纸贵，及至归山修炼，其学问已是博大精深，因此深得垂慕其已久的当朝天子赵光义的赏识，因而每每受到特别礼遇，常为太宗皇帝的座上客，有时一住就是数月，谈仙论道，好不洒脱。赵光义劝陈抟入仕，从而在政治上为他出力。他对陈抟说：“先生已经百岁，为人中之瑞，朕即位不久，百废待兴，百事待理。先生的阅历见识，无人能比，望先生不吝赐教，帮助治理国家。”并赐诗一首：“曾向前朝出白云，后来消息杳无闻。如今若有随征诏，总把三峰乞与君。”然自诩“不为仙，即为帝”的陈抟哪里有当臣子的志向，但为一展治国才能，还是令人拿来纸笔，神采飞扬地写下了“远近轻重”四个大字。太宗手捧条幅，观其良久，不解其意，最终请陈抟解释。陈抟说："远者，就是远招贤士。只有贤士才能帮皇上治理好国家，不论贤士离此多远，都要给一个报效国家的机会；近者，就是摆脱身边的佞臣小人，不能让他们得志，更不能让他们掌握权柄；轻者，就是对老百姓要轻徭薄赋，不能让老百姓埋怨朝廷只知要钱；重者，重赏三军将士。军人打仗，出生入死，重赏之下会出勇夫。做到了这四个字还愁国家不富强吗？"

好一个求仙学道的大隐士，分明就是一个治国安邦的政治家！"远近轻重"四个字，何其不是几千年中国古代君主们统治经验的总结和概括呢？

之后，陈抟又帮助赵光义巧妙地将帝位传给了偏爱的三儿子赵恒。然而，深谙世道的陈抟知道，梁园虽好，非久留之地。尽管赵光义再三挽留，陈抟还是以诗言志，执意回归华山。因为陈抟明白，优好之处勿久恋，得志之处勿再住，此乃为政之道、为人之道之极致！

宋端拱二年（989），陈抟自知大限已到，便命门徒凿一石室，写下遗书后欣然"睡"去，这一睡便是1100多年。千百年来，云卷云舒，潮涨潮落，改朝换代百十次，"风流总被雨打风吹去。"多少帝王丢江山、失社稷、亡国家，然而又有几个明君圣主把"陈抟老祖"的遗训当一回事了呢？

规矩方圆

中华民族是礼仪之邦，五千年文明史中随处可见“礼”的“踪迹”。尤其是读书人，不但学礼尚礼，而且不断地制礼造礼，他们将君臣、父子、兄弟、师生等之间相处的“规矩”制定得既烦琐又森严，可谓“非礼勿视，非礼勿听，非礼勿言，非礼勿动”，弄得连“礼无不敬，法无不肃”一向谨小慎微的孔夫子有时都难免“犯规”。作为儒家经典之一的《礼》，包括历代文人撰制的各类“经”，对于绝大多数知书达理之人来说，当然是顶礼膜拜。然而，对于那些自恃功高的王侯将相而言，想让其讲“礼”似乎不太容易。

叔孙通是秦始皇征召的文学博士。秦始皇统一中国后，把各地文化名人收罗到咸阳，组成了相当于现在国家元首身边的智囊团。焚书坑儒时，这个智囊团的多数成员都被加罪杀害，叔孙通却逃过一劫，足见此人非同寻常。秦二世继位后，陈胜、吴广揭竿而起，胡亥问计于殿前博士，众博士如实反映“造反”实况，且献计献策。而叔孙通则轻描淡写，认为几个毛贼作乱，很好对付，不足为虑。胡亥本是一个报喜得喜、报忧得忧之人，听了这番胡诌竟然很高兴，连连嘉奖叔孙通，更为荒唐的是还煞有介事地下令追查所谓“造谣”的博士。事后，叔孙通遭到那些据实禀报情况的博士们的同声谴责，叔孙通只得辩解其为“自救”之策。眼看秦王朝大势已去，聪明的叔孙通赶紧收拾行囊，携百余弟子逃之夭夭，另投新主刘邦。

刘邦历来看不起酸腐儒生，深知其主子秉性的叔孙通自是知趣，寄人篱下的他起初只好将一些四肢发达大脑简单的门徒举荐上去，每每令那些满腹经纶者私下抱怨。叔孙通毕竟深谋远虑，他对弟子们语重心长地说："汉王冒死打天下，你们手无缚鸡之力，能横刀立马吗？耐心些吧，只要有些本事，到时候会有用'文'之地的。"对于不得志的叔孙通来说，这番话何尝不是在做自我宽慰呢。

刘邦统一天下后，分封了二十多个劳苦功高的武将，然未得分封者愤愤不平。一天，刘邦在楼上望见大小将官坐在宫中的沙地上指手画脚，情绪激昂，忙问张良怎么了，张良说这伙人在商量造反呢。刘邦既诧异又不解。张良说："谁让你不论功行赏呢，这叫不平则鸣啊，再说闹事的这些人平生多多少少有些过失，害怕日后性命难保，所以才不得已而为之。"无奈，刘邦只好听从张良的意见，封赏了雍齿这个功劳大且自己平常最不满意的人。这一招果然灵验，消息传出后，众武将的情绪很快平息下来。

论功封赏的事解决了，但朝政秩序混乱的问题又接踵而来，由于刚刚进入和平年代，那些居功自傲的大臣们，因为多年南征北战，放荡不羁的习气一时很难改掉，有的喝醉了酒丑态百出胡言乱语，甚至拔剑砍破柱子，有的酒疯一发，几个汉子上去都按不住，管你皇帝老子在不在场。刘邦深以为忧。

叔孙通看在眼里喜在心里，私下与弟子们说，出头的日子终于到了。于是，他换上楚人的短装，将自己精心梳理一番，三叩六拜去见刘邦。他建议刘邦在朝廷制定一套礼法规矩。刘邦本来对叔孙通印象不好，听了这通荒唐可笑的建议，立即呵斥道："我在马上得来天下，你们读书人算什么东西？"这回叔孙通没有唯唯诺诺，马上顶了一句："从马上得来的天下，难道可以在马上治理吗？"刘邦先是一愣，继而十分恼火，但转念一想觉得言之有理。于是，他耐心听完陈述后，决定让叔孙通去制定上朝礼仪。几个月后，叔孙通将他和弟子们精心编排的“班朝”礼制演习好，请刘邦出来坐朝。那一天，天刚蒙蒙亮，朝拜仪式就开始了。文武百官衣冠楚楚按照官职类别大小，在宫外列队静候。宫门外整齐地站立着威风凛凛手持刀枪铠甲的士兵，彩旗在微风中轻轻飘荡。忽然，传令官发出号令，大臣们肃穆恭敬地接踵快步上殿，跪拜山呼：“吾皇万岁万岁万万岁！”见到这等声势，这等壮观，这等威严，刘邦一下子愣住了，一种君临天下至高无上的权威感油然而生。下朝后，刘邦仍然沉浸在无比激动和感慨之中，他兴奋地对张良说：“到今天才知道了做皇帝的乐趣和威风，才体会到了皇帝和皇权是多么尊贵！”有鉴于此，刘邦终于改变了对儒生们的傲慢态度，之后，任命叔孙通为太常（类似于礼宾司长），并赏黄金五百两。叔孙通的弟子们从此苦尽甘来，各有封赏，各得其所。

俗说没有规矩不成方圆，封建王朝一统天下二千多年，应该说叔孙通的这套“朝班”礼仪功不可没，从中国“跪”文化的角度来看，他为历代帝王建立了至高无上的绝对权威。然而，正因为这套“朝班”礼仪，又像一道“紧箍咒”，将华夏文明险些推入万劫不复的境地。君不见，尽管清朝灭亡近百年，可我们有些奴性十足的求官者们，不是仍然十分虔诚地“扑通”于大大小小权贵者的膝前裙下吗？

和珅与东台

和珅，字致斋，生于乾隆十五年（1750），姓钮祜禄氏，满洲正红旗人。据清朝官书记载，和珅起自贫寒，3 岁丧母，10 岁入学咸安宫官学，在此系统学习“四书”“五经”和满、蒙、汉、藏四种语言文字，18 岁参加戊子科乡试，名落孙山，第二年承袭高祖世职三等轻车都尉。25 岁起，和珅受到乾隆皇帝赏识，青云直上。十月迁乾清门侍卫，一个月后，升御前侍卫授正蓝旗列都统，再两个月授户部右侍郎，再两个月命其军机处行走，再七个月任国史馆列总裁赏戴一品朝冠，再一个月令其总管内务府三旗事务并赐享受紫禁城内骑马的待遇。27 岁又任命和珅兼任吏部右侍郎；28 岁兼步军统领，监督崇文门税务；30 岁晋户部尚书兼议政大臣，同时兼御前大臣，补镶蓝旗满洲都统，授正白旗侍内大臣，充《四库全书》馆正总裁，兼办理藩院尚书事务。这一年乾隆又特下谕告，赐其子名丰绅殷德，指为十公主额驸。短短五年时间，十次升迁，真乃火箭式提拔。31 岁时，又兼署兵部尚书，管理户部事务；32 岁加太子太保，充经筵讲官；33 岁赐双眼花翎，充国史馆正总裁，文渊阁提笔阁事，清字经馆总裁；34 岁调吏部尚书，入阁为协办大学士，管理户部如故；35 岁晋文华殿大学士，仍兼吏部、户部事。

和珅从乾隆十五年生，到嘉庆四年（1799）死，短短四十九载，身历宦海二十四个春秋，统揽了大清帝国的所有实权职位，几乎把国家的人事权、财权、军权、文化教育权、民族事务及外交权等全部掌控手中，创造了中国官场上空前绝后的提升奇迹！

然而就是这个和珅，其部分发迹史亦与东台的一桩案子有不小的关联。

乾隆时期，东台县隶属扬州府。当时有个书生叫徐述夔（也就是大学者沈德潜为其作传，死后被乾隆视为忘祖负恩的那个徐述夔），原名赓雅，字孝文，是乾隆三年的举人，任过知县。这个人平时恃才傲物，举止轻狂，由于看了一些吕留良的著述，常抱怨生不逢时。如若生在明朝，定能直追唐顺之，名过董其昌。徐述夔对剃头留辫亦是牢骚满腹，于是有门下弟子私下起名徐首发。无聊不快时吟诗作句，书写一些对清朝不满的文字，诸如："江北久无净土""旧日天心原梦梦，近来世事亦非非"。所幸的是，东台远离扬州和江宁，加之属水网地带，交通不便，牢骚发得再大，无人知晓，因此自己没有惹来事端。偏偏有其父必有其子，他的儿子徐怀祖为显家学把他的诗作编成《一柱楼诗》刊印发行，好不雅致！

乾隆四十年左右，徐怀祖用二千四百两白银买了邻家蔡耘的田地数顷。第二年，徐去世后，蔡耘与堂兄蔡嘉树忽然说徐家买的地里有自家的祖坟，要求赎回，却只交赎银九百六十两，且非赎不可，并要挟说："若不同意，一定把《一柱楼诗》揭发出来。"偏偏徐的两个儿子徐食田、徐食书只知"食田""食书"，不知"食人""食世"，竟然天真地一起商量：与其让蔡家揭发，不如自己先将诗稿交上去。于是献于县令。东台县令认为此事没什么了不起，便草草处理了事。哪知蔡家兄弟都是饱读诗书之人，知道只要揪住这件事不放，定能夺回那块田地，且能得到赏识。于是他们秘将此事告到时任江苏学政的刘墉手里。刘罗锅一看，大惊失色，如此大逆不道之事怎敢怠慢，赶紧给乾隆奏报。皇上看过，交与和珅。这一年，正是和珅得宠之时，很想在主子面前显显自己，弄点名堂让刘墉等辈看看，于是便仔细地研究这本诗集。忽然看到“大明天子重相见，且把壶儿搁半边”，“明朝期振翮，一举去清都”的句子，和珅奏道：“‘大明天子重相见，且把壶儿搁半边’，悖逆不道，意甚明了，‘壶儿’即‘胡儿’，‘搁半边’就是推翻清朝，这明摆着是要反清复明。”“明朝期振翮，一举去清都”，本来“明朝”是指“明天的早晨”，“去清都”是指“到清朝的都城去”。可是和珅解释道：“‘明朝’指‘明王朝’，‘期振翮’即等明朝恢复，振翅高飞；‘去清都’就是推翻清朝，废除大清都城。”于是乾隆便把此案交给和珅处理，不久全案查清，和珅将奏折递了上去，请求皇上谕示如何惩处。

乾隆颁旨严惩：“‘明朝期振翮，一举去清都’等句，显寓欲复兴明朝之意，徐述夔大逆不道，鞭尸枭示，其子徐怀祖刊刻其父逆书，戮尸枭示；其孙徐食田、徐食书匿其祖逆书，拟斩；江宁藩司陶易意存徇纵，拟斩；陶易幕友陆琰有心消弭重案，拟斩；扬州知州难辞怠忽之咎，发往军台，效力赎罪。东台知县徐跃龙延查办禁书，杖一百，徒三年。”

乾隆又谕：“刘墉与和珅对朕忠心可鉴，查案有功，当得奖励。”

和珅不久得到一个肥缺——总督崇文门税务。这崇文门是天下四大税关之一，得到这个职务，等于得到了一个银仓。不久又让和珅总理行营事务，授御前大臣，补镶蓝旗满洲都统，旋又授正白旗都统。之后，和珅为表示对主子的忠心，显示自己的诚挚才干超过刘墉等人，便终日留心新书、新诗，从而使不少人遭殃掉了脑袋，且掀起一股席卷全国的禁查书籍风潮。滑稽的是这么一来，和珅居然坐上了《四库全书》的正总裁位置。

雅俗的碰撞

朋友老张约打掼蛋，我特地带上明前的“金坛雀舌”两小袋。到达棋牌室，老张说他今天也带来了好茶，并故意神秘兮兮地说，文化含量高，广告做得响，虽说不太名贵，绝顶顶好着啦。茶泡好，油黑发亮；呷一口，满口生香，但总觉得味道与普通红茶相差无几。老张见我得了好处卖乖不算，还出言不逊俗得不行，于是准备拿我开涮。

“知道这是什么茶吗？”老张一副清高。

“红茶呗。”我答得轻巧。

“废话，绿色的就是绿茶，红色的就是红茶，那黑色的岂不成了黑茶？我问的是什么茶名。”

“乌龙茶，”我答道，“寿眉或者红梅。”

“你说的是福建茶，可我这茶打天津来。”

孤陋寡闻，答不上来。我只好笑笑。

“告诉你，这就是《红楼梦》中妙玉招待贾母的上品，这一说总该明白了吧？”

“老君眉？”我说，“不对吧，早听说‘君山银针’产于洞庭，怎么一下跑到天津去了？”

老张嘿嘿一笑：“算你猜对了，这茶正经来自天津城北门外一个老字号茶庄——正兴德号茶庄。这个茶庄附近有一个名满天下的私人园林叫水西庄，是清代盐商查日兴、查日仁父子建造。相传当年曹雪芹曾经落脚查家，后因查家主人去世，家道中落，水西庄又被征为‘皇家行宫’，这一来，曹作家不得不离开查家，迁入离查家不远的黄叶村去了。”

“说了半天，说茶说到曹雪芹，说到《红楼梦》了，这可长学问了，我们喝茶，你继续说，说完我们打牌。”

“这就对了，光喝茶，没文化，喝了也是白喝，或者叫没品位。”我们几个笑而不辩。

话说当年老曹日常买茶，就从这黄叶村过河去天津城北门外的北大关。北大关当年甚是繁华，东西两面商店鳞次栉比，应是老曹欢喜闲逛的去处。这西面就是正兴德号茶庄，很难说老曹不进去喝茶了，而且喝的是老君眉，否则，“栊翠庵茶品梅花雪”就不会出现此种神品了。你想啊，作品源于生活，老曹写作也不例外。由于老曹在《红楼梦》中这么摆呼，弄得“老君眉”这个普通茶品，便名满天下香飘至今了。

普通茶品？见我疑惑，老张解释。其实人们有所不知，当年天津正兴德茶庄，带“眉”字的茶品原本就是一个系列，据说有人曾经发现二十世纪三十年代有个老牌匾，其上就排列了这个系列的茶名价格：老君眉每斤三元二角，君眉每斤二元四角，大寿眉每斤一元六角，寿眉每斤八角。可见时下名闻遐迩的“老君眉”在正兴德茶庄，只不过是一个常备的品种而已。

天哪天哪，这么一说，老曹可为“老君眉”做了天大的广告，想来功德无量，欢喜煞生产销售“老君眉”茶品的茶家了。“不过，有件事让人想不明白，凭什么断定老曹喝的‘老君眉’是在天津买的，难道他在金陵城就不曾见过或者喝过此种眉茶？”我问。

朋友乐了，呷一口茶，自信满满地说：“大家有所不知，老曹当年客居的水西庄就有一个‘栊翠轩’的好去处，而《红楼梦》中就有个‘栊翠庵’，水西庄呢也有一个‘藕香榭’，而《红楼梦》中也有一个‘藕香榭’，与现实地名一字不差，难道这是巧合？显然有意为之。你说说，老曹笔下的‘老君眉’不是来自天津的正兴德茶庄，又能来自哪里？”

这么一说，倒也不无道理了。品了茶，打了牌，长了见识，可谓雅俗共赏。不错不错，服了服了。

见我五体投地，老张咧开嘴乐了，坐中女士抿着嘴笑了。

（2019年3月29日《江苏经济报》）

Part 06

旅途游子吟

滕王阁上赏“牡丹”

初秋，一个天朗气清的日子，与友再次登上碧瓦丹柱、画梁雕栋、飞檐翘脊、具有一派大唐风范的西江第一楼——滕王阁，心里有说不出的痛快。

相传唐永徽四年（653），太宗李世民的弟弟李元婴任南昌都督，其幕僚为了讨得这个风流皇弟欢心，不惜巨资在章江门外临江的冈峦之上，建了这座可揽山川之秀，可观歌舞之乐的楼阁。落成典礼当日，适逢皇上降旨，封其为“滕王”，故阁得名。一千三百多年来，虽毁建多次，由于王勃的千古绝唱——《滕王阁序》的缘故，使得“文以阁名，阁以文传”。历代无数文人雅士云集于此，舞文弄墨，唱咏吟叹。有唐代的“三王”、韩愈、白居易、杜牧，宋代的欧阳修、王安石、苏辙、朱熹、辛弃疾、文天祥，元代的虞集、董缙，明代的李梦阳、汤显祖，清代的蔡士英、钱谦益等。此阁重建二十八次，次次都有巨卿宿儒写诗作文，留下大量名篇佳制。

放眼望去，苏东坡书就的“滕王阁”巨匾字态神丽笔姿潇洒，毛泽东主席题书的“落霞与孤鹜齐飞，秋水共长天一色”的楹联铁画银钩大泽龙蛇，使瑰楼宝阁更添金碧辉煌。阁内浓烈的艺术氛围令我驻足不前，阁外大势壮阔的景致让我慨叹万千。

“原来姹紫嫣红开遍，似这般都付与断井颓垣，良辰美景奈何天，赏心乐事谁家院……”一阵戚戚悲悲的唱腔传来。难道这云天之上也有连台好戏？我缘梯跃级而上，嗬！但见“九重天”上的古戏台不大，尽管只演《牡丹亭》中的一出，但丽娘与梦梅的扮演者无论是唱、念，还是手、眼、身、法、步都格外卖劲，决不敷衍。台下座位不多，只可容纳四五十人，四周站的竟比坐的还要多。随着剧情的展开，老少男女个个看得有滋有味，更有个别老戏迷摇头晃脑，用手指按板眼敲击着前坐的椅背，似醉似痴。

都说“佩玉鸣鸾罢歌舞”，这阁的顶层“牡丹”不是依旧“香艳”吗？这话要从明朝万历年间说起。其时，四百年后被世界剧坛誉为“东方莎士比亚”的江南才子汤显祖弃官归里，万历二十七年(1599)，九九重阳节，为贺新阁落成，将其呕心沥血、伏案百日写就的《牡丹亭》搬至阁上演出。至此，罢去的歌舞才由戏剧取而代之，且经久不衰。我很惊喜，没想一支“牡丹”，一开竟是四百多年！一片喝彩声，拉回了我的思绪。不觉中，一出好戏又鸣锣开场了……

(1994 年 10 月 29 日《南京日报》)

昙华插花分外艳

初春时节，大姚附近的山上冰雪还未消尽，朵朵马樱花迎风怒放，满山遍野被彝族兄弟装扮得如火如霞。我和云南的老盛夹在身着盛装喜气洋洋的男女老少之间，背上竹箩直奔昙华山巅。

据传，这一天（夏历二月初八），美丽善良的彝族少女咪依鲁，为了惩罚欺骗百姓的贪官而献出了年轻的生命，她的情哥哥抱着她的身体，号啕痛哭，飞溅的泪珠洒在了马樱花上。从此，白色的马樱花变成了红色。为了纪念这对可歌可泣的痴情男女，彝族人民就把这一天定为插花节。

太阳缓缓升起。红花丛中，满山是人，遍地是歌。唱得最欢的自然是钟情中的少男少女。小伙子把鲜艳的山茶花粗心地插到姑娘制作精美的包头上，姑娘则把一朵朵殷红的马樱花大胆地插在小伙子吹着的芦笙上，互表爱慕之情。他们边插边唱，一唱一答，其情之浓，其意之切，一派诗趣盎然。我们不会唱当地的民歌，只能随性哼上几句流行小调。下午，随着欢笑的人流，我们来到山寨。嗬！年轻人已经把采回来的鲜花插在门户、窗上和房舍四周。山寨的主要通道上，新搭起的插满鲜花的彩棚一个接着一个，放眼望去，整个彝寨沉浸在花的海洋之中。老阿公介绍，这一天，牛头上必须插上马樱花，用盐水给其漱口，尔后赶上山，跟着牛群在马樱花之间载歌载舞，场面越是热闹，来年则人畜越兴旺，五谷则越丰登，生活则越美好。

彝族兄弟很好客，杀鸡宰羊，舂糯米粑粑，做荞麦面，盛情款待来自远方的客人。酒宴上，且歌且舞，极其爽快，直喝得满座面赤如火，方才罢手。入夜，推开窗户，阵阵芦笙伴着欢歌笑语，和着马樱花的幽香徐徐飘来，但见远处林寨中、山坡上，燃起堆堆篝火，人们手拉手，围着火堆尽情地唱跳，其中最卖劲儿的还是那些心花怒放的年轻人。

（2001 年 8 月 14 日《徐州日报》）

晋祠的魅力

西出太原五十里，有山名悬瓮。登山巅，作鸟瞰，但见古木苍劲，晋水萦回，烟霞明灭中殿堂楼台阁亭桥榭似隐若现，一派贯天灵气。这便是古晋明珠——晋祠。

据说，此祠缘为祀奉西周初年周武王次子，晋国开国君主唐叔虞而建，但究竟始造于何朝何代，祠无记，史无载，《史记》中的那则“剪梧封弟”的故事也未曾透露更多的信息。置身于古树浓荫之下，最初的感觉怎是一个“美”字了得。山青青，郁苍苍宛若娇羞的处子，花铺古级、岚凝幽香、沁人心脾；水碧碧，清悠悠如锦似缎、溪柔若练、暗流如缕，汇一泓平静的潭水，只瞥一眼，我的肺腑便几乎被洗得干干净净。那周柏，那唐槐，腰粗三围、表面皴裂、枝干挺拔、茵绿如盖，似经霜老人，风韵不减当年。

其实，最为震撼心灵的，还是那以圣母殿为中轴线的辉煌峨眉的主体建筑群。据说，这儿有我国古建筑史上的“三绝”。

首先映入眼帘的是殿前的方形荷花鱼沼，其上架十字飞梁，桥东西宽阔，南北如翼，整个重量由三十四根八角形石柱支撑。行桥上，宛若立于鸟背，飘飘然如乘风归去。俯视左右，鱼跃清波，荷映红日，缕缕细长的水草，或游水底，或挂岸边，水中的琼楼玉阁被其织得浑然一体匝匝密密，其境之妙令人叫绝。这边是清水芙蓉，而背过脸去，则是神气威严。殿前的神柱上，风从云生，八条怒目利爪的游龙，跃然欲飞，将宝殿如携九霄云天，幻为虚境。那工艺、那质料、那灵气，令当代中外雕刻大师慨叹不已！史载，此龙雕于宋元祐二年（1087），据考为我国现存最早的盘龙雕柱。抚罢龙鳞，遥想祖先，心情顿然凝重起来。圣母殿宽敞的殿堂，无一根柱子，实在令人惊奇。这功劳，得归于墙外回廊上那些力拔山兮气盖世的柱子，足见古人之匠心。导游讲，这是现今能够找到的最早且最绝妙的建筑事实。此殿为供奉周武王后、太公姜子牙的女儿——虞候母邑姜所建，虽几经重修，但始终保持当年的造势。殿内圣母像，富贵满身、珠光宝气、凤冠蟒袍、凝视端坐，一派高贵、富态、祥和之气度。她的四周有四十二尊侍女塑像，或天真活泼，或含情脉脉，或愁绪万千，或口目传情，情态各异、形象逼真、性格迥然。据考证，此等宝贝为宋代泥塑，虽几经风雨，未曾损坏表皮，足见其何等灵性。

与所有古寺名刹相同，献殿前左右立钟楼鼓楼，想晨钟暮鼓何等振聋发聩！水镜台、金人台、朝阳洞、三台阁、关帝庙、文昌宫、胜瀛楼、景清门……建筑之精，规模之巨，让人访不胜访，虽几游而不能尽兴。加上唐太宗李世民在此得天下，宋太宗赵匡义在此灭北汉并五代十国，使古祠顿生几分神奇。难怪历代文人墨客都看中这块好去处，至今山径石壁、廊前碑上，留下诸多名家题咏，更使古祠平添了几份雅趣、品位和魅力。

（2001年11月22日《镇江日报》）

九华游

当太阳升起的时候，我们驱车来到九华镇。镇不大，清一色皖南古式民居，白墙、棕瓦、黄幡、灰街，道虽不宽，却很热闹，两侧商店、餐馆、工艺品店鳞次栉比，不时有和尚、尼姑穿行于市，好一派神奇空灵的景象。

据介绍，九华山最早称陵阳山，山上有九十九座山峰，其中天台、天柱、十王、莲花等九座主峰秀丽多姿，远远望去似并肩而立的九个兄弟，因而又称九子山。九华山得名缘于唐代大诗人李白的那首“昔上九江上，遥望九华峰。天河挂绿水，绣出九芙蓉”的歌赋。文献载，太白先生曾旅居九华三次，但此赋何次而就，不得而知，不过从诗中描述的景致看，是在水碧如蓝的春天无疑。兴许是先生礼赞的缘故，惹得历代文人墨客接踵而来，留下诗词文赋五百多篇。原先在我脑海中的佛教名山，顿然间又成了文化名山。

转眼间来到肉身殿。刚一涉足，围上一群老少男女，齐声呼唤：请香吗？人处佛地，身不由己，我们每人只好各买了一把。肉身殿和塔前香火之盛，善男信女之多，出乎意料，有关传说更是神乎其神。老僧讲，相传东晋隆安五年（401），天竺名僧怀渡来山创建茅庵。唐开元末（约719），新罗国（今韩国）王族近亲金乔觉舍弃优越生活，只身渡海来到中国求法。入唐后，他访遍名山，四处求学，最后在九华山苦修了半个世纪，于99岁圆寂后葬于此山。僧众们称他为佛经中的地藏王菩萨转世，认为他肉身不坏，于是修肉身塔加以供奉。从此，九华山开辟成地藏菩萨道场圣地。说来奇怪，这九华山常年雨量充沛，空气潮湿，出家僧人圆寂后竟肉身不腐，个中究竟谁也说不清楚。目前，山中供奉着无瑕、大兴、慈明、释仁和明净和尚肉身五尊。现在山上的文物古迹大多建于唐代，最早的建于东晋，到明清两代达到极盛时期，古刹寺院达三四百座，僧尼多达四五千人，“香火之盛，甲于天下”。如今保存完好的还有七十八座，著名的有化城寺、肉身殿、百岁宫、吉祥寺、龙池庵、甘露寺、天台寺、祇园寺等。殿堂内建筑雄伟，古朴大方，且高立于石基之上，殿内木刻画廊十分精巧，雕梁画栋引人入胜。据陪同我们游览的老陈介绍，如今山上有名贵文物四千余件，其中六百余件陈列于化城寺内，如唐代的梵文经贝叶经，明代皇帝御赐亲笔圣谕，明代万历版大藏经，以及正德年间活到102岁的海玉禅师用舌血抄写的血经，加上历代名家留下的书画墨宝等等，有些已经成为价值连城的国宝。

正午时分，我们乘索道直奔极顶天台峰，脚踩云峡，极目远眺，别有一番惬意。但见层峦叠嶂、怪石林立、修竹虬松、流泉飞瀑，相映成趣，风光十分旖旎。难怪导游说：上九华不到天台，白流汗等于没来。观此风光，觉得言之有理。

九华人十分热情好客，一席山珍野味说是只收成本，并笑容可掬地约我们看完凤凰松后再到其家吃晚饭，哪怕来喝口茶也行。于是我们沿九华石街至回龙桥边，来到被著名画家李可染称之为“天下第一松”的凤凰松边。相传此松距今已一千四百多年，但仍然枝繁叶茂，苍翠欲滴。其主干略微扁平，高三米处枝干分为三股，中间枝干曲形向上，如凤凰翘首；一股微曲平缓下伸，似凤尾下垂；一股斜伸微翘，分成两翼，远远看去整个松树似彩凤一般展翅欲飞。

（2001 年 12 月 14 日《镇江日报》）

假如树儿有只手

小隐于林，大隐于市。金牛山宛若一颗巨大的绿宝石镶嵌于榕城西北角。难怪朋友说我过上了神仙一般的生活，只因我的住所就在这既是林又是市的金牛山腰的一幢二层小楼里。是啊，伏案之余，隔窗远眺，一幅巨大的山水画尽收眼底。岚浮层峦，红点叠翠，由近而远是黛绿、嫩绿、翠绿，由低而高是墨绿、浅绿、淡绿。倘或信步闲庭，做深呼吸，五脏六腑则被滤洗得碧透干净，真乃气爽贯通，心旷神怡。

风吹松竹，雨打芭蕉。一夜春雨后，忽见门前的铁树斜倾路边。乍看像是土湿根松的缘故，走近一瞧方知罪魁祸首是那密匝的藤萝给死拉活牵的。平日里忙忙碌碌没有介意，总以为这“藤缠树儿”司空见惯合情合理，没曾想后果竟会严重到缠倒树这步田地。于是乎，愤愤不平的我找来刀，毫不客气地将这些附势的家伙砍去，然后再将树儿扶正。树儿终于从难以忍受的负担中解放出来，轻松地伸展枝条直立于我的面前。看到树儿这般挺立，连我自己都平添了许多堂堂正正做人的自信。说真的，尽管我每天从树儿身边走过，竟从来没有在意它的风姿，然细加欣赏令我触目：只见它那粗壮的树干上，竟然附长着数十根杂树枝叶，倘或任其蔓延，这棵老树的营养和生命，渐渐地就会被它们夺去。真是不可思议！我毫不犹豫地将这些可恶的寄生树拔去。不知是出于对树儿的关心，还是好奇心使然，从未涉足密林深处的我，下意识地沿着崎岖山坡逶迤而上。没想一路看来，幕幕景况令我惊心：树儿有的被老滕缠得奄奄一息，有的已被寄生树夺去生命，还有的被虫子蛀得剩下半边或空壳，更有甚者或被齐根或拦腰断去。究竟是雷电所击还是人为砍去，不得而知……天灾人祸，人祸天灾，没想到粗看苍翠的林子中，树儿生活得竟也这般可怜。再想想媒体上经常报道的一些毁林事件，我的心情真是沮丧极了……唉，假如树儿像人一样，有只手该有多好啊。我天真地想。

是啊，假如树儿有只手，藤萝怎敢如此放肆，没等靠近脚跟，树儿就会把它扯断揪掉。假如树儿有只手，寄生树的种子还会让它发芽吗？即使不小心让其发了芽，苗儿还很弱小的时候，树儿就会将其连根拔掉。假如树儿有只手，小虫儿怎能在其身上挖窝筑巢，没等幼虫成形树儿早将它们掐死除掉。假如树儿有只手，花儿谁敢乱采？果子谁敢乱摘？枝条谁敢乱折？树木谁敢乱砍？……

假如树儿有只手，树儿就会茁壮成长，树木就会成片成林，树林就会郁郁葱葱，森林就会逐年增加；假如树儿有只手，厄尔尼诺就会离我们远去，温室效应、酷热严寒天气就会渐渐消失，干旱、洪涝、风暴、沙尘暴、泥石流等自然灾害将会明显减少，地表也不会如此迅速沙化，水资源不会如此地紧缺，有些物种更不会就此灭绝，大自然的生态也就不会失衡；假如树儿有只手，天将会更蓝，水将会更清，空气将会更加舒爽，人类的居住环境将会得到较好的改善，整个地球将会变成美好的乐园。

假如树儿有只手……

然而，假如毕竟是假如，树儿永远也长不出一只手。在这个世界上唯有我们人类长了两只真正意义上的手！记不清是哪位哲人说的了，意思是讲，当别人需要帮助的时候，你能否腾出一只手呢？

如果你能果断地助上一臂之力，那么当你遇到险阻时，就能得到无数手臂的救助。是的，数千年人类文明的潮水奔腾不息，可周而复始得到印证的就是这些诸如此类的简单道理。那么，树儿指望谁呢?回答斩钉截铁：我们人类！说实话也只有我们人类才有可能做到这件事情。其实，我们腾出一只手，并非真的把手给树儿装上，道理很简单，即使科学技术发展到极致，也不可能将人类的手臂与树儿有机地连接到一起。这里所说的腾给树儿一只手只是一种比喻，真正意义是指，从现在开始，经常地用你的手、我的手、大家的手，为树儿除去虫害、除去老藤、除去寄生草，为树儿护花、护果、护生命，特别是不再乱砍、不再滥伐……我想，只要人人都献出一点爱，真正助树儿一臂之力，眼前即使是一片荒原，过不了多久，树儿的种子一定会发芽、生长、发育、成长、成材、成片、成林……

现在，我们终于大彻大悟：给树儿一只手，表面看来似乎在拯救树儿，其实真正拯救的是我们自身，是在呵护我们自身的生态生存环境，保护我们自身的生息生活家园。这又应验了那句普通得不能再普通、管用得不能再管用的老话：

助人者必自助!

（2005 年 3 月 4 日《解放军报》）

品赏“金枝玉叶”

十多年前，我被调去福建。这之前，由于睡眠和胃的原因，不管何等好茶，我是不碰的。闽地三年多，福州人的热情好客，每每喝工夫茶，让我从好奇到尝试，再到渐渐体味其中妙趣。当然，喝到临了，不知不觉对武夷岩茶情有独钟，最喜的自然是半发酵的大红袍。

说到大红袍（当然还有“水金龟”），不能不说武夷山和天心寺。工作的缘故，我多次去武夷山，同样去建于唐贞元年间的大寺院，素有佛教“华胄八名山”之一的天心永乐禅寺。这里“五象朝圣”“千叶莲心”，是茶中之王“大红袍”的祖庭，中国乌龙茶和工夫茶的发源地，中国台湾洞顶乌龙茶的故乡，可谓：名山古寺交互辉映，高僧禅茶相得益彰。这里自古高僧辈出，名贤荟萃，禅风和悦，茶韵幽远，堪称“茶禅一味”的典范。我被这里“儒家的正气、道家的清气、佛家的和气与茶家的雅气”的禅茶文化吸引滋养。寺中方丈慈眉善目，官方引荐多次接触，引领我们在两块圣旨碑和一对石龙间谈天说地，边品茗边谈论“茶以寺名、寺以茶荣”的历史，抒发藻光仙尊“欲会千江明月，只在天心一轮光处，何用捕形捉影于千岩万壑？以踏破芒履为耶？”之感叹，赏鉴帝师陈宝琛当年题写“福德因缘”的匾额辉煌与荣耀。

大红袍的来历传说很多，我对方丈的介绍最感兴趣。

洪武十七年（1384）夏天，一个叫丁显的举人进京赶考。（有人说叫雷镒，据查明代没有这个状元。）丁公子从建阳老家出发，路过武夷山，长途跋涉，晕倒在路边，所幸采药僧人遇见，于是将他救回寺中。方丈发现书生脱水中暑，立即吩咐小和尚拿来茶水喂服，没想到只喝一碗茶，书生就醒了。丁公子转危为安，与方丈道明原委，感激之情溢于言表。寺中休整数日，临别时方丈给其补足干粮茶水。丁公子千恩万谢，云日后无论是否取得功名，都要重返寺中答谢。秋闱之后，丁公子高中状元封官晋爵。衣锦还乡途中，状元郎践行诺言，专程到天心寺答谢。方丈久居深山，哪敢领受这般恭维，硬把功劳推给茶树，说如果大人想谢就谢它们吧。恭敬不如从命，状元郎给方丈施礼，脱下一袭红袍，郑重其事地披到茶树上，行叩谢大礼，“大红袍”由此得名。

其实，大红袍唐朝就在天心寺种植，只是藏在名山，不被待见。武夷山丘壑林密，云雾缭绕，气候湿润，适宜茶树行长，历代山民以种茶为生。中晚唐时期，武夷岩茶已香飘千里，到了宋朝，成为宫廷贡品，王侯将相才能喝到。丁显的传说，使武夷岩茶增添传奇色彩。明永乐十七年（1419），大将胡濙奉成祖之命抵达武夷山，假以寻访张三丰为名寻找建文帝踪迹，遍访各寺院无果。在天心寺，将军听了状元的故事，对岩茶制作颇感兴趣，被浓浓茶香所陶醉，一身布衣，两脚草鞋，跟着僧人学制炭焙茶叶，等到手艺娴熟，制作上好岩茶回京献给成祖。成祖尝后赞不绝口，封其为天心禅茶，从此“大红袍”成了武夷山的代名词。明末清初，寺中僧人突发奇想，扦插移植大红袍茶树，如今那高高岩壁上还有六棵活着，虽经风吹雨打，仍然枯荣屹立，成为大红袍的嫡系和鼻祖。为保护珍贵母树，民国曾用一个排的兵力守护，中华人民共和国成立后当地政府一直派专人看护。如今市面上出售的大红袍，质地上好均系岩峭壁上六棵母树扦插种植而来。这些老茶树已有近四百年历史，由于终年细泉浸润流滴，带着岩顶所积累的养分，形成恰到好处的灌溉，加上茶树所处的岩石位置，能够遮挡正午猛烈阳光，但又得到光的衍射，生长环境得天独厚，因此叶质苍翠厚润，芽头微微泛红，只可惜年产只有 1 斤左右，数量非常有限，能品味到大红袍的，只有帝王将相。当年献给乾隆皇帝的礼单中，曾有“碧螺春 20 斤、龙井 30 斤、大红袍 8 两（半斤）”的记录，足见母树茶叶的珍贵，从而奠定了大红袍在中国茶中极品的崇高地位。2000 年武夷山“申遗”成功后，母树被列为世界文化和自然遗产保护对象，2003 年 6 月，中国人保武夷山支公司以一亿元人民币承保。现在，珍贵的母树茶只能作为市政府接待尊贵客人和外国贵宾、元首时的茶礼之用。

那年初秋，我陪一位老领导去武夷山，参观景点自然少不了拜谒天心寺，特别是观赏立于岩壁之上的六棵古茶树。我们坐在岩脚下对面的茶水凉棚里，品尝人工扦插种植的茶树所产的大红袍，其色红润厚重，其香飘逸空灵，其味滑爽质感。晚上，我们应邀去了御茶园，观女子茶艺表演，品各异香茗，印象之深首推大红袍，之后观赏的大型茶文化艺术表演，美妙享受淡淡然如茶回味不绝。临别，政府赠我们每人一小盒烫有“大红袍”金字的小礼品，落款郑重其事：武夷山人民政府赠。回家打开一看，半条香烟那么大的盒子，居然就用红线系了一根茶叶。后来得知，就此一根母树茶叶，贵客才能得到如此厚礼。想想也就明白，因为这是一根正宗地道的“金枝玉叶”，历经四百年沧桑吮吸、四百年精心呵护、四百年情缘守望，绝世精品中的精品，能到我等凡夫俗子嘴里，真乃三生有福，不成佛亦成仙！

（2018 年 8 月 17 日《江苏经济报》）

每片叶子都在讲述故事

三百多年前，一位俄国特使，受沙皇派遣，来到中国，回去的时候，行李中装得最多的是产自武夷山的君眉茶。从那时起，这些奇怪的干叶片，便引起了俄国上流社会的极大兴趣和好奇。然而即使到了 1727 年中俄签订《恰克图条约》，开始开放恰克图和尼布楚两个边境点贸易，俄国绝大多数下层贫民对于这种来自东方的神奇叶片仍然知之不多。

三个世纪前的恰克图口岸，分为南北两市，北市俄国人居住，叫恰克图；南市中国人居住，称买卖城。之所以叫买卖城，是因为这里住满了中国北方精明的商人——晋商。山西商人垄断了恰克图的贸易。

知道晋商和恰克图这个地方，很多中国人是从看电视剧《乔家大院》开始的，知道从武夷山到恰克图有一条万里茶道也是从乔致庸们贩茶开始的。

山西并不产茶，茶叶是南方特产，那时晋商的茶叶主要来自福建。丹山碧水源远流长，安溪边的赤石、桐木、星村一代乃是茶叶“源头”。而下梅村这个古老的村落成了茶叶的“蓄水池”，从清初开始，晋商便与当地的邹氏家族联手，打造了“下梅茶市”——一个汇集武夷山地区茶叶的集散地。当时主要茶种为君眉茶、白毫茶、莲心茶，君眉茶属于岩茶。当时，最为盛行的是青茶（乌龙茶）和红茶，它属于半发酵茶，按产地分为正岩茶和洲茶。闽南方言区用小壶小杯冲泡，又称工夫茶。产自桐木村的红茶最多，亦称正山小种，闽人不饮，但因为完全发酵，长途运输亦不减风味，主要是销往外埠。销往恰克图的主要就是这种红茶。

打开地图你会发现，从下梅村到恰克图，一条蜿蜒的线路，多么遥远而又漫长，让人惊叹。现在，让我们在地图上“走走”这条茶道。

福建武夷山下梅村——江西铅山县河口——江西九江湖口——湖北汉口——山西祁县——山西太原——山西大同——河北张家口——恰克图，全程约为9900里。所谓“万里”茶道不为过，其长不亚于丝绸之路。武夷山茶农采下的一片叶子，通过船、马车、骆驼等交通工具，要经过两年时间、两万多里的颠簸，才能到达莫斯科贵妇的茶杯中，其珍贵程度可想而知。

当时，茶叶属于控制物资，晋商外销首先要到张家口官府领票，每张票贩茶300箱，每箱80斤左右，每箱茶价约29两白银，总共24000万金，总价格在8700两白银，具体每斤茶价约为0.35两白银。据算，从武夷山到恰克图，利润率达56%，难怪山西茶商赚了大把银子。

因为沿途气候干燥，商队驮运的茶叶也容易保存芬芳，弄得远在伦敦的马克思都闻到了这股茶香，他说：“陆路运送的茶叶其中大部分是上等货，即在大陆消费者中间享有盛誉的所谓商队茶，不同于海上进的次等货。”其实马克思误会了，并非海运茶叶质地不好，而是茶叶经海上暑热湿气侵袭，有了咸味，因为茶叶是位“好色君子”，只要遇到异味，就会很快吸入体内。

这就是即使交通不便，但欧洲人仍然喜欢闽北武夷茶的缘故。加之武夷茶是全发酵的小种红茶，滋味甘甜，久存不坏，很合外国人口味。太平军阻断武夷茶道后，晋商在湖北羊楼峒、粤商在湖北安化指导当地匠人制作红茶，于是红茶技术逐渐传向内地。然而，有趣的是，武夷山虽然创造了风行世界的红茶，但当地人乃至福建人，对红茶毫无兴趣，他们认为岩茶才是茶中极品。武夷茶经久不衰，其秘密在于并行于世的两个体系：外销红茶和内销岩茶。前者润泽世界，后者滋养心田。

可见，从武夷山到恰克图，一片小小的叶子，从被纤纤素手采撷下来，到杀青、发酵、烘焙、分拣、制砖、包装、运输，历经千挑万选、千山万水，凝结了多少冷暖凉热、奇闻趣事，最终到达异国他乡的茶杯中，是多么幸运和不易啊！

（2019年4月12日《江苏经济报》，获江苏省第30届报纸副刊好作品二等奖）

港湾钓鱼人

难得清闲，我和爱人去连云港小住几日。我们住在海滨疗养院，透过客房的窗户就能看到湛蓝的大海。除了品尝海鲜，间或去连岛等地观光，我们每天傍晚都要沿海岸景观道散步，呼吸清洌的空气，欣赏秀丽的风景。我们在“在海一方”沙滩看孩子们戏水、玩沙子、挖小蟹、捞小鱼，看岸边高大建筑上色彩斑斓滚动的图案，看北固山上五颜六色变幻的火树银花，看近处海滩和远处连岛上若明若暗的星星灯火。最让我们感兴趣的是看港湾码头平台上排成的钓鱼队伍。他们多数头戴聚光灯，手持几乎相同款式的渔竿（抛竿），全神贯注地注视着海面上随浪起伏的发着红光和绿光的浮子。一会儿这边一道红色光线飘向岸边；一会儿那边一道绿色光线飞向海面。不远处波光粼粼的海面上，闪耀着红光和绿光的浮子，星星点点，随波荡漾。好一幅美妙的海岸垂钓风景线！

咬钩了！身边的小伙子先是一拖，接着轻轻摇把收线，然后用劲一提渔竿，一道红色弧线凌空划过，一条白色的鱼儿在悬空的线上蹦跳不已。出于好奇，我问小伙子这是什么鱼？他边取鱼边告诉我，是条小鲈鱼，与河鲈相比，体形稍长，鳞片粗些。我问他用什么做饵？他说是海蚂蟥，也叫沙蚕。取下鱼，小伙子从一个小塑料袋内取出一条细细长长、白乎拉沙、蠕动转曲、像蚯蚓更像拉链的白色爬虫。小伙子串上蚂蟥，再次将钩远远抛向海面。我问小伙子，钩甩那么远，又有海浪，怎么看得见鱼咬钩呢？小伙子点根烟，边轻轻摇动把手边回答，海鱼不同河鱼，来势汹汹，吃相不好，咬钩凶猛，一口下去立刻跑路，所以浮子动静很大，甚至会沉下去。当然，也要凭经验观察和手上的感觉。我说能不能让我试试？小伙子看了看我，哼哼笑了笑，毫不犹豫地将钓竿递给我。真没想到连云港人这么爽快！幸运的是，我接过渔竿后，马上有鱼咬钩，但由于收钩晚了半拍，鱼跑了，饵也丢了。看着裸钩，我犹豫了。小伙子问我怎么不串钩。我说不敢碰蚂蟥。小伙子乐了，说，那玩意儿虽然瘆得慌，但不咬人。见我仍然迟疑，小伙子说，那我来弄吧。虽说我经常在河塘里钓鱼，但海钓，而且在晚上钓鱼，有生以来还是第一次。我使劲抛出钩，等待鱼咬钩之际，我问小伙子，一个晚上能钓多少鱼？钓到什么鱼？有没有大鱼？钓到几点？大伙儿是否结伴而行？小伙子很热心，告诉我，一般晚上涨潮时过来，退潮时收钓。多时能钓五六斤，少时二三斤。主要是鲈鱼和沙光鱼，一拃长左右，没什么大鱼。说不准确，多数情况大家一起来，主要不是冲着鱼儿来，纯粹一块儿找找乐开开心。又咬钩了！我一挥渔竿，摇把收线，一条鱼终于上钩。爱人连忙用手机电筒照看，只见这条鱼尖牙利齿，黑不溜秋，很像淡水里的虎头鲨，活蹦乱跳的。小伙子说，这就是沙光鱼，也叫虾虎。这家伙咬钩很牢，我取了好久才取了下来，虽然手上弄得腥腥黏黏的，但着实过了一把海钓的瘾。

我和爱人谢过小伙子，沿着码头随意又转了一会儿，只见几十把渔竿在不停地上下挥舞，飞动的彩色浮子很像梦幻般的流星雨。海风轻吹，海浪轻摇，惬意之余我们感慨良多，为小伙子那句“纯粹一块儿找找乐开开心”的话语，为海滨人悠闲自得的美好生活！

（2019 年 9 月 30 日“中国创新文学网”）

白鹤峰上雨前茶

上高中时，我才从同学口中得知“龙井”是茶，而不是井。足见乡下孩子是多么无知和傻气。

那年春天，第一次去杭州出差，住在西湖边的一个疗养院里，据说这个地方离龙井村不远，于是带着好奇心与朋友结伴前往探春。

龙井村不大，但名气不小，坐落于西湖风景名胜区的西南面，村内常住人口八百多，拥有八百亩的高山茶园，四面群山环抱，呈北高南低的态势。通风通气的地理优势，成为得天独厚的好茶产地，加上杭州雨水充裕，湿漉漉的空气滋润茶树，尤其是谷雨时节，茶芽经过一冬的休眠和养分的积累，使出浑身的解数，饱吸阳光雨露，鲜爽度、饱和度和协调度都达到了最佳状态，可以说集齐了名茶受人追捧的最佳要素。

相传乾隆皇帝下江南时，曾到龙井村狮峰山下的胡公庙品尝西湖龙井茶，饮后赞不绝口，并将庙前十八棵茶树封为“御茶”。皇帝为喝龙井茶都到茶产地，我们来一趟，自是三生有幸、口福不浅。

由于事先朋友做了精心安排，我们到达村子时，茶田已准备了胶鞋和竹篓，让我们去白鹤峰采茶。接待我们的是位眉清目秀、齿皓唇红、身材苗条的姑娘。虽然肤色略黑，但其韵致和活力，比嫩茶还要清爽夺目。我们以为这是茶园主人的女儿，听了我们这话，她笑了，落落大方，笑容可掬。她让我们叫她小云，并让我们立即启程。小云告诉我们，现在去采的是（谷）雨前茶。顺着她手指的远方，只见一株株茶树，在氤氲的轻纱中时隐时现。慢慢走近，清晰可见茶树浓翠、层层堆叠。站在峰头眺望，一汪湛蓝的湖泊烟波浩渺，代表着白鹤峰受着西湖和钱塘江的双重水气滋润。小云告诉我们，脚下泥土疏松通透，白沙面地质，龙井茶特有的独一无二风味，与其关系极大。

走进茶树，按照小云教授的方法，我们仔细采起茶来。采茶不是体力活儿，但胜于体力活儿。小云姑娘说得没错，这是灵性活儿，讲究的是纤巧、耐心和意志。不采不知道，一采心发跳。你瞧人家小云，双手在林叶间轻盈舞动，指尖梦幻般靠近叶片，绿叶蝴蝶般飘到手心，然后经她轻柔一甩手，迅速飞入身后的茶篓里，动作娴熟连贯流畅，茶叶在手上只停留片刻，绝不让手上的温度损伤叶子原有的色泽。而且，小云不用细看，仅凭直觉余光，便准确摘下嫩芽和芽头下的两片叶子。那优美的姿势，潇洒的弧线，沙沙的落音，美妙神奇至极！看小云采茶，驾轻就熟，有说有笑，轻松愉快，不是劳动，是艺术享受！不像我们粗手笨指，连头掐断，全是粗枝大叶。而且没采多久，脖颈处便传来阵阵酸楚，如果不是浓郁清新的茶香气，真的要打上瞌睡。

小云采茶是巧手，制茶同样是好手。我们以为自已采摘的茶叶马上可以尝鲜。小云笑了，那笑的美不在略微上翘的嘴角，而在那双似笑非笑、灵动传神的眸子。小云告诉我们，新采的茶叶需要炒制、烘焙等多道工序，然后才能制成成品茶，才能用适当温度的水泡饮。采茶、制茶、泡茶，其实都有讲究。小云微笑着拿出事先备好的成茶，优雅地用烧开的山泉水温洗茶杯，再轻轻用茶匙取出绿茵茵的茶片，接着高高提起水壶，将略晾过的开水缓冲入杯中。茶叶纷纷上下沉浮，渐渐舒展，很快泛绿起厚。小云递过茶来，一股茶香悠悠飘来。我轻酌一口，如痴如醉。

一晃经年，关于西湖雨前龙井茶诗意般的美好印象，不能不说与这位心灵手巧的小云姑娘采茶制茶泡茶的高超技艺有关。

Part 07

斜风唤细雨

蝶恋花

有人说：蝶恋花是一种完美无缺的人生。

这种至高至美的结合是一种纯洁无私的关系，她的存在给人类增添了无限的寄托。什么是真正意义上的奉献？人类最美妙的设想在这里得到最完美的诠释。

蝴蝶无私地为花儿授粉，她所奉献的是她的全部，而她并没有向花儿索取什么；花儿开得争奇斗艳，奉献出了自己的汁液，她同样是无私的。她们之间没有任何意义上的酬谢，只是默默地奉献着自己的一切，直到生命的终结。

人生的延续，母子的亲情，不同样也是这种关系吗？它去除了人类所丑化的一切，走进一种理想的状态。其实，人原本是至善的，只不过其中渗透了太多的物质因素，使人类的发展出现了美与丑、善与恶、黑与白之分。这一切应归罪于人类，是人为的制造，又想人为地改观这一切。这大概是人性的欲望所决定的吧。人如果有一点思想和意识，就不甘于现状，“欲”在此就必然成了一种社会存在，欲一旦灭亡，人类也就结束了。

这一切的一切在现实世界里得到了验证。作家有发表欲，学生有考学欲，当官的有提升欲，农民有丰收欲，爱情有性爱欲……如若没有这些欲，人类就没有发展与进步，就不可能摆脱赤身裸体的现状，也许还不知羞涩地过着茹毛饮血的原始生活。

话又说回来，蝶恋花是否不存在欲呢？其实不然，蝶是劳动欲，花是开放欲。

人类的存在就是一种欲的存在。

（2003 年 1 月 27 日《现代快报》）

幸灾乐祸

报载：气象台微博爆料，这是南京入夏以来下得最为猛烈的一场大雨，老天爷劈头盖脸一口气倒下了3.3亿吨雨水，等于下了100个玄武湖。我估计，至少有一个玄武湖下在了城东南我们临近秦淮河畔的地势较低的小区内。

那天刚好是周六。一夜暴风骤雨，赖床晚起，吃完早饭，出门想去菜场转转，下到一楼推开防盗大门一看：我的天！门前已是汪洋一片，积水早已没过脚脖子。赤足蹚水来到小区门口，更是惊呆了：低洼处的积水已经深没过腰，一辆轿车和一辆越野车熄火待援，轮胎淹没水中，两个主人站在齐腰水中，拿着电话高呼小叫。

雨不停地下，水不断地涨。仰望乌云翻滚的天空，俯视门前浩大的水面上密集的雨点，心中那个忧与愁，真是难以言说。如果雨再下一小时，门前的水有可能越过大门，直奔地下室而去，同楼的十几户人家都会遭殃，后果十分严重！

怎么办？兵来将挡，水来土掩。唯一的办法，就是立即在门前筑坝。事不宜迟，我和六楼的老王一合计，立即找来锹和蛇皮袋，冒雨取土垒坝。看到垒坝，我爱人拿着雨衣下来了，二楼的一对母女下来了，三楼的一对老夫妻下来了，四楼的女主人下来了，六楼对门的一男一女两个年轻人下来了。男女老少，叽叽喳喳，打伞的打伞、挖土的挖土、装袋的装袋、运送的运送、垒坝的垒坝，不要分工、不要指挥，配合默契，献计献策，只一会儿工夫，一道两尺高一尺厚的防水坝就筑了起来。手下活儿一停下，眼里看到的，耳中听到的全是各个楼前运土筑坝的场景和声音，一片汪洋的小区里热闹极了。

水终于暂时被堵在了门外。雨还在下，听说秦淮河的水涨得飞快，已经开始倒灌。堵，终究不是办法。于是，二楼的母亲建议去买水泵，三楼老者问怎么买、到哪儿买？五楼的年轻人说到网上买，送货比较快……大家七嘴八舌议论纷纷。最后，我和老王合计：建议物业统一购买，每栋楼配发一台，如果他们不办，楼内集资购买。大家异口同声，响应支持。大家推举二楼漂亮能干的女儿前去洽谈。

谈天说水之余，狭小的楼道里大家由生疏到熟悉，继而拉起了家常。尤其是几位女主人，渐渐说东问西，谈笑风生起来。你家几口人？儿子在哪儿工作？你家孙子真可爱，多大了？上哪个幼儿园？你在哪儿工作？上班远吗？你们单位福利好吗？你们儿子结婚后跟你们住吗？……多少年的邻居对门、楼上楼下、姓甚名谁……由于天降暴雨，共筑水坝，而接触、而认识、而交流、而知道、而了解，而关切、而体谅、而协作、而团结、而帮助……终于找到了最佳结合点。

两点左右，水泵买来了。二楼女孩在楼下发出了呼唤：谁家有解刀、虎钳、铁丝、胶布？那声音不大，但仿佛号令一般，只一会儿工夫，一楼到五楼，纷纷下楼，有的拿着剪刀，有的拿着解刀，有的拿着虎钳，有的拿着铁丝，有的拿着胶布，有的拿着接线板……真是人多力量大，团结好办事，仅仅十分钟左右，水泵就安装完毕，可以抽水排涝了。

第二天下午，雨终于停下，但水还没有完全退去。尽管如此，大家不再担忧，因为有了拦水坝，有了水泵，特别是有了全楼男女老少的团结合作同舟共济。这就够了。城市人的高楼效应，人与人之间的隔膜，门对门之间互不往来，因了一场天灾水祸而得以消解融合，邻里之间就此相识，这挺令人意外的。从这个意义上说，真是“祸兮福所倚”了。此灾此祸，何惧之有？再往深里说，我们又有什么理由对“幸灾乐祸”这个成语再抱偏见呢？

（2015 年《散文选刊・下半月》第 12 期，获 2015 中国散文排行榜第 29 名，共 30 名）

拿蛇说事

一晃六年过去，寒来暑往，风吹雨打，新小区也就变成了旧小区。一些基础设施，渐渐开始出现了问题。比如，部分栅栏锈蚀倒塌了，有些门禁失灵了，楼栋的防盗门关不严实了，门锁扣不上了，路边、楼道、车库、地下室的灯不亮了，可视电话有的看得见人像听不到声音，或者听得见声音看不到人像，楼道的电表箱搬东西时你碰他撞叮叮哐哐面目全非了，诸如此类。虽然物业偶尔派人维修，或有业主反映后派人维修，但总是不彻底不到位，或者拖拉延迟，有时反映多次，最后还是不了了之。久而久之，不少业主提出更换物业公司，虽然物业敷衍一阵，但说归说，拖照拖，加之大多数业主抱有“多一事不如少一事”的想法，问题也就依然故我了。

小满这一天，注定有些故事。

那天傍晚，斜阳如血。我去地下室取点东西，过道灯早已坏了，下去时背着光，黑乎乎懵懂进去，拿完东西出来，光线自然明晰了一些。没走几步，奇了，我发现地上似乎有根绳子在动。不可能啊，绳子怎么会动呢？我定定睛，还是觉得远处地上的东西在暗处蠕动。于是，我打开手机照明：天哪，终于看清了！一条灰绿的一尺有余的水蛇，正在寻找出路。乖乖，这下毛骨悚然了。这干干净净经常走人的地下室，怎么会有这么个奇怪东西？见我走近，水蛇警觉了，似乎发现了异类，主动抽身后退逃跑。但由于是水泥地面，蛇只能曲曲折折艰难爬行，速度极其缓慢。

俗话说：见蛇不打三分罪。何况在这人来人往黑乎乎的公共地下室，大人小孩随时进出，不被咬着，偶或见着也会吓个半死。于是，我决定将其捉住，然后放生。我找来竹竿，远远地挑了小蛇好几次，这家伙被我一摆弄，受到了刺激，似乎比先前来了精神，拼命反抗不肯就范，先是躲避、挣扎，最后居然盘起身子昂起脑袋，摆出一副攻击的架势。没办法，我只好再去找来一个塑料袋，铺好口，然后用竹竿将其往里赶，费了好大劲儿，终于将其赶进一半，但蛇很警惕，它的头一旦碰到塑料袋，就立即缩回身子，使劲扭动往外退却。几个来回，人定胜蛇，我终于将其赶进口袋，然后用竹竿压住。进了袋子的水蛇，很不甘心，始终在里边七绞八纽纠缠不停。我怕其再次钻出，赶紧用竹竿将塑料袋绞卷起来，然后沿着地面，拖到一堆杂物前，顺手拿起一块破布，连同竹竿一起裹着，跑出地下室。此时已是一身汗水。

蛇逮着了，出了地下室，四下张望，我犯难了：放生，怎么放生？朝哪儿放生，全是小区，放在哪儿都不合适。思之再三，无可奈何，只好痛下杀手。于是，我找来砖头，隔着塑料袋将其砸死。刚好，有几个业主路过，问我砸什么，我将血淋淋的死蛇露给他们看，并讲述刚才捉蛇的经过，大家听后，个个惊魂失色，纷纷猜测蛇从何来。有的说是有人买来食用不小心跑掉的，有的说周边拆房子钻进来的，有的说生态好了林子里爬进来的。不管怎么说，这蛇来得蹊跷，进得奇怪，尤其是钻进地下室，更是不可思议。

蛇死了，胆小了，再去地下室，我和同栋楼的人心惊胆战十分谨慎，总觉得里边还有蛇。大家一下有了情绪，但没有怪蛇，都怪那个关不严实的楼栋门，坏了半年就是没人修理，否则这蛇就钻不进去。继而，大家将埋怨一齐指向了物业公司的看门人。有老人孩子的家庭反应尤其强烈。第二天一大早，有人在大门上贴了一张提醒告示，这下影响更加强烈了，整个小区都被这条小蛇惊动了，人们纷纷去找物业部门，强烈要求修理小区内所有楼道大门，修理所有路、楼道、地下室电灯，并一致表示：如果在十天之内不修好，从此停交物业费；如果半个月内不修好，业主委员会将启动更换物业公司相关程序。

积重难返，众怒难平。大家拿蛇说事，强烈呼吁、强硬要求，物业公司坐不住了，终于在规定时间内，更换锈蚀倒塌的栅栏，修理失灵的门禁和楼栋的防盗门，晚上路边、楼道、车库、地下室的灯也全都亮了起来。总之，应该修理的都进行了修理。

都说人多力量大，说了那么多话，反映了那么多次，想了那么多办法，居然不如一条水蛇管用。现在看来，这是一条神灵。牺牲一条蛇，幸福一小区。唉，说到这里，我们有理由默哀三分钟，为水蛇，更为我们人类本应负起的那份职业操守和责任担当。

（2018 第 9 期《散文选刊》卷首）

惜春长怕花开早

之前，家住北京东路，每年早春二月都要去鸡鸣寺路观赏那些怒放的樱花。一晃，搬家城东南六七年了，解放门外樱花夹道、连绵不绝的盛景，在记忆里似乎渐行渐远，很想身临其境观赏美景。上个周末，风和日丽，我坐公交转地铁，终于到达鸡鸣寺站。走出地铁口，我畅快地吸上一口夹带香味的清新空气，精神抖擞迈开大步，朝古鸡鸣寺方向走去。走着走着，人越来越多，路越来越挤，好容易随着人流走到北京东路古生物博物馆跟前。天哪，放眼望去，在那云霞飘逸、彩虹灿烂、飞雪迷漫的花雾之下，人山人海、人头攒动、人声鼎沸，让我真正体会到什么叫举步维艰、摩肩接踵、举足不前。

看来大家都爱樱花的美和花景的艳。

樱花确实美艳绝伦，无论是远看还是近观，无论是粗看还是细瞧，都是那样清丽淡雅、素洁温柔，尤其是连片成排连绵不断的艳红、浅紫、绯红、粉白的花簇，竟是那样飘逸灵动，那样鲜活迷离。自己虽年近花甲，没了少男少女的激越情怀，但置身壮观美妙的花影，却也如梦如幻、如痴如醉，其趣盎然、其乐无穷。

据说樱花是东瀛的国花，日本人把她奉若神灵顶礼膜拜，日本气象省每年都把第一枝樱花开放，作为捷报上奏天皇、下告百姓。

只是不明白，既然是喜讯是神物，日本人赞颂吟唱樱花的歌曲，为什么总是那样深沉委婉，听起来极其凄楚和悲戚。一次，就这个疑惑专门请教文化学者，他的答案尽管是一家之言，但细细想来似乎不无道理。他说："樱花虽美，但柔嫩脆弱，花期短、易飘落，来得热烈、去得急促，可谓花开已是花落时。"的确，那天我去赏花，徐风吹来，已是落英缤纷，如织的游人脚下尽是娇嫩的花瓣，叫人好不怜惜心疼。至此，我终于体味到日本人吟唱樱花的心境，怜香惜玉，哀婉凄切。

自古文人叹春短。这让我想起了稼轩夫子"更能消、几番风雨，匆匆春又归去。惜春长怕花开早，何况落红无数。春且住，见说道、天涯芳草无归路"的词句。唉，花开花落，风流总被雨打风吹去。春光易逝、人生苦短，不可抗拒的自然规律，千古同愁、万世同嗟！

人人自有芳华，在依稀的记忆里，在沧桑的岁月里，在渐衰的躯体里。有人充满朝气，有人未老先衰。这说明，芳华不仅仅是物理年龄，或者单纯的青春年少，而是气质、心态和追求的外在体现。一个人，只要心境平和、达观开朗、起居静逸，哪怕活到 100 岁，都能卓尔不凡、活力四射、青春永驻！

（2019 年 4 月 23 日《扬子晚报》）

毛线棉鞋摞成堆

三十年前，爱人是编织毛线的高手，我和儿子，甚至是同事好友的毛线衣，全是她编织的。喜欢的图样，只要看几眼，她马上就能编织出来。说实话，那时候，我不太喜欢她一有空就编呀织的，我认为，有时间看点书或者干点别的什么事儿都比这个强。

随着时间推移，针织品基本买现成的了，起初旧了破了还拆下来重新编织，后来条件好了，干脆一扔了之了。

那天回家，我忽然发现，爱人又开始找出篾针和毛线。我问她想织什么？她说：“昨天陪儿子去吊水，看到一位中年妇女编织的毛线棉鞋不错。经过观察询问，其实不复杂，回到家手痒了，很想为儿子和你织几双。”我说买现成的算了，何必费神。她说，买的不结实，花样也不一定满意。我见她坚持，约她第二天一起去看个究竟。谁知与人家见了面，爱人拿起鞋左看右瞧爱不释手。我问对方多少钱一双，那人说 50 元。我的“买”字还没出口，爱人在我身后点了一下。我知道她有话说，于是把话咽了回去。出门后，她说她肯定能做好，而且质量极好、款式任选。

回到家，爱人首先打开网络，查看有关毛线棉鞋的制作视频和方法介绍，只可惜没有一个讲解透彻明了的，要么计算针数过于烦琐，要么关键点讲得模模糊糊。实践出真知。她没有马上去网上购买材料，而是找出家中的旧毛线、旧衣衫，取出旧沙发中的海绵垫，依照网上介绍，试制第一双毛线棉鞋。接连几天，爱人着了魔似的，吃饭、走路，甚至坐在床上，来来回回、织织拆拆倒腾不停。

三天后的傍晚我下班回家，爱人笑盈盈地跟我说，晚上喝杯酒吧。见我疑惑，她边笑边唱将藏在身后的毛线棉鞋举到我的面前。我接过仔细一瞧，乖乖，与人家做的和网上的图片一模一样！鞋帮子虽然有点儿歪斜，可穿到脚上一试，合脚暖和，舒适极了。

第一双鞋的成功，极大调动了爱人的积极性。从这开始，她上网开始购买海绵、毛线、鞋底等制鞋材料，一次性花去 96 元。货到家后，将我一并拉上帮忙，准备批量生产。首先是设计鞋帮。她反复测量我的脚和鞋，凭直觉，感到网购的海绵架子脸面儿太宽，鞋口儿偏小，于是重新剪裁。参照网上图片和视频，最终用铜版纸画出鞋帮样，然后依样剪裁海绵。其次是用棉布在鞋帮鞋底上再缝一层衬。再次是设计花型图案。同样是参照网上视频，设计新的图样。最后，按照点划纸的方格图案，起头、编织，两色线间隔编织，添针或者减针，终于织出了鞋帮子。爱人的编织速度十分快，一只带花的鞋帮半天工夫就能织好。最后的工序就是上鞋帮。这道工序比较考究，不能上歪、不能上反，不能针脚太疏太密，打结同样十分考究。弄好后，还要翻转、缝口。一开始，两天一只鞋，到后来，三天一双鞋。第一批材料没想到做了七双鞋，算下来平均一双 14 元，网上购买一双约为 30 元，但没加布衬，价格质地均不能比。

现在好了，爱人将制作精美的鞋子放在朋友圈一晒，一片赞扬之余，恳求异口同声：希望得到一双鞋以及跟她学习制作。朋友问她难不难学？她说："只要会织普通毛衣，都能做出精美的棉鞋。"现在，她既贴工、又贴钱，可成天还乐颠颠的，甚至给朋友做好了鞋还送货上门，且分文不收。

回头看看家中阳台，摆满了花花绿绿的成品鞋和制作材料，显得既乱又脏，但看到爱人那份满足和自信，想说什么我又欲言而止了，毕竟是她退休后找到的一份开心乐事啊！

（2019 第 5 期《银潮》）

幸福花开

那年初夏去福州，住在金牛山祭酒岭的一个小山坡上的二层小楼里。门前楼边除了几棵挺拔的木棉树和叶片圆叠的棕榈树外，清一色是茂盛高大的玉兰树。起初我不知道这种开满白花、散发着幽香的大树叫什么名字，朋友告诉我，因她花白如玉，芳香若兰，所以叫白玉兰，更准确地讲叫闽地小玉兰，因为她与人们常说的玉兰花不是一个品种。说实话，这花儿的味道真是好闻极了，香而不熏、甜而不腻。

临别，朋友问我，想带点什么闽地特产留作纪念，寿山石还是铁观音？我不假思索脱口而出，想要一棵玉兰树。见朋友以为我在开玩笑，特地补充一句：是的，就要一棵玉兰树苗。

在福州，玉兰是参天大树，我见机灵的摘花人，都是借助极其长而高的富有弹性的竹梯，登高腾空爬上落下，才能将花摘到背在身上的篓子里。据说，一棵大树能摘十几斤甚至几十斤花儿，然后送到香料厂，制成玉兰油，随后成为各种化妆品的原料。

惊喜发生在月余后，朋友驱车数百公里，给我带来一盆小小玉兰树。那树只有一尺来高，叶片不大，树冠稀疏，但绿绿的极有生机。朋友讲，白玉兰在环境温暖湿润的南方，可以终年开花不断。但她怕旱、怕涝、怕碱，尤其怕冷，在南京比较难养。当然，如果侍弄得好，娇贵的公主只需两年照样挂蕾吐芳。

从此，这棵小小玉兰树成了家中阳台上的风景，虽然不曾开花，但叶子油油的，长得很勤奋，新芽不断钻出，经过浇水、施肥、培土，夏天一过，枝干变粗、树冠变大，那个小盆似乎已经盛不下她的倩姿，看上去特别喜人。

欣喜之余，秋天来了。凉风一吹，一些泛黄的叶片，轻轻一碰，随之掉落。为了让玉兰安全过冬，我专门去了一家花房请教园丁。园丁甚是热心，她说白玉兰是亚热带植物，在南京这个地方过冬，必须置于阳光充足的室内，保持适当的水分，不然很难成活。于是，按照指点，我将其移入卧室封闭阳台，白天打开窗帘沐浴阳光，晚上同宿同眠享受温馨。

冬去春来，尽管玉兰掉了不少叶片，但枝头仍然苍翠碧绿。为了提供更多养分，我将其移入一个大盆，埋下基肥、培足泥土，放到窗台花架上，隔三岔五浇点水。可喜的是，两个月不到，玉兰居然枝繁叶茂了。进入初夏，不少肥硕的叶片根部吐出了娇嫩的花蕊，没多久便鼓起了花苞，只有婴儿嫩指大小，片片花瓣，层层相裹。一天早晨，我隐约闻到悠悠的花香，推开窗户，几枝躲在叶腋处的花儿稍启唇口，质感如象牙白滑润雅洁。我贪婪地吸上一口，清而不淡、浓而不烈，周身荡漾、陶然欲醉。起初，我根本舍不得摘花，每每贴鼻而闻，任微风轻吹，花香洋溢于楼上楼下。自此，这棵玉兰，每天开放五六朵花，开了十来天，家中暗香浮动清新宜人。这种氛围读书写作，惬意无比。

炎炎盛夏，我怕烈日炙烤，再次把她移入室内。到了初秋，我又将其移到室外。一天，我给其施肥，天哪，我又发现惊喜，只见新长的叶片根部，又绽出了新蕾，不久又开出了满树白花。兰放二度，其香之浓，不输初夏。

楼上的小姑娘特别喜欢玉兰花，自己不好意思下楼要，缠着妈妈出面找我爱人。爱人虽然舍不得，但还是爽快摘下几朵，并且每日留下几朵，孩子高兴得不行。儿子偶尔摘上几朵，我和爱人建议他最好挂在车上，或者送给朋友。爱人见花开多了，不时瞒着我摘下几朵带到单位，每每笑着解释冰箱里湿方巾里还有，晚上一定置于床头。

现在这棵玉兰树成了宝贝和宠儿，成了美好生活的组成部分。入冬了，大家都很关心她的冷暖，第一时间搬进室内，降温了还要用塑料薄膜包裹起来，生怕把她冻着。

然而，令人头疼的事还是难免，就是全家外出度假。十几天没人浇水，玉兰怎么熬得过去。于是，我找来一只大盆，将玉兰连盆移入，然后用塑料提桶盛满水，再用棉纱褡裢，利用虹吸现象给其滴灌。这一手真行，可惜的是，由于多时没有阳光照射，回来时叶片全部变黄，玉兰虽然保住了性命，但元气大伤。接下来，不少叶片开始发卷，生起了许多锈斑。我赶紧请教园丁，她说，玉兰抵抗力下降，病了，得治。她给我一些药水，让我过几天喷上一点。果然，两周后，尽管掉了不少叶片，终究保全了大多数。不久，玉兰经过调养又是生机一片。

一晃几年过去，每年都是“兰开二度”。没想到这年冬天格外寒冷，满以为封闭阳台就能御寒。一天我忽然发现，玉兰的叶片整体变黄，接着变枯变黑，一片片卷曲掉落。心中虽然有些慌张，但没有真正当回事儿。到了春天，怎么浇水玉兰也不发芽。我很自责。无奈，只好修剪枯枝，那股木香，令我心碎。

我在想，如果把根留下，或许哪天会出奇迹。奇迹果真发生了。一天，我突然发现玉兰根部的泥土里，冒出了米粒般大的绿芽。天哪，玉兰没有息，居然活着，这是多么顽强的生命力！大家兴奋极了。

欣喜若狂的我，对于玉兰，从此呵护有加。那个新芽同样没有辜负我，一天一天变化，豆大，指尖大，然后打开叶片抽出新枝。浇水、施肥、培土、防虫……一个春天过去，居然长高长壮了，满是油绿的叶子，玉兰又回来了，宝贝又回家了。第二年，她不负所望，开出了洁白芬芳的花儿。

这些年，我虽然多次搬家，但始终把这棵玉兰当成家庭成员，不离不弃，爱护备至。如今，她已枝繁叶茂，但就是无法长得更高更大，可能是脚下花盆太小的缘故，但又不能将其移栽到楼下，我不忍心她被严寒摧残。我想，个头小就小吧，没有威风凛凛或者亭亭玉立，照样玉树临风吐芳露华。只要平平安安，咱就非常满足了。

（2019 年第 6 期《散文选刊》）

两个人的掼蛋

我和爱人都很喜欢打掼蛋。爱人刚退休时，时常有同事约去打掼蛋，随着时间的推移，大家各有各的事，聚一次不容易，常常是锣齐鼓不齐。先前，我和爱人经常两人打“升级”和“跑得快”，两人玩得也很情趣盎然。一天，爱人跟我说：“既然找不到人打掼蛋，我们为什么不琢磨一下两个人打掼蛋的方法和规则呢?”

这一说有趣了。于是，我和爱人开始了试玩。经过多次摸索，我们逐步总结出了一套方案，久之，感到玩起来十分开心有趣。

我们取两副扑克牌，洗开。我随意抽出一张牌，单数则我先抓牌，双数则爱人先抓牌。我们一共抓 27 张牌，谁抓到亮出的那张牌谁先出牌。打牌的规则与四个人的掼蛋基本相同，即从 2 打起，红桃同样是百搭，可以出飞机（一夯)、姐妹三联对、三代二、5 张顺子，等等。所不同的是，晋级规则不一样，输的一方手上有 4 张以下牌没出去，则赢的一方升一级，有 9 至 5 张牌没出去则升两级，10 张以上牌没出去则升三级。为增加不确定性，我们约定，双方最后不报手上有几张牌。而且，A 打两次过不去则退到 2。输家洗牌，赢家倒牌。

两个人的掼蛋竞争同样十分激烈，时间长了我和爱人总结出了不少制胜招数。比如，若估计能赢对方，则力争多赢几张牌，多升几级；估计手上牌不能赢对方，一旦上手后则尽可能多出几张牌，少输几级。再比如，炸弹千万不能舍不得出，总是想放在最后往往吃亏，该出手时必须果断出手。还比如，两人打牌没有配合，全部靠自己，尽可能出有接手的牌。我们同样总结了一些基本的制胜诀窍：有鬼打一张，无鬼打一夯；想使坏，三不带；情况不明，对子先行；两个小单张，不打不健康；敌人不要的，都是自己喜欢的；轻易不打三代二，要打就要能打光；不知对家手上几张牌，能多出牌多出牌，等等。

生活需要穷开心，自找乐子很关键。两个的人掼蛋虽然没有四个人的掼蛋热闹、刺激，但同样充满对抗性、有趣，我和爱人常常打得难解难分，剑拔弩张，有时甚至面红耳赤。

（2019 年 9 月 20 日《江苏经济报》）

麦田里的希望

那天下午，我坐动车从北京回南京。几个统一着装的孩子围着一位老奶奶。他们很乖巧，从动作、眼神和语气中我猜出，孩子们虽然叫她奶奶，但绝对不是亲奶奶。一路走来，喝水、吃饭、分水果，奶奶把他们照顾得很好。

我很好奇，问奶奶，哪来这么多孙子？

奶奶笑了，说，来自“太阳村”，都是我收留的特殊家庭的孩子。

“太阳村”？好特别的名字！特殊家庭？究竟是怎样的特殊家庭呢？

见我疑惑，这位略显黑瘦的奶奶告诉我，他们都是父亲或者母亲判刑后，无人照顾的孩子。

我“哦”了一声，不再言语，主要怕伤到几个孩子的自尊。

车过泰安，我见孩子们各自归位，有的睡了，有的安静地看着书。于是，我与这位奶奶拉起了家常。

奶奶姓张，二十多年前是陕西省监狱管理局的一名警官，从事记者工作，为了教育感化服刑犯人，办了一份报纸。因为采访，接触了不少犯人，时间久了，犯人很喜欢与她沟通。她关注最多的是犯人的家庭和子女。她发现少年犯监狱里面9%的孩子，爸妈也是罪犯，而且女监狱犯人出问题，65%都是因为子女。

我问张奶奶，您跟他们接触多了，有什么特别感受？

张奶奶说："有些犯人犯罪可恨，但也可怜。他们见到我，全都跪在我面前，求我帮他们找孩子，尤其是女犯人，每每声泪俱下，悔恨自己犯罪给孩子带来极大伤害。"

出于好奇，我让张奶奶讲点故事听听。

张奶奶喝口水，陷入思索。

一个女犯人，因为感情纠葛杀害了孩子的爸爸，被判死缓。收监后，她一直不知孩子下落，言语极少、忧心忡忡、情绪低落。得知这一情况，我答应帮她找孩子。于是，按照她提供的地址，我翻山越岭到千里以外打探孩子下落，最后在深山里找到了她们。当时一个4岁，一个5岁，十分可怜，在给人家放牛，蓬头垢面牵着牛从草丛里钻了出来，手上全是伤疤，脚上的鞋子破烂不堪。她们怯生生地望着我，问我是谁？我说我是阿姨，认识你们的妈妈，她很想你们，你们想不想见妈妈？两个孩子直点头。她们问我，阿姨我们真能见到妈妈？我答应她们后，两个孩子抱着哭成一团。于是，我带着她们千里迢迢到监狱和她们的妈妈见面。那个场面，真叫撕心裂肺。女犯人跪在我面前，表示要好好改造，争取减刑早日出狱。之后，我送回两个孩子，并与当地乡村交涉，请他们给予救助。但之后两个孩子一直让我放心不下。

我听后，胸口堵堵的。张奶奶领一个孩子去卫生间，回来坐下后我问她，怎么想起创办太阳村的呢？

或许是曾经的工作经历，张奶奶对我这个陌生人的问题也颇有耐心。她说："说来话长，我为服刑人员找孩子的信息慢慢传开，好多犯人找我帮助找孩子。可我有工作，不能一一满足要求，但我心比较软，还是利用工作之便设法帮助他们。印象最深的是帮助一对夫妻俩都在服刑的家庭寻找他们的五个孩子。好容易找到这户人家，两个破窑洞，炕上连被子席子都没有，只有几张破纸片儿，四个孩子和70多岁的老奶奶生活。

“我问老人家，不是说五个孩子吗？老奶奶眼里噙满泪水，说：‘大的去年病了，没法救活，死了。’我很惊讶：‘死了？好可怜啊！’老奶奶流着泪说：‘是的。我那孙女太可怜了，昏迷中一直喊妈妈。临走前猛然醒了，不能说话，张大嘴巴和眼睛，四处寻找啊。咽气时，小眼睛还睁着，脸上全是泪呀！’

“我的心被扎得疼痛。我看窑洞里没有值钱的东西，问奶奶平时怎么糊口？她木然地挪挪口，示意门口的一块麦地。我问这是谁家的麦子？她说是她家的。我问谁帮您收割？她说自己割。我说您这么大年纪了，还不停地咳嗽，怎么割得动呀？她说我就跪在地上一点一点地割，然后捆成小捆，让孩子们扛回去，放在门前晒，之后一起用手搓麦穗。阳光下，我的视线模糊了，眼睛似乎被金色麦地里的麦芒刺痛了，禁不住流下泪水。我在想：要是窑洞塌了怎么办？老奶奶病了怎么办？老奶奶死了怎么办？后来，我跟身边的小姑娘说，想去看她姐姐的小坟。她很乖，把我带到那个长满杂草的坟堆前。我在坟前，几次想站起来，但没有力气。我坐了个把小时，想了很多很多。回去后，我一口气写了5000字的文章。文章发表后，我接到几十封服刑人员来信，他们都提到家提到孩子。至此我知道，这不是一个家庭不是一个监狱的个案，而是一个群体，就是服刑人员的孩子谁来管？我翻阅了很多法律法规，发现这方面是个空白，没有一个字提到罪犯子女。我觉得这些孩子被忽视被遗忘了。我忍无可忍，实在见不得这些孩子受罪，一气之下辞去工作，创办了收留这些孩子的太阳村。”

我听得眼角湿润，同时感到欣慰和佩服。我问张奶奶：“辞职时您多大岁数？丢掉铁饭碗，该有多大勇气？”

“当时46岁，我没有多想，或许是一时冲动。一转眼快二十四年过去了，尽管坎坎坷坷，但感到没有选择错误，眼下已在全国办了十个太阳村，帮助了七千多个孩子。现在还有数百名孩子住在村里。”

“除了照顾孩子是最大欣慰，您感到还有什么收获？”我问。

“告诉你一个数字，进了太阳村的孩子的父母，几乎所有都得到了减刑表彰和奖励，因为他们看到了希望和未来！”

张奶奶继续说：“我也是两个孩子的妈妈，推人及己，我认为这是做了普通母亲该做的事情。这些孩子由于受家庭和父母影响，起初普遍不太好管，有的看到父母被铐走，对警察十分仇恨和恐惧。为了消除他们的偏见和恐惧心理，我一开始穿警服，善待他们，尤其在生活上无微不至关心他们，平时带他们捡废品，种草莓，种蔬菜，摘果子，逐步消除他们的复仇和恐惧心理，培养他们从小爱劳动的习惯。”

我十分崇敬张奶奶，问她下步有什么打算和心愿。

张奶奶说：“办太阳村说起来容易做起来难，主要是资金困难，要靠社会筹措，恳请社会各界和慈善人员帮助。现在，我很欣慰，太阳村长大的很多孩子志愿来村里工作。我的两个女儿同样加盟到我的行列。我愿在有生之年，多收一些孩子，多为社会尽点责任。”

临别，我再三问张奶奶叫什么，她不回答。一个孩子告诉我，奶奶叫张淑琴。

太阳村和张淑琴，这两个名字深深扎入我的心中。透过张奶奶慈祥平和的微笑，我仿佛又看到了太阳照耀下闪烁着金色光芒的那块麦田。

（2019 年第 10 期《散文选刊》）

惊瞥梢头一点绿

樱花盛开的时节，我透过楼道的窗户，忽然发现，门头平台上的水泥缝隙处，居然长出了一棵拃把高的小树苗，真不知是风吹来还是鸟儿衔来的种子。

进入仲夏，时常得到雨水的滋润，小树苗渐渐长到尺把高，树干有筷子粗细，破碎的叶子经风一吹，树身弯曲得近乎平躺下去。之后的日子持续干旱。一天，我发现小树的叶子蔫巴下来。我想，都怪它长错了地方，水泥板上怎能成活呢。

这一说半月过去，每每路过那个窗口，我便下意识瞥一眼小树，只见它叶子干瘪，有的已经干枯得卷曲起来。我为小树叹息。不久，也就将其忘记了。

一场大雨过后，我路过那个窗户，下意识地看了一下门头上的水泥板，那棵枯萎的小树居然活了，几小片叶子盎然翠绿随风欢舞。

这是什么树种，竟然创造出如此生命奇迹？出于好奇，我用手机上的“形色”软件查看，原来这种叶子像鸡爪样的植物叫构树。网上说，该树属桑科成员，在我国南北各地皆有分布。它的生命力非常旺盛，在河畔、山谷、荒野、石缝……人们能想到的地方，都有它的足迹。类比于外来入侵物种，有人戏称为“本地土匪”。《诗经》称其为“谷树”；《救荒本草》称其为“楮桃”；清人吴其濬在

《植物名实图考》中将其记为“楮”，叶能作牲畜饲料，皮可用来造纸。据《中国植物志》记载，楮实及根、皮可供药用。该树雌雄异株，春季时雄树跟杨柳树一般挂着毛毛似的柔荑花絮，雌树挂着绿色小球球。那些小球球后来逐渐“吐”出粉色多毛的雌蕊，使得雄花絮如一个个绒球。粉绒球受粉膨胀之后，就肉质化为诱人的红果果，即人们俗称的构桃。

我发现，院子里到处有构树的身影，有一棵居然长到三层楼房那么高，枝繁叶茂，树冠足有一个篮球场那么大，挂满了鲜艳的红果果。只是我发现，同一棵树上多数叶子是心形的完整的，而低处小枝上的叶子是破旧的鸡爪似的。这又是怎么回事呢？我再次上网查询。原来，昆虫们为让后代有足够食物，通常不在不完整的叶子上产卵，构树出于自我保护才欺骗性地进化出这种不规则的叶子。长到树繁叶茂后，它不再忌惮小虫，于是把叶子长得丰丰满满的，从而可以接收更多阳光进行光合作用，储存更多养分。

好神奇的大自然！这让我对这棵水泥板上的小构树产生了兴趣，并对它的命运给予关注。

盛夏，烈日如火。在我想象中，这样一棵小树，无论如何是熬不过去的，然而它的生命力远远出乎我的意料。我仔细观察，从早上太阳照晒，至下午酷日蒸熏，小树叶由卷曲枯萎直至枝干趴下，再到夜幕降临至太阳升起。兴许是呼吸了夜里的潮湿空气，小树居然能够歪歪斜斜地站立起来，叶子虽然已经蔫巴耷拉下来，但仍然有生命迹象。连续数周折磨，小树终究抗不住烈焰炙烤，叶子犹如炒过的茶叶，大有轻轻一碰就会碎掉的样子。小树倒下了。我为小树悲泣。

一日，一声闷雷，一阵豪雨。在享受雨的畅快之时，我忽然想起了那棵几近枯死的小树！

那天，我路过楼道窗口，真的不敢正视那棵倒下数日的小树，然而出于关切，我仍然止不住瞥了一眼。这一瞥不得了，我不敢相信自己的眼睛了，只见那棵骨瘦如柴的小树，居然又站了起来，只是裸露的枝丫上仅剩下梢头那一丁点儿绿色。

天哪！我激动得流下热泪。为小构树，更为倔强的生命力！

（2020年第7期《钱塘江文化》）

神奇的汤圆

汤圆其实是只花纹灰白相间的小猫咪，不到 2 岁，是儿子他们养的英短和美短的混血。汤圆遗传了父母的长相优点，眼神慈爱，身材修长，毛色鲜亮，前肩对扛两圈小花纹，后身对应两圈大花卷，极其匀称漂亮。它的父母很能下崽，前后五胎，每胎四五只。汤圆是现在留下的唯一猫咪。

汤圆平时养在儿子那儿，与我和爱人接触很少，只是听说小家伙胆小文静谨慎，比较亲人认人但不黏人。具体什么习性，只有儿子他们最清楚。春节期间，儿子提出与汤圆一起住到我们这边。我和爱人都不太喜欢有毛的小动物，但非常时期，只好答应。

为了迎接小家伙，我将书房腾出。那天，儿子用车将其连同用品一起运回来。天哪，猫窝、猫砂、猫粮、食盆、水盆等一大堆，比个孩子的生活用品还多，东西一摊开，我的书房立马变成了猫舍。

汤圆真的胆小认生，放出笼子，见到我和爱人，吓得喵喵直叫，一溜烟钻入书桌底下躲藏起来。即使儿子高声叫唤，它也只伸出脑袋窥视一下，随即躲缩进去。

儿子说小家伙认生，惧怕生人。于是我和爱人退出。还真邪了，我们前脚出去，它马上从书桌底下出来，喵喵叫着冲到儿子脚边，在他的裤脚边上蹭来蹭去，那份亲昵，令人动容。只要我和爱人伸头窥视，小家伙马上往书桌底下钻，伸出半个脑袋，警惕地盯着我们。

相处几天，小家伙的胆子越发大了起来，只要儿子在，即使我和爱人在场，这家伙也敢出来了，但不让我们接近，更不用说用手碰它。它对儿子十分依恋，见到儿子就十分活跃。儿子抱住它，它就像个孩子，一副特别享受的样子。偶尔，儿子不在家或者回到自己房间关上门，我和爱人打开书房门，它只敢站在门口，渐渐探出脑袋四下张望，只要见到我和爱人，马上缩回去，不敢出来。但只要听到儿子的声音，马上叫着跑出来，而且敢在家里四处乱走，东嗅嗅西闻闻自由自在。儿子一旦离开，马上谨慎起来，或者跑入书房。

随着一周下来，汤圆的胆子逐渐大了起来。兴许跟我和爱人有点熟了，儿子不在跟前，偶尔也敢步出书房了，但跟我和爱人始终保持几米距离，只要儿子一出现，马上喵喵直叫，欢乐得直转。儿子走到哪儿跟到哪儿，那份满足踏实样儿令人难以置信。

最绝的是早上，儿子还没起床，我为其清洁卫生，将书房门打开，它马上跑出书房，稍稍坐到儿子房间门口，朝门底下的缝隙嗅闻。同样，儿子上厕所、洗澡，它亦坐在门前静静等候，只要儿子一出来，又叫又跑欢乐无限。此外，儿子的话它似乎听得懂，只要它跳到桌上或者将什么物品碰倒了，儿子高声叫它一声“汤圆”，它似乎知道自己惹祸了，马上“喵”地应答一声，随即跑到一边躲起来，过会儿再出来亲昵儿子。

先前我养过很多只猫咪，但还没有遇到过这么神奇的小家伙，不但亲人恋人，而且认人懂人，太好玩有趣讨人喜了。

（2020 年 4 月 10 日《江苏经济报》）

左边月亮，右边太阳

二月二，龙抬头。据说这一天理发店的生意特别好，理发都要排队等候。今年情况不同，一是大多数的理发店不开张，二是即便开了张的也是门庭冷落。

有钱没钱，剃头过年。我是腊月里理的发，这一算，一个多月过去了，头发已扎到耳朵，痒痒的，很不舒服。想去理发店理发，非常时期，又有点胆怯。爱人说，别去，我早考虑到了，网上买的理发工具马上到货，我来帮你理发。

我一听，乐了。这人从没动过剪子，居然敢给我理发。爱人说，这有什么难的，不就剪个头发，拾掇齐就行了。听那语气十分自信。

几天过后，快递到货。以为爱人开的玩笑，不承想她真的要给我理发。

我不愿意，怎奈那人死磨硬缠。我提了一堆条件，意思是修一修即可，不能剃得太多，弄成坑花阴阳头，就出不了门，见不了人了。

我硬着头皮，让其开剪。起初，爱人用梳子配合剪刀，剪得小心翼翼。剪了好久，才剪了一丁点儿头发。我打开手机镜子，不停地看，不停地指挥。终于，爱人将我的鬓角剃掉一边。我反复提醒，两边鬓角必须对称。这对称还真不容易，爱人左来右去，不是左边长一点，就是剃多了，右边长一点。几个来回反复，头发被剃得贴到了脸皮，而脑后的头发仍然草一样厚实浓密。

我说脑后边必须大刀阔斧地剪。爱人说，不敢下剪子。我说，必须大胆地剃，齐不齐、平不平无关紧要，否则反差太大太难看。无奈，爱人终于鼓足勇气动起了剪子。乖乖，一剪子下去，一个大坑。爱人说，坏了坏了。我说没事，坏事变成好事，这样才敢继续剪下去。爱人没了退路，只好以那坑为基准，依次大胆剪开去。左边有一剪子同样没有把握好，下手重了一点。半个小时过去，我的头发终于理出了样子。爱人苦笑着用手机拍了一张照片。我一看，总体可以，只是左边的小坑隐隐如月亮，右边的大坑白白像太阳。爱人问我怎么办？我说那不简单，明天上班戴帽子不就得了。

我们捧腹大笑，越看越好笑。

（2020 年 4 月 10 日《现代快报》）

我有一棵辣椒树

江西大余的辣椒，辣得实在、热烈、过瘾而剽悍。每年秋天，我都会收到朋友寄来的包裹。包裹打得虽然严实，但仍然能够闻到呛人的味道。一旦打开，一定得憋住气，不然打喷嚏咳嗽接二连三。可见这辣椒辣劲之猛烈。

这是中国地道的、纯粹的、喷香的辣得轰轰烈烈的辣椒。为了得到这种带有地理标志性的至味辣子，我尝试用其种子进行培育种植。

清明前夕，我将选好的种子放在小花盆内，小心翼翼地盖上薄土，洒上水，再用塑料薄膜盖上，置于阳台阳光充足处。从这一刻起，期待也就渐渐产生了。

我从第三天开始每天早晨掀开薄膜，观看土层的变化。大约到了第七天，我发现星点的绿芽开始破土。之后的日子，七八棵新苗陆续长出，两片叶子虽然与普通的辣椒苗没有区别，但那份娇嫩与青翠，令我心潮激荡。

苗终于长到寸把高，密密匝匝挤成一堆。该移栽了。我用几个花盆将他们逐一移栽。浇水、施肥、培土，风吹日沐，几盆辣椒你追我赶，茁壮成长。

一个月左右，辣椒们先后开花、挂果，渐渐长大，青辣的味道随之徐徐而至。那天，我随手摘了一个品尝了一下，不得了，强辣无比，令我泪流满面，满嘴火烧。

转眼夏去秋来，收获总是那样令人喜悦。除了平时摘取，最后一次性收获了两斤多红色、紫色和黑色的辣椒。多数辣椒的茎和叶发黄发枯，但有一棵辣椒似乎长得不紧不慢，个头高而粗，花还在不停地开，果子挂得慢而密。虽然冷风吹过，但仍然绿叶婆娑，勃勃兴旺。

我说，它可能弄错了，比别人晚了一拍，拔了吧？爱人说，看它青翠欲滴的，好像长得挺认真，就当绿叶盆栽留着欣赏吧。

入冬后，我将其移往阳台光线充足温暖的地方。这棵大个子辣椒越发精神起来，满枝的辣椒渐渐发红，之后全红，远远望去，小树顶部犹如燃烧的火焰，加上下方绿叶衬托，特别醒目、温馨和亲切。

春节过后，红色慢慢退却，逐渐就淡紫、浅紫、深紫，阳光下紫得精神挺拔油油发亮。一冬下来，辣椒秆粗了，枝壮了，怎么看怎么不像草本植物，更像一棵亭亭玉立的小树，但到底还是草本植物。春天返暖，它居然叶子开始泛黄了，果子变黑了，最后叶子变红了，之后渐渐掉落了，剩下一树油黑发亮的果子。到了这个时候，我以为这棵辣椒该好好休息了。可过了一段时间，光秃的枝丫上居然冒出了米粒大小的绿芽。我被惊到了，难道这棵辣椒也可以再次发芽、开花、结果？抱着试试看的心理，我为它松土、浇水、施肥，然后将其放到阳台阳光最充足的地方。

一个星期过去，不经意间，所有的老枝上都长出了新叶。春风浩荡，辣椒树的叶子越长越密，紧接着打朵、开花、挂果。天哪，一棵江西辣椒，俨然木本植物一般自信、从容，昂然挺立于我的阳台。

不说不知道，世界真奇妙。葫芦藤上架葡萄，辣椒居然长成树。现在，我对这棵神奇的辣椒树呵护备至，果子只供欣赏，一颗都不摘不吃。

（2020 年 9 月 7 日《扬子晚报》）

Part 08

情满里下河

回 家

夕阳西下，问彩云，谁能没有家？

人人有住所，未必都有家。家不在大小，有爱则温暖；家不在贫富，有情则快乐；家不在贵贱，有诚则幸福；家不在静闹，有朋则潇洒……

对于家，不同年龄的人有着不同的诠释。孩提时代是个摆满玩具的小天地，年轻的时候是张舒适的沙发，人到中年之后是希望、寄托和归宿。

家，是让梦插上翅膀飞翔的起点，是让理想与追求尽情展示的排练厅，是人生漫长旅途中的小小驿站，是扬帆远航时的避风港，也是一个尽情宣泄情感的庇护所。家是幸福的，亲情、爱情融合一起从而产生欢乐和幸福；家是可爱的，远离了尘世的纷纷扰扰；家是安全的，没有了“江湖”上的险滩急流；家是温馨的，不再提防所谓“尔虞我诈”。

尽管，家比不上宾馆整洁，比不上礼堂宽敞，比不上宫殿豪华，但是，一间陋室、一点自在、一缕亲情、一份快乐……这是神仙向往之境哟，谁与伦比，谁能弃舍?！此乃“金角落银角落，不比家里穷角落”之谓也。因此，挫折时我们想家，委屈时我们想家，成功时我们想家，失败时我们想家，快乐时我们想家，痛苦时我们想家，漂泊在外时我们更是想家……因为只有在家中和想家的时候，我们才有那份毫不遮掩的坦然，才能使纷乱的心绪平静下来，才会鼓起勇气去面对一切。

新燕啄春泥，那是家的温馨；葫芦藤爬上丝瓜架，那是家的情景；庭前杂树挂黄叶，那是家的色调；故人小酌话炉边，那是家的极致……

唉，有家的感觉真好！

夕阳西下，问晚霞，谁能不爱家？

今天，回家！

（2006 年 6 月 22 日《解放军报》）

过年了

人生是一次旅程，而一年一度的春节，则是旅程中一座座的心灵驿站。

她犹如一位善良仁慈的母亲，在旅行中为疲惫不堪的儿女，收整好行囊，积聚下一次征程的信心；给滚滚红尘中匆匆的过客一个休憩的空间，贮备明天启程的力量。

过年，是一张张从家寄往天南海北的请柬，是一声声乡亲的亲切呼唤。此时，出门在外的游子无论多忙，都会带着对父母的牵挂，对故乡的思念，背上行囊急匆匆赶回家。吃上家中的素饭菜，喝上家乡的醇酿酒，乘着浓浓的酒意扯开嗓子吼上几句乡间的土谣，把痛苦和失意抛开，把烦恼和忧愁放下，让长久疲惫的心在温暖的亲情中得到浸润滋补。

过年，是产生好心情的加工厂。不管你是衣锦还乡还是混得不堪理想，到家了，都会笑呵呵地给长辈乡亲拜个年，也会接过那油黑发亮的旱烟锅，深深吸上几口，聆听那些老人们近似幸福的叨叨：“这小子，小时候还在我怀里撒过尿呢……好啊！有出息了还能记得乡亲们，记得我这孤老头子……”这时，你会不好意思地笑着附和，却不知眼泪早已充满了眼眶。

过年了，别忘了陪年迈的父母聊聊天，叙叙家常。“儿行千里母担忧”啊！是他们给予你生命和养育之恩。别忘道一声谢谢，是她（他）点亮了你远航的风灯，是她（他）一手支撑着这个温馨幸福的家。也别忘了给孩子们包只红包，激励他们好好学习，立志成人……

是啊！生活的酸甜苦辣，我们很容易在平淡中度过。过年，就是让我们在忙碌的生活中转过身来喘一口气，静下心来好好休息，回味一年来的开心与辛酸，慢慢总结一年来的成绩与不足，期盼来年阳光普照。

独守寒窗，眺望春意盎然的大地，祝福祖国，祝福我们的国家繁荣昌盛，国泰民安；祝福家人，祝福他们身体健康，一生平安；祝福自己，祝福自己增添克服困难的信心与勇气，在远足旅行时，会感到一路春风，心旷神怡。然后静静等候着新旧交替零点的钟声，许下自己的心愿……

啊！过年，真好。

（2004 年 1 月 19 日《解放军报》）

冰糖葫芦儿

又是一个周天寒彻的冬天，大街上卖冰糖葫芦儿的小贩子渐渐地多了起来，每每看到孩子们手里一串串红彤彤亮晶晶的冰糖葫芦儿，不由得勾起我对童年往事的回忆……

小时候，天天掰着指头盼过年：过年可以穿新衣，可以串亲戚，可以吃到又脆又甜的冰糖葫芦儿。那时尽管处于动乱年代，家境还很困难，然每逢过年，妈妈总会买几串冰糖葫芦儿犒劳我们。因为来之不易，每每分得一串我都舍不得立即吃掉，先是举着跳着喊着找来小伙伴，在一片羡慕的眼光中满地里疯跑，累了才搬几块砖头坐在雪人边，与几个小脑袋碰在一起分享这“美味佳肴”，好在是隆冬，要不然那裹在荸荠上的冰糖晶儿早就化了。吃完后，在小竹签上卷片红纸，做成小旗插在雪人的手上，然后我们围着雪人拍巴掌唱儿歌：“雪人儿，雪人儿，你别哭，快快吃串冰糖葫芦儿……”一连好几天，我的快乐心境都被这串冰糖葫芦儿充斥着。但这只是过年时节的奢侈，平日里能填饱肚子就很是心满意足了。

小学二年级的那年，刚进腊月，一场大雪覆盖了整个村庄。雪地里我正起劲地和小伙伴们打雪仗，忽然村口传来阵阵吆喝：“卖——冰糖葫芦儿！又脆又甜的冰糖葫芦儿喽！……”一个老大爷推着一辆锈迹斑斑的自行车慢慢走过来，那顶旧军棉帽上满是积雪，车的后座上拴着一根高高的竹竿，竿子的顶端捆了一个用稻草编成的圆乎乎的滚子，上面插满了一串串红彤彤亮晶晶的冰糖葫芦儿，那晶莹剔透的小家伙随着车子的振动上下摇晃着。我们顿时停止了玩耍，忘了攥在手里冰冷的雪团，眼睛直勾勾地盯着那些摇晃的小精灵。我的口水立即涌上来，撒腿就往家跑，嘴里不停地大叫着："妈，妈……卖冰糖葫芦的来了！"妈妈和姐姐们正在屋里纳着鞋底。"妈，我想吃冰糖葫芦儿！"满头大汗的我冲进屋扯着妈妈的衣襟嚷嚷着。妈妈先是一愣，继而轻轻擦去我脸上的涔涔汗水，说："都快过年了，到时候再买好吗？"那时爸爸在外地工作，这个家一直由妈妈撑着，可不谙世事的我哪能听得进这些，不停地跺脚，哭得一塌糊涂，弟弟也跑过来陪我闹。妈妈的眼睛蒙上了一层泪光，依然低头纳她的鞋底，任凭院子外面那"冰糖葫芦儿"的叫卖声渐渐远去。

也许，在今天花几块钱买几串冰糖葫芦儿算不了什么，然而在那个年代，三串冰糖葫芦的钱差不多是一家人一天的生活费。接下来的几天我都不想理睬妈妈，俨然一副受了委屈的样子。妈妈只是无可奈何地摇头苦笑，继续打理着这个贫瘠的家庭。过后不久的一天，我放学回家，猛然发现妈妈蹲在地上洗一碗荸荠，弟弟站在一旁脖子伸得长长的。一下子涌到嘴边的馋欲使我忘记了对妈妈的"敌意"，悄悄地站在旁边看着妈妈做活。她先把荸荠的小辫子和小尾巴去掉，然后一颗一颗串在用筷子劈成的小竹棍儿上，再将红糖放进锅里熬成黏黏的糖浆，拿一串串荸荠在锅里打个滚，然后凉在院外一个大搪瓷盘子里。"妈，这是给我和弟弟的吗？"我咽着口水兴奋极了。"嗯，尝尝吧。"我抓起一串就狠狠咬了一口。呀！脆生生甜津津。"妈，真好吃！"我咧着大嘴说。妈妈看着我和弟弟，会心地笑了。我让妈妈也吃一点，她摇着头说："妈的牙怕甜。"

后来，小姐姐悄悄地告诉我，那碗荸荠是妈妈转遍了整个村子才拿两双鞋垫换来的，那包红糖也是准备给大姐姐送"月礼"用的。

也就是从那天起，我似乎开始懂事了。

一晃三十多年过去，我们兄弟姐妹七人各奔东西。去年春节，大家相约一起回家过年，八十岁的老妈妈喜不自禁，尽管浑身是病，但牙齿还能咬一些硬食。初一中午，忽然大街上传来了熟悉的卖冰糖葫芦儿的吆喝，那节奏和韵味居然几十年不变。妈妈立刻拄着拐杖踮着小脚蹒跚地走出去，不一会儿，手里拿着一大把红彤彤亮晶晶的冰糖葫芦儿回来了，一串串分给儿孙们，正读中学的儿子把冰糖葫芦儿塞到奶奶的嘴里。“好孙子，真甜，真好吃!”看着妈妈脸上刀刻般的皱纹里填满笑意，儿时妈妈说过的话倏地在我耳畔想起：“妈的牙怕甜。”我的鼻子一酸，泪眼朦胧……

如今，遍及大街小巷的洋快餐占据了孩子们的童年，冰糖葫芦儿这玩意儿可以说已很少有人问津，就算有卖冰糖葫芦儿的也没有了那响亮的吆喝。现在的冰糖葫芦儿都是用美丽透明的包装纸装饰，放在冰柜里储存着，而材料除了荸荠、山楂、香蕉、橘子、苹果、葡萄等品种，价格也不菲，偶尔买上几串，也只是聊慰乡愁而已，可总也吃不出儿时妈妈做的那种脆生生甜津津的原汁原味儿。

我怀念故乡，故乡的冬天和那满头银丝的老妈妈，还有那个头戴旧军棉帽推自行车的老大爷，以及一声声悠长的吆喝：“卖冰糖葫芦儿！又脆又甜的冰糖葫芦儿喽……”

（2008 年 1 月 31 日《解放军报》）

大渡口，祖母在此苦苦张望

苏北里下河水乡有一条泰东河，经过古镇溱潼后便拐向东边流入一个叫陈家墩的大渡口。就在这个渡口边，一位白发苍苍的老奶奶，常常蹒跚拄拐，迎风而立，在此苦苦地张望等待。老奶奶年近九旬，很是可怜，任人怎么苦劝，就愣是要来这里。乡亲们都知道，她在等她的孙女儿霞的归来。然而，这一切都是那样茫然……

霞是妻的堂妹，比妻小几个月。二十世纪六十年代初，霞的父亲是空军某部的地勤军官，英俊潇洒，头脑灵活，多次立功受奖，是村里人的骄傲，后转业到广州连县某银行工作。霞的母亲在连县某小学教书，漂亮时髦，用霞奶奶的话说，长得就像电影里的刘三姐一样。霞两岁那年，一场政治风暴，将霞的父亲搅进旋涡。

霞的叔叔在村小学教书，婶婶在村经销店工作，爷爷奶奶务农。霞的父亲的变故，对这个家庭来说，无疑是晴天霹雳。一时间霞的父亲成了族里、生产队、大队、公社的耻辱，成了大人教育孩子、老师教育学生的口头禅。霞的爷爷奶奶叔叔婶婶整天抬不起头来。不过，随着时间的推移，善良的乡亲们还是宽容接纳了他们父女，不为别的，只为霞这没有娘的可怜的小女孩。从此，霞白天由祖母照看，晚上由婶婶带着，年复一年，日复一日，全家患难与共，父女相依为命，同甘共苦。霞的父亲吃尽人间苦头，背过旱地驼了，头过早地白了，眼也过早地花了，再也没有续娶，他把唯一的希望寄托在了霞的身上。霞和堂姐一起上学读书。

光阴荏苒，岁月匆匆。转眼到了1979年的春天，霞已经读高中了。一天，村里来了两名陌生人，说是广东来的，要找霞的父亲。见到单位的老领导，霞的父亲先是惊讶，继而发呆，最后一个劲地流泪。当听说组织上要“推翻一切不实之词，彻底平反，恢复名誉”时，霞的父亲顿时号啕大哭，全家人泪如雨下。之后，霞的父亲被召回银行工作，霞高中毕业后随父亲南下，在一家军工企业工作，并将70岁的老祖母带去生活。后来听说，霞的母亲早已嫁人，先是辗转江西，后再落山东，之后音信全无。

我认识霞是在中学时代，进一步了解霞是在1986年秋天以后，那一年她被单位选送到兵器工业部南京管理学校读书，她和妻在一起生活多年，在外人看来就像亲姐妹，所以我和妻经常到迈皋桥的学校去看她。霞落落大方，待人热情，长得同样可人，笑起来满脸灿烂，但略带忧伤，乡下人管这种容貌叫“苦相”。1989年夏天，霞到我们家玩，带来一个英俊的小伙子，说是她的朋友田，在学校当教师。我和妻心知肚明，霞有对象了。霞毕业回广东单位后的第二年和田到南通老家结婚，第三年生了一个胖宝宝叫洋洋。1993年秋天母子俩来南京探亲，我们多次欢聚，真是其乐融融。这期间，霞曾背着父亲和老祖母多次寻找过自己的母亲，但终未能如愿。

1994年春天，田辞去工作，动员霞一道下海，来到了当时被称为创业者乐园的珠海。第二年便捷报频传，事业上取得了成功，购买了大套住房，过上了幸福富有的生活。霞将脑出血刚刚痊愈的且快要退休的老父亲接到身边。这番消息传到南京，传到南通，传到苏北乡下，自是鼓舞人心。

1996年5月清晨，一阵急促的电话铃声将我惊醒。一个熟悉的哭声吓我一身冷汗。电话是霞的父亲从珠海打来的，哭了好一阵才说出一句，霞一天前因车祸离开了人间。噩耗传来，我和妻都傻了，电话两头一片哭声。这时的老奶奶在苏北老家，身体状况很差。为了不让老人受到刺激，我和妻商定，这事暂不告诉老人家。我给岳父即霞的叔叔打了一个电话，让他和内弟来南京，然后买了当天晚上去广州的机票。当岳父内弟来到南京，我和妻将霞的事一说，他们也都蒙了。事后得知，霞和田是到机场接人出的事，开车人即是田本人，是爱他的田将她送向了天国。

霞走了，丢下了3岁的儿子、60多岁的老父亲和80多岁的老祖母。小洋洋的命运多像他的母亲。满以为苦尽甘来，可以过上好日子，没想到苦命的霞悲凉的人生犹如天边的一抹红霞，那样血红，那样短暂，那样令人哀伤。我曾想，假如二十年前将霞丢下的那位母亲知道此事，该是一番怎样的心情。事后我问田，霞的母亲联系上没有，田异常悲伤地说，想了不少办法，杳无信息。而霞出事的消息，事隔一年多，才由轻渐重告诉了老奶奶。果然，老奶奶听到霞出事后，如晴天霹雳，五雷轰顶，先是晕倒，继而痛哭数月，再则精神恍惚，后来干脆不相信发生了这件事情，一直跟人讲霞马上回来，弄得人无比伤心，从而发生了文中开头那令人心碎的场面。

如今，霞已经离开我们六个年头，可她怎么也没有想到，年迈的老祖母至今还认为她活在人间，日日在盼望着她能回来。霞呀，你若泉下有知，什么时候请你驾一缕轻风，魂归故里，进入无时不在牵挂你的老祖母的梦中吧！

（2010年《散文选刊·下半月》第8期）

苋梗卤面糊儿

小时候最喜欢吃的，是妈妈做的腌苋菜梗和用苋菜梗卤做的面糊儿。

盛夏，园子里的苋菜粗秆上的叶子已经枯黄，顶部狗尾巴似的种穗在风中摇曳。妈妈将这些老苋菜连根拔起，去掉叶子种穗，削去根须，清洗干净，剁成寸把长的段儿，放入清水中浸泡，待水面浮起泡沫，梗段两头稍有开裂，便捞出沥水晾干，放入木盆撒盐腌拌，返潮出卤后，再搓拌几次，最终装入坛中，倒入陈年老苋菜梗卤，用油纸封严。月余，开封，一坛臭中夹香的佳肴——腌苋菜梗腌制好了。

家常生活中，通常是取出梗和少许卤，放入盘中，浇上适量食油，放在饭锅里蒸，随着热气喷出，悠悠香味扑鼻而来。出锅后，便可见绿绿的苋菜梗段儿。苏北里下河水乡将吃苋菜梗叫“吃长鱼段子”，足见美味非比寻常。吃苋菜梗是有讲究的，先吸卤，再吃皮，尔后咬挤梗中嫩肉，最后用劲咀嚼，吮出汁水，吐出渣子。喷喷香，那份满足自得，比吃山珍海味来劲。

苋菜梗好吃，用苋菜梗卤做的面糊儿也是一绝。

剥一把刚拔的新毛豆，取半碗滑溜的苋菜梗卤，纱布滤一下，再摘两三颗青椒，备好一些面粉。锅里放少许油，稍热，放入毛豆米，片刻，放入卤、盐、水，煮沸片刻，放入青椒丝，氽少许面粉，沸腾起黏发稠后盛入盆中，浮于水上冷却，待面糊儿厚壮了即可食用。吃稀饭挑上几块，满口流香回味无穷。

在乡下，到了夏天，几乎家家都腌制苋菜梗，而且相互讨送陈年“卤汁”，因为这“卤汁”有奇效，什么东西煮不烂，比如腌老菜头、菜帮子，只要放入一勺，稍炖即熟，入口即化。我是凡夫俗子，每次回苏北老家，都要厚着脸皮找一些腌苋菜梗和老卤带回。尤其是老卤，虽臭犹香，我将它的用途发扬光大，凡喜欢的瓜果蔬菜，都用老卤泡渍，早上上班置于卤中，晚上下班取出蒸食，如冬瓜、黄瓜、豇豆……经过卤汁调理，蔬菜味道不再单一，仿佛经过岁月的沉潜和历练，成为餐桌上独特小菜，其味曲径通幽，瞬间唤醒味蕾。

日前招待朋友，我特地做了腌苋菜梗，并用苋菜梗卤做了面糊儿。虽然手艺不及妈妈，但因了卤汁的黏稠、卤味的醇正、梗段的青亮，大人小孩都说好吃，都说有股说不出的鲜美味道。

当年家中实在没什么好吃的，妈妈常说，我们买不起经销店里的萝卜干，但我们吃得起腌苋菜梗和苋菜梗卤做的面糊儿。这就够了。妈妈虽作古多年，但她老人家传下的一些生活小手艺，特别是乐观满足的生活态度，令我至今不忘。

（2018 年 3 月 10 日《江苏经济报》）

这年过的

小时候，盼过年。

过年多好啊，穿新衣，吃好的，即使犯了错，说了呆话，大人都会一笑了之或者来句“童言无忌”。从腊月二十三四送灶神起，渐渐就有好吃的了；二十五六开始炒炒米，做饴糖，蒸糕做米团，尤其是“掸尘”，格外讲究和仔细。此时的供销社十分热闹，柜台外人头攒动你挤我拥，柜台里营业员爬上落下来回小跑。到了家家洗晒被褥，年就飘到眼前了。大年三十，满眼都是红红的对联和花钱，讲究的人家，孩子们下午就换上新衣新鞋。吃完守岁酒，合家大小欢天喜地放鞭炮燃烟花。然后清扫庭院杂物纸屑，长辈用蒲包装上石灰，再用秤钩上，从门外到院里，印上白花花的“元宝囤子”，企盼来年财源广进。之后，大人用红纸包好京果红枣云片糕之类的零食，置于每个孩子床头，便于新年他们一睁眼就能见到糖果糕点，吃甜食说吉利话。

大年初一，孩子们早早地就给长辈们拜年。压岁钱虽然只有一两毛钱，但那份喜悦与满足无以言表。那些年物质并不丰厚，生产队里分些蚕豆、花生和葵花籽。殷实一点的生产队有鱼有肉，乡民们拎在手上喜在心头。像我们村子，由于人口多，文化青年也多，他们自发组成吹拉弹唱的班子，给有头有脸有声望的干部、军属、老贫农等人家拜年。唱凤凰、摇花船、挑花担、踩高跷，唱道情、打腰鼓、打连厢，声势大的还有舞龙，每到一家，奔跑的孩子先报信儿，等到拜年的队伍锣鼓喧天到达，马上鞭炮齐鸣、烟雾缭绕，阖家大小脸上满是快乐和喜气，香烟、糖果、花生、蚕豆、葵花籽，童叟无欺全部给到，谁家有了“八字胡子”（大前门牌香烟）、“香飘飘”（凤凰牌香烟）和大白兔奶糖，那是赞不绝口啧啧称奇。

吃了午饭，到处是孩子的天堂，打水果糖的、买冰糖葫芦的、凿钱墩子的、摔地炮儿的、跳白果的、丢沙包的、踢毽子的、敲铜板的、弹玻璃珠子的、吹糖纸的、玩铁丝炮纸儿枪的、抽陀螺的……那份热闹与快乐，装满每个孩子的心田。到了晚上，万家灯火，酒肉飘香，处处欢声笑语。搓麻将的搓麻将，打牌的打牌，斗豆子的斗豆子。

大年初二，又是一番风景。随处可见年轻的夫妇，男的挑着节礼，女的抱着孩子，大红大绿，喜气洋洋回娘家拜年，那份喜庆和幸福弥漫整个村庄。如果天气好，村里晚上还要唱大戏，村民们早早来到村子的操场，戏台上的汽灯亮如白昼。村民们基本不带凳子，顶着严寒，袖着手，饶有兴味地边嚼蚕豆边看戏。有的人家还请亲戚朋友过来凑热闹。小伙子们悄悄往漂亮姑娘多的地方挤，够不着就兴风作浪，你推我搡，把人海弄得呼天喊地波浪起伏。

年的欢乐和兴致有时可延续到大年初七八，这年过得虽然贫穷土气，但有滋有味有乐子。

不知从哪年开始，我再回老家过年，似乎冷清了许多。虽然外出打工回来的人多了，带回了城里的时髦与洋气，乡村有了一些新鲜景象，但显然不比从前热闹。混得好的发了财，开着小车回家，大包小包塞满了后备厢，起先还给村上的邻居长辈、七大姑八大姨送上一份小礼，后来这种美好场景也少见了；混得差的干脆闷不作声，躲在家中，就连亲戚朋友喊去吃饭打牌都懒得动了。

前年回家过年，实在索然无味。关键是人气不足。我问父亲这是怎么了？他说，很多人家搬到了镇上，不少人家去了县城。有当老板的，干脆接走了父母，到城里过年；有的大学生，什么票难买、路难走，都不想回来与父母团聚了。三十晚上鞭炮声稀稀拉拉，只有初五接财神，还像过年的样子。村上人的确比过去富有了，年夜饭也不做了，不少人家到镇上或用车拉到县城吃饭。即使回来过年的，有的给父母带了淘汰的手机和不想穿的衣物，有的干脆空手回来，单位发的年货都嫌累赘怕拿了。大年初一，村子里几乎见不到孩子，更没了先前的热闹场景。我去亲戚家拜年，除了贴了对联和花钱，家里冷冷清清，老两口闷闷地坐在堂屋看春节联欢晚会的复播。我问怎么不见孩子们。老两口说，都在卧房里，各自在忙各自的事，有的在睡觉，有的在玩手机、抢红包，就连小孙子都在 iPad 上玩游戏，根本没时间跟他们闲聊，吃饭时这些人边吃边看 iPad 上的节目，跟他们说话，根本没空搭理，饭碗一丢就又拿上手机翻看不停。我问小两口，大年初二回娘家拜年吗？回答是肯定的。说明天早上用汽车把礼物送去后，有时间就吃顿中午饭，然后去县城朋友那儿玩去。

更让我吃惊的是有个朋友的儿子媳妇，大年三十下午就出去旅游了。孩子丢给老人，买了一堆零食，差不多初三开始三顿饭网上为老人孩子订购外卖。老人一脸无奈，无语啊。

去年春节，想想乡下过年实在没啥滋味了，于是留在省城。没想到，大城市同样越来越寂寞，仿佛成了孤城。没了鞭炮，少了车辆，缺了人气，丢了热闹，比乡下还要冷清无聊！

一个春节，除了不上班，与平时并没两样。平时还能约人打牌吃饭喝茶，可此时到哪儿约去？随着人们年的意识淡薄，中国的传统文化习俗怎么就渐行渐远了呢？虽然我们的物质生活改善了，可年味年趣年乐反而越发寡淡了。

（2019 年 2 月 3 日“中国作家在线”）

关于“跳槽”

去年腊月，父亲在苏北老家突然病倒，经医生全力抢救，终于从死神手里挣脱。我从南京赶回去看他。父亲的耳朵彻底聋了，我们只好文字交流。他特别关心三件事，一是孙子的婚事，二是我们全家的健康，三是我们的工作是否顺利。我告诉他，婚事正在筹备，身体都很健康，我和妻子工作都很顺利，就是儿子最近又跳槽了。他叹口气，在纸上写了一个“知”字。我见他精神尚好，跟他商量，是否让我先回单位工作，有情况立即赶回。他犹豫片刻，用颤抖的手写下了“我拖你后腿了”一行字。我一看，愣住了。之后，他又把纸要过去，吃力地写了一段：“今后孩子调动工作就调动工作，不要说跳槽什么的，听了不舒服。”见我一脸茫然，再补充一句：“回去多读书，弄清跳槽什么意思后再说。有修养有身份的人不能随便说话。”见他不高兴，我只好点头。

两个月后，父亲旧病复发，而且来得猛烈。我赶到老家医院，他已处于弥留状态。5 月 8 日，父亲与世长辞，享龄 92 岁。

父亲是在平静安详中走的，但那次临别时的不高兴，表情一直浮现在我的脑海。今年春节，我静下心来回忆与父亲最后的“对话”内容，发现父亲对“跳槽”二字似乎比较敏感。于是我打开《现代汉语词典（第五版）》，其注释是：1. 牲口离开所在的槽头到别的槽头去吃食；2. 比喻人离开原来的职业或单位或改变职业。看完之后，我感到没有什么不妥当的地方。

父亲是个旧知识分子，年轻时勤勉好学、博览群书，特别对中国古典文学和诗词有较深研究，一辈子从事教育教学工作，离休后坚持读书看报记笔记，偶尔侍弄花草，我在他面前永远是小学生。他总认为我书读得少，学识浅，学问不专，知识面不宽，我发表的文章，即使有的得了大奖，他顶多给个“有点意思、还需努力”的评价。

我不死心，打开电脑，专门搜索“跳槽”出处。这一搜索不得了，我的脸红了。原来，“跳槽”在现代词汇中的意思是指更换了工作，并不含褒贬之意，可这个词的最早出处来自青楼，在明清含有不雅之意。

清代文人徐珂在他的《清稗类钞》中，对“跳槽”给出了非常确定的解释：“原指妓女而言，谓其琵琶别抱也，譬以马之就饮食移就别槽耳，谓其去此适彼。”意思说得十分明白，最早这个词是说一个妓女和一个嫖客缠绵一段之后，又发现了更有钱的主，于是丢弃旧爱，另寻新欢，就如同马从一个槽换到了另一个槽吃草，因此，这种另攀高枝的做法，被称之为跳槽。后来这个词又用到了嫖客身上。再搜索，明代冯梦龙编的民歌集《桂枝儿》里就有一首名叫《跳槽》的歌，歌中的青楼女哀婉唱道：“你风流，我俊雅，和你同年少，两情深，罚下愿，再不去跳槽。”至此跳槽的意思已经非常清楚，专指风月场中男子另寻新欢的行为。

我的天，父亲原来为这生气。现在，我终于明白，父亲给我留了三分情面，让我多读些书，没有骂我无知。可见，父亲虽然年事已高，但思维仍然敏捷，才华依然毕现，我在他面前，永远是小学生、小小学生。在此，我向父亲在天之灵保证，今后儿子一定多读书，多动脑子，再也不敢口无遮拦乱说话了。

（2019 年 4 月 10 日《扬子晚报》）

春雨的诗意

春雨悄悄，润物无声。

在这个绿意融融的季节里，雨，成了如梦如幻的字句，融在了枝头、嫩叶、花蕊和相思里。雨幔，丝丝缕缕，朦朦胧胧，轻风细揉，欲断还休。

杏花，细雨，江南……酒旗早有醉意，摇摇晃晃。脚下的小径，已被疯长的绿草遮蔽。牧童的短笛从氤氲中传递信息：水暖了，泥松了，燕子一家回来了……

伫立于故乡的小桥，小河两岸轻雾弥漫，斜风细雨中，我与鳞次栉比的酒楼茶肆宅第店铺同醉。

依然记得中学时候的那条石板小巷——有一顶红红的油纸伞从另一头摇摇晃晃飘浮过来。伞下，那个白衣少女推送一股丁香，明眸皓齿过后，我和石板都在细雨中痴迷。

一抬头，那不是影剧院吗？四十年风吹雨打，依然那么幽幽地站在这里等候。是的，就是这条巷子的尽头，幽幽的春雨，幽幽的眼神。红雨伞下，仍然是幽幽的丁香和幽幽的春愁，幽幽小窗仍然在这里张望，只是雨巷尽头少了如梦一般的笑靥。

我轻轻摸摸脸颊，有一点烫，还有一丝湿润。

江花胜火，碧水如蓝。

江南水乡，永远是如梦如幻的童话，从唐诗出发，走进宋词元曲。黄昏雨似幕，清晨雨如纱。村廓田舍透明于牛毛细雨的清亮和多情之中。

江南人留客不说话，自有小雨悄悄地下。花红了一江春水，树绿了两岸农家。雨丝，让乡愁变成了满头白发。那个烟雾空蒙的傍晚，清脆的柳笛，哗哗的流水，还有那头老牛和老牛背上的少年，一幅乡村水墨画，定格于千丝万缕的记忆深处。

我欲赤足田埂，把新泥轻轻踩踏。

（2019 年 5 月 10 日《江苏经济报》）

湿地的诱惑

二十世纪六十年代大规模开荒后，苏北老家附近的湿地仅剩溱湖一片了。

小时候去湿地，一望无际的“青纱帐”，风一吹，此起彼伏，波澜壮阔，置身其中如同徜徉绿色的大海，让人分不清东西南北。湿地里最有趣的是逮野兔子，我和发小董三小、王来扣是这方面的高手，经常相约前往。我们细心观察厚厚的枯枝败叶腐草层，寻找被伪装了的洞穴。当发现一个洞口后，我们还要去寻找第二个、第三个，并且将它们全部封堵，不然之后准是一场空。

草甸子大了，什么怪事都有。那天，我们仨原打算去捕鱼，带了鱼叉、篾罩和木桶，偏偏瘦小的董三小发现了一个小草洞，凭直觉我们认定是兔子窝。一会儿，王来扣找到了另一个洞口。兔子出洞的速度很快，洞口如果不布设网袋之类的套子，很容易挣脱逃跑。王来扣长得胖，裤子自然比较肥大，我和董三小一致要求用他的裤子做口袋。

王来扣虽然不乐意，但还是慢慢脱下了裤子，然后将两个裤脚扎紧，算是做成了套袋。我和董三小将裤腰处紧紧捂在洞口上。王来扣用芦柴扎捆成一个棍棒，然后猛烈地捅戳地面，可捅戳了半天，洞中兔子就是不肯出来。怎么办呢？我们提议用水灌，逼兔子出来。

王来扣用木桶就近提水往洞中猛灌，可灌了四五桶，兔子仍然没有动静。我让王来扣休息，他过来捂裤子，我来灌水。我又往洞中灌了六七桶水，这下洞中有动静了，先是感到左晃右动，继而上下翻滚，突然水花涌出，接着“哗”的一声，水和“兔子”一齐冲进裤子里。

董三小、王来扣乐得直叫唤，使劲将裤腰捂紧，唯恐这家伙逃脱。捂着捂着感觉不对劲了，怎么那么一大坨呢，而且不是蹦跶，只是翻腾。王来扣小心翼翼掀开裤腰一角偷看，只见他“哇”的一声高叫，“蛇！蛇！蛇！”然后撒腿就跑。董三小一听大惊失色，同样甩掉裤子跑到一边。

那个裤子仍然在不停地翻腾扭动，蛇受到惊吓在里边拼命挣扎，似乎找不到出口，反而钻进了一只裤筒死角，出不来了。

我被吓傻了，站在一边，不知如何是好。溱湖一带湿地里只有一种叫蝮蛇的蛇有剧毒，一般蟒蛇居多，赤练蛇喜咬人，只有微毒。我赶紧找来刚才王来扣扎的那个芦苇棍棒，踮脚站在远处伸长胳膊挑开裤腰。天哪，一条胳膊粗的蟒蛇泛着黄肚皮在搅动。我费了好大劲，才将裤腰撑开，引蛇出来。那家伙真是神了，头一出来，“呼”地一蹿老远，眨眼工夫就消失在芦苇深处没了踪影。

王来扣哭了，说他裤子毁了，不敢穿了。我安慰他说没事，蟒蛇没毒，裤子洗洗干净就能穿了。他说咋洗，黏糊糊的。我赶紧将那裤子解开结，小心翼翼地到附近水塘洗了好多遍，才将泥水冲净。

我将裤子挤干给王来扣，他说蛇钻过的裤子，终究不敢穿。我说蛇都跑了怕什么？他说就是怕。回去的路上，王来扣走路的姿势都变了，总是叉着腿前行。

尽管遇到了蟒蛇，提心吊胆过后，我们仍然过一段时间就去湿地，因为那里有太多的鱼、虾和毛蟹，有太多的蘑菇、野芹和丑荸荠，有太多的野兔、鸟蛋和乌龟王八……一句话，有太多的诱惑和美好的记忆。

现在，溱湖湿地每年都吸引数十万游人前去观光。亲历原始自然的湿地风光，游人们重拾了远离喧嚣的宁静怡然，并且证实了一点——原始并非荒凉，而是一种美的诱惑。

（2019 年 7 月 4 日《新华日报》）

找寻远去的童趣

清明前夕，我和爱人回到阔别多年的故乡。

站在祖屋后面宽阔流淌的大河边，眺望两岸错落有致黛瓦白墙的村舍和片片金黄点缀其中的广袤绿野，儿时疯玩的场景，似乎浮现在了眼前。

靠水吃水。那时候，一进春夏，我便和小伙伴们在这条大河以及河汊里捕鱼、摸河蚌、捞螺蛳、逮田鸡。故乡的河总是那样慷慨，给了我丰厚的美味河鲜，也给了我童年无限的乐趣。忆及当年，真想再次体验一下儿时做过的事情。

吃饭的时候，我将想法刚一表露，小连襟马上应和，这事好办，明天我们什么都不干，捕鱼捉虾捞螺蛳。

手机一阵闹铃，此时凌晨 5 点。窗外已见麻麻亮。我和爱人立即起床。一会儿，小连襟轻轻拍打窗户。我们洗漱一番，立即出发。

汽车驶出薄雾笼罩的小镇，穿过一条条既熟悉又陌生的街巷和一座座造型各异的小桥，辽阔的乡野渐渐进入视线。小路与河道并行，路两边菜花连连绵绵幽香阵阵。放眼远处，一望无际麦田葱葱郁郁。

我们在一座小桥上泊车，小河内几只水鸟在嬉闹。我扛着特制的可以伸缩的钩杆，小连襟拎着一只水桶，向麦田深处一个废弃的鱼塘走去。湿润的田野空气清爽，水汽升腾薄雾片片。田埂右侧是高举的菜花，跟我一般高矮，这让我可以近距离赏花。细看那些花瓣，真是天工巧夺，她们精致地打开，细密清晰的纹路整齐地围绕着花蕊，中间的花蕊弯曲着凑在一块，仿佛在说悄悄话儿。菜花成片延伸远处，多像些活泼的小姑娘笑，绿色灵动嫩艳响亮。倘若不小心，身子偏一点，带着露水的花瓣和花蕊就会沾得衣服星星点点、斑驳花黄。田埂左侧是盈尺有余的麦苗，叶子上缀满露水，轻轻一擦，玉飞珠溅，鞋和裤脚湿漉漉，腿和脚一片冰凉刺激。我们起大早是来捕鱼的，小连襟的表弟，昨天晚上已在他曾经承包的鱼塘里扔下了无数个鱼笼，我们只是负责起笼子。我们一路收取，空笼、空笼还是空笼。鱼塘转过大半圈，忽然发现有只笼子似有动静。我们很兴奋，钩起一看，好家伙，笼子里钻进了一条粗大的黑鱼。我们很快将笼子拉上岸，将又黏又滑乱蹦乱跳大约三斤多重的黑家伙从笼中取出。我们很不顺利地将其抓入桶中，这家伙好大的火气，又蹦又跳，溅得我满脸满身都是水。最终，那又黑又粗的家伙猛一打挺，哗啦一声，蹦进了麦田。又费了好大的劲儿，我才将其逮了回来。汗水和露水打湿了衣衫，我像刚从泳池中上岸一般。

太阳出来了，四野里金黄与翠绿格外醒目逼眼。清风吹过，传来布谷鸟的吟唱，侧耳静听，仿佛混有麦子拔节的声音。一个早上只收获了一条鱼，但我们依然十分满足。就在我们捞鱼的过程中，爱人和小姨子同样发现了新大陆，她们采挖了田埂垄边鲜嫩的草头、拔秆的野芹和成簇的马兰头等鲜嫩的野菜。

回到岳父家，放下鱼和野菜，我和爱人拿上特制的钢丝篮，去门前的小河边捞螺蛳，这是小时候每天必做的功课。我负责捞，爱人负责捡，个把小时光景，我们捞到了四五斤螺蛳，虽汗水涔涔，但其乐无穷。此时，远处蔚蓝的天上飘着一只美丽的蝴蝶风筝，故乡的白云与我们的心情一样开心沉醉。

晚上，利用这些就地取来的食材，我们做了一顿丰盛的晚餐，酸菜鱼、炖鱼汤、炒螺蛳、凉拌野菜，外加门前的嫩莴苣，就上家乡的老陈酿，我们仿佛又回到了四十年前的乡居生活。

童年我们回不去也找不回来了，但我们重走了一遍童年的路，重做了一次所干的事，重新体味了一番美好的感受。

（2019 年 7 月 12 日《江苏经济报》）

却向儿时觅香甜

小时候过年的时候，大人给几毛压岁钱，上交后最多只能得到一毛。一毛钱的花销十分不好分配，一般情况下，一分钱买四小块芝麻饴糖，两分钱买几颗老菱角，两分钱买一张火药纸，一分钱买个牛皮球（气球），一分钱看拉洋画。最大一笔开销，三分钱买五粒白果（银杏）。

小伙伴们最喜欢玩的游戏是跳白果。那时候，白果被染成了红色绿色蓝色，玩的时候，甲先将自己一种颜色的白果放在预先选好的点上，然后乙将自己的一种颜色的白果夹在脚上跳送过去。大家掐一拃长的小树棍儿，当作尺子用。如果两个白果靠近了，刚好小树棍儿能够搭上，则甲赢，如果小树棍搭不上，则乙跳，刚好小树棍能搭上，则乙赢。这样依次交替进行，乐此不疲其乐无穷。有的小伙伴跳得十分精准到位，每每将对方的白果全部纳入囊中。

先前，我并不知道白果是树上结的，因为它太光滑，且没有连接蒂。记得那年夏天，我跟妈妈去淤溪杨庄的小姨家，看到村庄小学里有一棵几个大人也抱不过来的参天大树，上面结了无数个葡萄一般大小的果子。我问表哥，这是什么果子？他告诉我，是白果。白果？我蒙了，心想，白果怎么成了圆乎乎的东西？表哥告诉我，白果其实是里边的核，外面黄巴巴的果肉去掉后就是白果。我看到满树密密麻麻的小圆果子，给吓到了。我的天，这树上该有多少颗白果啊！

表哥还告诉我，白果里面的芯是可以做熟了吃的，香得很。平时玩都舍不得，哪还舍得吃？让我欣喜的是，晚上小姨真的做了一盘药芹炒白果。虽然有点苦味，但那个香没法比拟。多么奢侈啊！吃得我心里蛮可惜的。

更让我欣喜的是，这次表哥还让我品尝到一种甜绵绵的果子，看上去青里透红，后来我才知道这种看上去像小洋葱的玩意儿叫无花果。我感觉比癞葡萄好吃。我问表哥，这树怎么种的？表哥说，插枝插的。我求表哥，能不能问人家要根枝给我回家插上？表哥说，现在插不活，只有春天才行，还要不断地浇水呀施肥呀，很难伺候的。

只可惜，那时交通不便，平时很难出远门，没有大事是不会串亲戚的。这事一过多年，也就不放心上了。前年有朋友约我去春游，刚好经过一片无花果林。此景忽然勾起我对童年时代的美好回忆。于是我跟果园主人要了几根老枝，拿回家，按照他的教法插枝、浇水、培土、施肥，经过一个春天，两棵老枝上居然吐出了新芽，这让我十分欣喜。更让我想不到的是，小叶子长出后，居然同时挂上了不少小青果子，我似乎闻到了久违了的香甜。

今年春天，我特意去农贸市场找了两大袋鱼肠子，一棵树下埋上一堆。天哪，春风一吹，树木复苏，很快就枝叶繁茂了，树冠像伞一样舒展地打开，绿得逼人眼睛。我坚持浇水修枝整叶。看着树上累累的果子，我心花怒放。

眼看丰收在即，但还是出了状况。一天早上，我忽然发现几根结满果子的枝丫垂到地面。我仔细观察，了不得了，树枝里好像生了白蚂蚁，蛀空处全是土红色的木屑子。我立即打电话询问果农，他说是蛀虫作祟，必须快治。他向我推荐了药物，同时让我小心清理蛀屑，用竹竿之类的东西将断枝轻轻支起，然后绑扎固定。半个月后，奇迹果然发生了，断枝非但无事，反而更加葱葱郁郁了。

之后，枝头的果子一个劲地涨大、挂红、开裂。现在，我每天摘下十来颗果子，心中的喜悦无法形容，每每唤醒记忆深处的那份香甜。

（2019 年 9 月 8 日《江苏经济报》）

走在故乡的田野上

从溱湖下高速进入东台市地界，放眼望去，前方便是故乡广阔的田野和亲切的村影。

正是日落时分，天地间交织着一片碧绿和橘红，我似乎听到了庄稼蓬勃生长的声音。

遥想祖辈，曾在这里背负青天挥汗耕耘，不管风雨雷电，还是降雪飞霜，他们凭借手中的锄头和镰刀，与贫穷作战，在这里安身立命繁衍生息。他们热爱脚下每一寸土地，精心侍弄每一棵庄稼。他们满脑子都是播种、发芽、生根、分蘖、拔节、开花、孕穗、结果。一季又一季的丰收，是他们最大的企盼和满足。

二十世纪六十年代初，由于城镇人口压缩，我们全家重新回到这片土地；随着七十年代末的一声春雷，我又被一张入学录取通知书召回城里。然而，多少春秋更替，当我再次踏上这片田野，闭上眼，脑海里仍然是那些挥之不去熟悉的画面和面庞，仿佛嗅到了菱藕鸡头米的清香和鱼汤面的浓香，看到了当年鸬鹚捕鱼和小伙伴们捞鱼捉蟹逮鳖的场景。

看着那些走在夕阳下的身影，他们是我勤劳朴实诚恳善良的乡亲。作为当年的“回乡知青”，我的哥哥姐姐们曾离开教室，奔赴这个广阔天地。尽管那时都很弱小和幼稚，但善良的乡亲们接纳了他们，教会他们做力所能及的农事活计。起初，他们连走田埂都东倒西歪，数年过去后，他们学会了撑船、犁地、播种、插秧、收割、脱粒、薅草、罱泥……用汗水、眼泪和手上的茧花把自己变成了这片田地的主人。

忘不了，父亲每次在轮船码头送我离开时的背影；忘不了，那个巷子口，每次临行前步履蹒跚的母亲反反复复的叮咛……也记得一个酷暑难当的正午，我和二哥为生产队割牛草，兄弟俩就着咸菜，用河水泡开杂粮饭，狼吞虎咽吃了下去。之后，我躺在那堆发热的牛草上，看着天上移动的云朵，感受着阳光的炙烤和水汽的熏蒸，尽管很累很累，但怎么也无法睡去。

其实，我们已安身立命，不觉得苦累，也不觉得不公平。守在这片土地上，与乡亲们融为一体，无论白天黑夜，我们总把心事搁在田野上，搁在泥土里，搁在庄稼中。春花也好，秋月也罢，我们顾不上流连欣赏，为了庄稼的收成，我们只有春寒中的护苗，夏阳下的灌溉，秋雨中的收割，冬霜里的施肥……

一年又一年，一日又一日，我们爱上了泥土，恋上了田畴，亲上了庄稼。我们学会了起早、贪黑、节俭、忍让、知趣、包容、谅解、互助……我们随遇而安，活得有滋有味。

多年前，当我丢下手中的农具，离开脚下这片田地时，心头涌起阵阵莫名的不舍和眷恋。如今，回到故乡热土，望着暮霭中这片养育了我并埋葬着我的父母和列祖列宗的田地，我突然有想亲吻它的冲动，这是游子对于故乡最为纯洁的爱意。真想长跪不起，把胸口紧贴地面，让心脏随着这片田野一起跳动起伏延绵。

（2019 年 9 月 10 日《农民日报》）

温馨的记忆

前些日子，驱车去苏北，偶见一块开满白花的田地，我情不自禁地高呼起来：棉花！棉花！

四十多年不见雪白的棉花地了。我在农村长大，带着泥土走来，时下的小康生活总不能湮没儿时乡村的岁月。听老人讲，老家东台早在同治年间就是产棉区，那时候有个知县叫欧阳锴，大面积推广种植棉花，比张謇提倡种棉花早了三十年。记得二十世纪七十年代末，种棉花带有强烈的爱国爱集体意味，广播里整天高喊全县誓夺皮棉“百万担”。每个生产队都有规定的种植面积。为了增加亩数，有的生产队就开垦湿地种植棉花，虽然芦柴长得比棉花旺盛，但秋天一到仍然可以见到星星点点的白花。

我的三叔是远近闻名的种棉好手，每年春节刚过，春寒料峭之时，他便与生产队强劳力们一起，在棉田里深挖墒沟，施放河泥沤制的底肥。暖风吹过，四野的麦地绿浪起伏，嵌间其中的一片片金灿灿的油菜花分外耀眼。打谷场上，三叔他们光着膀子将仓库中一袋袋棉籽铺在地上暴晒，一股刺鼻的农药味随风飘散。他们在不停地翻动，三天后一旦棉籽放在嘴里咬出“嘎巴”响，就坐下来挑选饱满发黑的棉籽。我问三叔，为啥要挑黑籽？三叔瓮声瓮气地回答，黑籽老嘛，老了才能出苗。挑出黑籽，三叔将它们浸入水中，直到籽壳发软，用手一捏籽冒出仁儿来，才捞出沥水晾干，撒上农药拌匀，再用草木灰搅拌。那时，种子场已经开始用营养基育苗移栽，但三叔他们仍然丢种点播，虽然法子很土，但很实用。他们一人捣墒，一人用小木棍儿量墒距，每个墒里丢两三粒棉籽。

八九天之后，小苗出土了，露出两片嫩嫩的叶片。整田苗儿出齐后，三叔他们开始“间苗”，每墒只留两棵苗。我问三叔，好好的苗儿为什么拔掉？三叔说，不间苗，谁都长不大，抢肥。三叔是个粗汉子，但间苗十分细心，他的手指黑紫黑紫的，散发着绿腥腥的味道。等苗儿长到三至四片叶子，三叔他们又开始“定苗”，每墒只留一棵壮苗，缺苗儿的地方移栽补齐。

不觉，杨柳吐出了嫩绿的叶片，麦苗也挺直身子开始拔节孕穗，棉田里萦绕着一层淡淡的绿雾。太阳常常将三叔宽厚的影子印在无声的大地上。当枝上出现花苞时，三叔他们便端着化肥盆子，拿着小铲锹和勺子，一边除草松土，一边施肥。终于，棉花开花了，那喇叭花儿一片嫩黄，偶尔也有白的红的，三角苞托着五个瓣儿，蕊儿特别娇艳。果枝长出后，三叔他们又开始打“公枝”，把没有花铃的枝丫全部掐掉，不让其汲取养分。

那时，生产队的棉田连成一片。学校放夏忙假了，生产队长分配我们的活儿就是给棉花治虫、捉虫和打公枝。棉花的害虫特别多，有红蜘蛛、棉铃虫、盲蝽象、蚜虫等。有的虫子专吃叶子，有的专食花蕾、钻蛀棉桃。三叔他们从棉花定苗就打药，起早贪黑，顶着炎炎烈日，整天背着沉重的喷雾器，力争把每片叶子正反两面都喷到。不久，棉花长高，枝枝杈杈很快笼住了地面，人们只能钻进密不透风的棉田里捉起虫来。此时，虫害最为严重，学校一律停课，学生参加捉虫劳动。虫子多得捉不过来，我们只好拣大虫子捉。收工后，老师在地头数虫子，看谁捉的多，数一个，掐一个。“啪”的一声，一股绿水从虫子尾后冒出来，场面十分刺激。老师再三提醒学生，不准偷吃嫩棉桃，谁吃就开谁的批斗会。

放学后，我还要帮三叔他们捉虫。三叔捉得很细，一个花苞一个花苞地翻，一个棉桃一个棉桃地看。有时三叔检查我捉过的枝叶，发现漏虫就嚷我。三叔说多了，我就不服气，故意在他捉过的枝叶里仔细找，找到虫子就让他看。三叔一脸无奈，只好说，太多了，谁也捉不完。此时，倒是便宜了家中的几只鸡，见我和三叔进门，就噗噜噜地围过来，争抢我倒在地上的虫子。

金秋十月，棉花吐絮。一望无际的棉花地，如同一曲壮美的交响乐，那洁白的花絮千姿百态芳容百变。这个时候，学校开始放秋忙假，生产队长分配我们的活儿主要是拾棉花，当然还有拣棉花、晒棉花、剥棉花、送棉花。

拾棉花多在多云天气，没有太阳暴晒，十点以后下地，露水已干，棉田不再潮湿。花瓣拾在手里，软软的、绵绵的、暖暖的。其实，拾棉花并不轻松，三叔同样是把好手，不论是四瓣还是五瓣花，他都能轻松地用四指抓拾，而且没有拉丝花。我可不行，指甲盖上沿常常被戳得血直冒，拉丝花、沾干棉叶花随时可见，有时不小心还会碰断棉枝和撞掉棉桃。

那时最热闹的地方是供销社的收花站。码头边泊满了装满棉花的船只，岸上人声鼎沸，领号、排队、过磅、验花、运送、记账、出单……有时天不亮就撑船或摇橹过去。由于船太多，披星戴月回家是常有的事。大家没有怨言，因为评了好等级，个个都是喜滋滋的。

这年深秋，大姐的婆家派媒人来“通话”，想在春节办喜事。那时家里人口多，经济状况不好，但母亲说再穷也要为出嫁的女儿陪上马桶和两床棉被。母亲专门步行至溱潼乡下的湖西庄去置办马桶。那天晚上，满天星星。母亲满头大汗背回一个大布袋，虽然很累，但她极其开心。打开布袋我才知道，里面装了一只枣红色的铜箍马桶。母亲说，是上好老杉木，做工考究，九底十三顺（九子十三孙），卖家才要了12元钱。

之后，母亲为大姐准备棉被。面子用砌房时亲友贺送的一红一绿缎子料，里子用供销社刚扯回来的白底蓝条洋布，几乎花去了全家人的布票和线票。现在，就等棉胎了。按照惯例，母亲找生产队长议购了十斤籽花，发动全家人晚上剥花籽。余下的就是弹棉花了。

我的大姑父是远近闻名的"蓬匠"，即弹棉花的，但即使是亲戚也要预约排队登门恭请。直到过年前，大姑父才和他的徒弟抬来一张四五尺长的大木弓，那弓腰身不弯，只是两头装弦处向前伸出，稍微弯曲。一只粗布袋里装了一只七八寸长的圆柱形木槌，柄较细锤较粗，用于击打弓上的弦。一只米筛大的黄楝木圆木磨盘，近两寸厚，看上去十分结实，是用来压实棉絮的。其余就是布纱机了，就是一根四五尺长的顶端有叉线凹槽的竹竿子，用于为棉絮网上棉纱。当然，还带来了一大卷芦柴席。

母亲笑逐颜开，为他们煮了放了三个荷包蛋的面条。大姑父脸色黝黑，不苟言笑，只顾吃，不作声。吃完饭，他们卸下堂屋的两扇大门，用凳子搭起一个工作台。徒弟铺上芦席，称棉花，然后均匀铺上。大姑父准备木弓，装上牛皮弦，之后换上旧得发白的大褂子，将一条宽厚的帆布带系在腰间，再将弯曲的富有弹性的小竹竿插到腰后的扣子里，接着徒弟帮他将木弓钩到小竹竿垂下的线的小钩子上。那副打扮十分夸张而且沉重，又好像有点艺术性。他左手执弓，右手紧握大木槌，在弹花之前似乎说了几句吉利话，然后弹了几下空弦，那嘣嘣的脆响顿时传遍屋子，飞出屋外，如粗犷的乐曲，格外好听。接着，他由前到后、由左到右，反复来回富有节奏地弹了起来。那棉花在牛皮弦上蹦跳缠绕，纷飞的棉絮像鹅绒柳絮般上下飘飞，地上渐渐铺上薄薄一层透明的白绒毛。几个来回弹下来，棉絮终于厚了起来，雪一样洁白蓬松。下面，大姑父的绝活开始了。他把红头绳梭子装到布纱机上，胸有成竹、不假思索、有条不紊地在棉胎上娴熟布线，一会儿工夫，一个空心双喜布好，紧接着布出两只鸳鸯，更绝的是布出的波浪花边整齐均匀。接着纵横布出大方格，对角布棉纱，最后用木盘竭尽全力压棉絮。晚上，两条棉被全部蓬好，母亲杀鸡打酒热情款待他们，因为不要工钱，所以招待自然要好些。大姐出嫁那天，枣红色的马桶和厚厚的缎面被子，受到沿河两岸看喜者的一致好评。母亲自觉光彩无限幸福无边。

（2019 年 12 月 14 日《中华合作时报》）

打鳖记

华侨路东延至石扬路西，一路的平房小楼全部拆迁。视野开阔后，我站在阳台上，可以眺望不远处的秦淮河。日前，朋友从老家来，带来一些河鲜，这让我的心每每飞向苏北里下河水乡，飞回那些河塘沟汊。在我的记忆里春雷响过几次后，家乡的渔民们便去河内撒网布笼，那时候河里鱼虾特别多，我和我的小伙伴们，随意用蚯蚓串到一个钩上，晚上放下去，早上没准就能收到鱼，运气好的时候还能收到老鳖，于是便手舞足蹈、不停蹦跶、欢天喜地地叫喊，三里外都能听到“谁谁逮了一只王八”。

一个阳光灿烂的午后，屋后大堤下河边上，出现了一个个头不高的陌生汉子，身后跟了一堆小伙伴。这人眼睛不大，但明亮有神，耳朵不经意竖起，偶尔微微抖动。他的手上圈着一团细麻绳，绳头装有一个铁砣子，同时系有一串特大号的利钩。见我们好奇地看着他和他手上的“怪物”，他笑了，摆弄摆弄手上的玩意儿，说，这是打鳖的。打鳖？我们捕鳖一般用直针或者弯钩串上猪肝做饵诱捕钓，或者发现它上岸后追捕，从来没听说过或者看过用铁砣子打的。怎么打？这让我和小伙伴们好奇了。于是，我们跟着这个人，想一看究竟。我们吱吱哇哇，问这问那，那汉子基本不吭声。

天空蔚蓝，水色碧青。我们紧跟其后，沿河走了很久，村庄远远抛在身后变得越来越小模模糊糊。有的孩子打起退堂鼓，我执意要看这个“高人”是怎么打鳖的。忽然，汉子放缓脚步，侧耳细听，眼睛像猫一样放光，挥手示意别吵。他凝神远处河面，左手松开细绳，右手拿起铁砣，嘴里发出清脆的有节奏的“嗒、嗒嗒，嗒、嗒嗒……”的声音。

我问他弹舌咋那么响亮，他不理会，两眼紧盯前方，轻轻挥手示我注意远处水面。我顺着他的眼神眺望过去，水面上除了涟漪还是涟漪，什么也没看见。正在这时，只听“嗖”的一声，那汉子一个急转身，河面远处溅起一根小水柱，之后泛起几圈水花，接着“哗啦哗啦”响个不停。我和小伙伴们欢呼雀跃，乖乖隆的咚，打中了！只见弦绳晃晃悠悠，随着汉子慢慢收绳，水波渐渐涌向岸边。一只大鳖被几只钩子扎得死紧，正在水中挣扎翻动。太神哪！我和小伙伴们惊呆了。那汉子似乎不太激动，平静地说，这只不算大，不过小了反而难打，有时也有打中了逃脱的。我说能不能让我试试。那汉子说，这可不是一天功夫，若不苦练死练听功看功手功，即使十只老鳖在你跟前，也别想打中一只。回去先在岸上用砖块石子练打死靶子，打到八九不离十了，再临河打活物，反正没有一年半载，别想得手。我似懂非懂的点点头，默默记在心里。

一阵火车鸣笛，将我的思绪从远处拉回。巨大的喧嚣声，将我吵得烦躁不已。带着烟尘的列车驶向远处，街市终于恢复暂时的宁静。我凝望远处略显蓝色的河面，猛然冒出奇怪的想法，现在秦淮河里有鳖吗？如果有，我会聊发少年狂用猪肝去诱捕吗？

想到这，我会心地笑了。

（2020 年 3 月《中国乡村》杂志）

清甜槐花香

我偏喜欢槐花，缘于五十年前那张至真至纯的稚嫩笑靥。

那年我8岁。春节刚过，父亲给我报名，交了八毛钱，我便成了村上小学校的新生。校园不大，非常气派，是中华人民共和国成立前地主家的庄园，青砖黛瓦，飞檐翘脊，院中有院，回廊花墙。正对大门有一个突兀的二层小楼，青石台阶，玻璃门窗，显得庄严阔气。院子右边可能拆掉了两排厢房，留出一大块空地做了操场。院子里有不少高大的油桐、法桐和柏树，围墙边上满是葱绿的冬青树、个子不高的桃树和杂乱歪斜的刺槐树。

我的教室在一间七架梁的大正房内，连同廊檐，进深特别宽敞。教室后面是滚滚东去的泰东河。不知出于什么考虑，临河的窗户都开得既小又高，即便是晴好的日子，室内光线也是昏灰暗淡的。课桌十分笨重，用水闸上挡水木方搭起来的。木方尺把宽，半尺厚，两丈长，黑漆漆的。如不小心碰倒，准会砸断腿脚。班上有56个孩子，从穿衣戴帽可以看出家境。虽然大多数孩子衣衫不整、面有菜色，但大家活泼天真、烂漫无忧。当然也有几个顽皮的，比如对家境优裕、家长地位较高、衣着穿戴整齐的女孩子，时不时闹点恶作剧。

我虽没有新衣服穿，但也没穿破衣烂衫，但由于父亲的缘故，内心极其自卑，总感到矮人一截，同学们虽然没有当面说什么，但我能感觉到异样的眼神和背后的指点。老师提问我不愿举手，课间休息只悄悄去趟厕所，从不去操场活动，而是安静地坐在教室里低头看课本。

这是五月一个阳光明媚的上午。年轻的班主任鞠老师宣布第一次语文测试成绩。我不敢相信自己的耳朵，我居然名列第一。鞠老师表扬我，说我不但答案对，而且字迹工整，让同学们向我学习。我一下成为班级焦点，这是我不情愿的。课间休息，自然有不服气的，少不了一阵冷嘲热讽。我不吭气，继续坐在那儿低头看课本。

忽然，我闻到一股清甜淡雅的香味。一抬头，只见穿戴漂亮的小王同学，手捧数串粉白白的槐花，微笑着站到我的面前。她笑得真好看，问我："赵培龙，你喜欢槐花吗？"我一下被问住了，因为并不知道自己喜不喜欢，只好胡乱地回答了喜欢。小姑娘纯真清甜的微笑一下把我惊到了。这是一张嫩白透红的小脸，两条乌黑的小辫子，长长的睫毛裹着晶亮的眼睛，小嘴唇红红的，嘴角弯弯上翘，甜美可人，温馨亲切，尽管短暂一瞬，却令我刻骨铭心。我一时语塞，憋了半天轻声问她："这花，哪来的？"

她嫣然一笑，说："王来扣刚去摘的，可香啦！"

王来扣，就是那个衣衫褴褛，平时身上沾满泥土的小男孩，老师同学送他绰号"泥菩萨"。乖乖，连泥菩萨都知道将喷香的槐花摘给漂亮的小女孩。可见，爱美之心，人皆有之，美好面前，无法抗拒！

然而，这年的冬天，小女孩随着父母调走转学了。第二年春天槐花盛开的时节，我竟情不自禁地想起了她，想起了她那清甜美好的笑靥。后来，我小学毕业了。临别校园，我恋恋不舍驻足观望，凝神那些长高了的刺槐树，透过婆娑的绿叶，似乎看到了那张清甜的笑脸，闻到了花儿的香味。一转眼，我到一个叫时堰的小镇读高中。我早出晚归，每天来回步行十公里，大部分路程走在泰东河畔高高的堤岸上。清明一过，圩堤两边高大的刺槐树绿叶欢舞，柔软的风儿裹挟着菜花的馨香，穿过长长的绿色隧道，轻轻扑打着我的脸庞。不知不觉到了五月，两边的刺槐树迎来了平凡生命中最灿烂的时光，她们的花蕊把空气氤氲得甜甜的、悠悠的、香香的。一周后，她们迎来盛大节日，棵棵树像身穿绿衣头戴白纱的少女，缀满了一串串一簇簇纷飞的蝴蝶。放眼望去，满树雪白，满天飞花，蜜蜂飞舞，嗡嗡吟唱，天际也随之变得晶莹透亮，整个林子被浓郁的绵甜笼罩着。闻着诱人的花香，我仿佛又回到了小学课堂，那渐行渐远清甜的微笑似乎又出现在了我的眼前。参加工作之后，我走遍大江南北天涯海角，只要春风劲吹，槐花飘香，脑海里便会自然而然地浮现那甜美的微笑，“五月里来槐花香，槐花香，柳丝长，思念的人啊在远方”的歌谣似乎在耳畔回荡。

一转眼我已年近花甲。一天，我在大校场的一片旷地上看到一片盛开的紫红色槐花，一簇簇一串串耀眼热烈。怦然心动的我，立马快步上前观赏。我的天，串挤花密，妩媚娇艳，凑近闻闻，再闻闻，香气虽然浓烈袭人，但似乎没有了记忆深处的那股清香与甜美。可见先入为主的心理暗示，左右了我对美的客观判断。对于主观色彩占据上风的我而言，浓烈馥郁的粉红，怎敌得过淡雅清甜的洁白呢？

因为那是故乡的味道、童年的美好和绵长的思念……

（2020 年 6 月《西部散文选刊》）

至亲至切闻乡音

客居异乡，掐指一算，整整四十年，虽然只在苏北乡下生活了十九年，但那乡音的尾巴始终如影随形时时显露。我在南京定居已经三十年，老南京话听得懂，但不会说，顶多模仿说说诸如“啊是阿”“高头”“瘪怪”“搞得不得了”之类的简短词句。每每老乡小聚，大家谈笑风生、土语飞溅，仿佛风吹一池浩荡春水。乡情浓烈如酒，乡思悠香似茶。此刻，如果说“普通话”，显然大煞风景，与氛围格格不入。

隔村不同风，过河不同音。一方水土养一方人，一方人讲一方话。在苏北里下河地区的南通海安、泰州兴化、盐城东台交界的水乡泽国溱湖一带，与“爷”唤作“爹”一样，唤父亲、唤祖父、唤叔伯和已婚男女，有很多特殊的称谓，有时连姓氏都唤得古怪离奇。多数人家称“父亲”为“伯伯”，称“伯伯”为“大大”，称“叔”为“爷，二爷三爷小爷”，称“大、小姑姑”为“大娘娘、小娘娘”，称“弟弟”为“兄弟”，称“丈夫”为“男将”，称“妻子”为“女将”，称“姑娘”为“养阁，大养阁二养阁三养阁”，称男子为“相，大相二相三相”。“梅”姓读“时”，“谢”姓读“掐”，“孟”姓读“浑”，“仇”姓读“求”。这些称谓和读法在外人看来似乎混乱不堪，但作为家乡的人丝毫不会含混，只要话说得地道，对方理解绝对准确无误；但只要离开那方水土，笑话就会闹出一串。

二十世纪八十年代初，我去河南上军校。一天，四叔给我发来电报，说刚好到信阳出差，想顺道看看我。我马上报告学员队，说我四爷要来。队干部见我爷要来，指定队里的文书小河南好生接待。四叔来了，小河南傻了，私下问我："咦……你爷咋这年轻？"我说四爷是我伯伯（父亲）的小弟，当然年轻。一番绕口解释，小河南终于明白，最终捧腹大笑，连说"中，中"。

一转眼十年过去。我在南京安家，爱人从老家随调过来。我和爱人在家全讲家乡话，儿子虽然明白意思，但他不会言说。一日，老父亲从老家过来，让儿子喊他"爹爹"，儿子摸不着头脑，憋来憋去还是喊了一声"爷爷"。我在一旁给儿子说明解释。此后，儿子经常冷不丁地穷开心地叫上爷爷一声"爹爹"，除了老人不笑，我和爱人都被逗得忍俊不禁。

一晃经年，家乡巨变。公路村村通，小车遍地跑，商铺超市鳞次栉比，茶肆酒楼随处可见，网吧快递门庭若市。老宅子不见了，新楼房片片盖起。记忆中的故乡陌生而遥远了，只有乡音清晰地在耳畔萦回，那份亲切那份美妙不可言喻。

终于我们有了私家车，可以开车回老家过年了。那一天，老父亲接到电话，早早迎候在村口。见到儿子，老人家笑容可掬："爷爷来接孙子啦！"儿子乐了："不是爹爹接孙子吗？怎么变成爷爷了？"二哥先是发蒙，继而笑着解释："我们现在跟你们城里人学，不叫爹爹叫爷爷了。"晚上，阖家在"水乡人家"酒楼小聚，七大姑八大爷全都来了。我和爱人发现他们仍然说着土得掉渣的方言，但称谓叫法已渐渐"洋"起来，"爹爹"改叫"爷爷"，"大娘娘"改叫"大姑姑"，"大大"改叫"伯伯"，"爷爷"改叫"叔叔"了。时代蓬勃发展，信息快捷，交通方便，语言内容虽悄然变化，但深入骨子里的乡居文化，仍然让生于斯长于斯的人们情不自禁地吐露带有浓浓水色和轻轻绿意的吴韵乡音，妙若飘过茫茫湿地绿浪上的天籁。日前，我与一个出生在南京的小老乡对话，小家伙虽然只有十岁，因从小由乡下来的外婆带大，不但能听懂老家话，而且说得十分流利。我故意用拗口的家乡话懵他："何的上嗯格耍子呃好啦？"（等有空到我家玩玩行吗）小家伙连连点头："嗯啦，下晚儿和嗯格婆奶奶一块去阿。"（好的，下午我和外婆一起去）一句纯正的家乡话，逗得我乐不可支，笑出了眼泪。

（2020 年 6 月 18 日《新华日报》）

Part 09

卷尾

父亲说

——这是一个时代的真实记录和一个普通知识分子的心路历程。

上

又是一年菜花黄。

清明前夕，我回苏北老家为母亲上坟。完毕，回到二哥家中坐下不久，父亲便迫不及待地说："培龙啊，巷子里的老人都走了，就剩我了，孤形单影的，整天说话的人都找不着。你二哥他们日出而作日落而归，一人在家，非常寂寞，这一无聊就胡思乱想，想你妈，想儿女，想过去，憋得久了就想说话，一肚子的话呀，总想找人说。我想，我都九十岁了，说不定一觉睡下去就醒不来了，再不把憋在肚子里的话说出来，恐怕真的没机会了。你想听我说吗？"

这话听起来苦涩了，我不假思索地说："爸，今天什么事都不干，就听您说，您想说多久我就听多久。"父亲很高兴，稍事沉默，打开话匣子，一发不可收。

父亲叫赵文俊，1927 年 7 月 7 日（农历六月初七）生于苏北里下河水乡泰东河畔一个叫草舍的小村子。他身形瘦小，不算英俊，但眉浓、眼大、鼻挺、嘴宽，天庭饱满，耳垂肥重，看上去福相睿智。他爱读书、喜藏书，“文革”之前家中被书籍占去不少空间，他对于书籍的看护不亚于自己的子女。他的读书笔记，工整、翔实、细密，备课笔记，规范、整洁、清楚，红浪黑波，圈圈点点。他受曾祖父影响，写得一手好字，老颜体，春节找他写春联的乡亲络绎不绝，带不带红纸均可以。他是远近闻名的老校长（至少任职过八所学校），一生教了很多学生，遍布各行各业，但从不给别人添麻烦。他喜欢种花，春风吹过，家前屋后姹紫嫣红香飘四溢，为别人续家谱什么的，给一小盆栽即高兴得不行。他处事低调，心态平和，社交圈子很窄，平时几乎没有应酬，只有极少几个朋友。他生活简朴，对自己十分抠门，衣着极其单一，四季冷暖即可，洗澡只用清水，饮食十分简单，粗茶淡饭，饭量大、不偏食，只喝汤、不泡汤，早起早睡，从不刻意锻炼身体，每天步行百把步即可。鲐背之年，心明眼亮，耳朵背了，看报读书记笔记，不管闲事操心事，血压血脂血糖均正常，只是有点肺气肿，感冒就是大病。鹤发一头，寿星一颗，活像一个老神仙！他有不少小本子，密密麻麻记录了许多平时、特别是离休之后思考的文字，看了一些，感到十分有道理。有些话小时候似乎听他说过，没放在心上，现在进入奔六年龄，经历了风风雨雨，越发觉得他有些话真是深刻，简直就是人生彻悟。兹录几段如下：

人这一辈子就是一个过程，富贵也好，荣华也好，都是花间露水，草上霜雪，生不带来，死不带走。

顺其自然，随遇而安，才能真安宁。

健康是最大的财产，满足是最大的快乐，心安是最大的福分。

人要有几个朋友，但交友不是简单的事情。当你在高处的时候，你的朋友知道你是谁；当你坠落的时候，你才知道你的朋友是谁。所以谁是我们的朋友，这是首要问题。当然，成功需要朋友，但大成功需要敌人，而有时候这个敌人可能就是你自己，而且永远战胜不了。不过，要想交到值得深交的朋友，你自己得成为值得深交的人才行。

人要有点真本事，否则在哪儿都干不好甚至干不下去。

有时候怀才不遇是坏事，也是好事，让自己怀更大的才，蓄更大的势。不飞则已，一飞冲天；不鸣则已，一鸣惊人。怀才就像妇女怀孕，千万不要急于显露，时间久了想藏都藏不住。有才的人尤其要夹着尾巴做人，否则，就会被人误解，最后是聪明反被聪明误。

人生有两大悲剧，一是少年有为，春风得意，踌躇满志；二是大难临头，万念俱灰，自我放弃。其实，人生的长进全在遭受苦难的时候，苦难让人身体疲惫，但神志清醒。

人最大的修养是知人不评人，给人最大的恩惠是善解人意，给自己最大的安慰是不自欺欺人。

笨人才要心眼儿，聪明人只需厚道。

出身不好固然遗憾，但还有一条通往高贵的路，那就是读书。人不管受过何种教育，都要不断地读书。腹有诗书气自华，只要真正融会贯通，你的气质里已经藏着你曾经读过的书，知识已经把你不知不觉改变了，变得有力量了。

天下最好的教育不是教知识，而是育人心，学生知识再多心术不正，再好的学校都不如牢房。牢房尚且能改造人，如果学校都做不到，这教育还能是好的？教育不是万能的，但没有教育是万万不能的。国民教育，教育国民；全民教育，教育全民。全民素质高了，国家才有希望。

家和万事兴，家国连着筋；无国不成家，无家不成国。连家都不顾国都不爱的人，别理他，那是衣冠禽兽。

想成功是好的，但要走正路。利用好外力可以帮助自己成功。但有些东西是绝对不能利用的，比如善良，利用人的善良去做违心的事是最大的丑恶。

不要怕犯错，年轻的时候做错事连上天都会原谅，但世间有一种错犯不得且不可原谅，那就是背叛。如果承诺过，发誓过，结盟过，背叛意味着失去了人格，活着也是行尸走肉一钱不值。

孝敬父母，天下首善。一个不孝敬父母的人，永远不要与其谈忠诚守信，更不可以与其合作共事。这种人已经失去了连动物都无法突破的底线。宁跟风车打架，也不要跟这种人说话。

下

回到南京，我把父亲的话进行了一番整理，觉得有点意思。现辑录部分如下。

父亲说，弄清从哪里来，才知道往哪里去。

高祖父赵瑞芳始终认为，我们的先祖与海陵赵姓最为亲近，而海陵这支与徽州巢湖一脉相承，据说始祖叫赵突。果真如此，老祖宗的故事就波澜壮阔了。这要从赵突的父辈赵庸说起。赵庸起先跟着哥哥替大元做事，镇守水寨，屯兵巢湖，后投靠开平王“常十万”。史载，他的这位老哥，为人谨慎，行事狐疑，办事缺少担当，陈友谅兵陷安庆时，非但不去用力抵抗，反而带着家小弃城逃跑。常遇春念他乖巧仁厚，请求主子原谅，朱元璋不依不饶，非杀不可，但有一条，可将官位留给弟弟。赵庸比哥哥强，文韬武略，作战勇敢，在攻打庐州、安丰、淮东、海安、泰州时立下战功，连升三级，明朝立国后被封为大官，跟随大军攻破河南、河北、山西、陕西。后随常遇春北追元帝，再与李文忠攻庆阳、应昌，功劳本来最大，但因在应昌这地方私纳奴婢，被人告发，只得降级封侯。后来，在平定福建、广东叛乱中，与燕王朱棣出古北口，招降乃儿不花等，再立新功。然而，由于宰相胡惟庸谋反案的牵连，虽然过去十一二年，终于被李善长的家奴告发，揭发赵庸等三侯与胡共谋不轨。朱元璋排除异己，借机削弱兵权，一连再杀多个王侯。此时已杀了三万余人，历时十余年。

那是一场浩劫，听老人讲，金陵城内赵氏近亲几被赶尽杀绝。隐姓埋名背井离乡是赵家子孙的最好选择。东南西北中，大难各自飞。哪里偏远就到哪里躲避栖息，某年某月某日，有一支逃到苏州阊门，多少年后又衍出赵朗如、赵朗松兄弟，辗转来到黄海之滨浩瀚无边的盐碱滩涂荒草甸子之中。起初，他们以捕鱼为生，后来渐渐开荒种地。烧砖制瓦，建房修舍，繁衍生息。现在，草舍这支赵姓，能够列出祖先名号的从朗如朗松兄弟始，凡下数九代，人丁兴旺，人才济济。

曾祖父赵寿山讲，他的高祖父赵瑞芳是个有故事的主儿。某年，他从海陵送完砖瓦返家，刚好碰上土匪上门“借钱”。赵瑞芳面对强人，以礼相待，酒肉侍候。席间，首匪傲慢无礼，居然用匕首扎肉，直送赵瑞芳口中。赵瑞芳不动声色，张口迎接，刀入口中，咔嚓咬断，然后淡定地对众匪说，弟兄们朝上看，“福”字上少一点，随着众匪抬头，“突”的一声，一道寒光飞上屋梁，不偏不倚，正扎原先少一点的“福”字上。功夫了得，众匪愕然。匪首自愧不如，象征性“借”了一点财物溜之大吉。此事一传十、十传百，从此匪患渐少，一方平安。

虽然只是传说，但自此家族蒙上传奇色彩！

父亲说，无钱积善，有钱积德，有钱无钱都要积善成德。

苏北里下河水乡“三泰”地区，细数书香门第，在他的父亲赵济川出生之前，已经算得上一户。那时候，他的高祖父赵瑞芳已经做起砖瓦生意，且小有规模。后来随着资本积累，他的曾祖父赵寿山又做棉花和食油买卖，并与泰州城的“田星记砖瓦行”合作经营，这生意益发红火。到了他的祖父赵桂城手上，事业蒸蒸日上如日中天。

他的祖父人称“城二爷”，先前读过乡塾，研习“四书”“五经”，懂得诉讼文理，为人豁达豪爽，写得一手好字，赚了大把银子后，越发重视子孙们的课业。其次，虽然不尚武功，但为人豁达仗义，交得各道朋友，经常济贫扶困，注重捐学修桥铺路。其三，特别注重庄园建造，只是把大门选偏了方向，面向西北，尽管造了照壁，终究是个大忌。大兴土木之余，乐于帮人打官司，据说在扬州、泰州、东台一带很有名气。兵匪从不亲近，也不得罪。他对新四军印象极好，对日本侵略者恨之入骨，支持“铁头游击队”拆桥梁、炸铁壳船、袭击鬼子兵。

他母亲生他那年中国发生了大事变。里下河水乡同样经历了生死劫。先是夏季的洪涝，家住低洼处的农户流离失所。后是冬季的一把天火，把那连绵不绝浩大无边的芦苇荡，烧了个焦黑连天，纵横交错的河沟渠汊，宛若扭曲的枯藤老根，裸露于浩瀚无边的黑幕之上。风吹过，阵阵煳味熏人鼻息。这年冬天，祖父开仓放粮，外购柴草，救济乡民，共赴时艰，从此成为水乡标杆。他的祖父说，钱是王八蛋，用完再去赚。

他三岁那年，春天的雨水特别滋润，不知怎么了，整个夏天只下了几场不算太大的雨，他的祖父慨叹地说，这点水连芦苇喝都不够。好在芦苇生性泼辣，干旱年份同样长得一望无际波澜壮阔。入秋后，每天仍然阳光朗照，天上不见一丝云影，蓝得如同海水，地上芦苇提早黄成一片。进入冬季，芦叶枯败卷缩，开放的芦花汇成起伏的银海，随风荡漾，飞舞的蜡穗细毛茸茸，腾空而起，翻腾旋转，那阵势比鹅毛大雪还要壮观，看得人汗毛直竖。这一次，村庄没有遭难，倒是他，突然打起了摆子，发烧时浑身抽搐，发寒时咬牙切齿，几个来回下来，早已不省人事。请了不少郎中甚至江湖术士，病情不见好转。他祖父几近绝望了，无奈之下，开始求神拜佛，沐浴焚香，磕头许愿：“菩萨，请您慈悲，救死扶伤！菩萨，只要您保佑我的孙子逢凶化吉，我愿为您建庙宇、塑金身！菩萨，我求您……”

奇迹还就不可抗拒地发生了。据他母亲讲，求神不过半个来月，他的病居然好转了。苍天显灵，佛祖保佑。如此重誓，不可失信。于是乎，他的祖父再次使出大手笔，在那滚滚东流的泰东河畔，修建了一座带有廊院的庙宇，为供奉的菩萨塑上金身，耗费巨大，令人咋舌。庙宇成为村中，以及四邻八乡善男信女们的精神之所，也是流浪乞讨者的栖息之地。

父亲说，没受到好教育遗憾，受到人民政府厚待庆幸。

都说“父爱如山，顶天立地”。可他没有享受到父爱，但得到了祖父的隔代庇荫和疼爱。原因在于，他祖父对他唯一的儿子十分失望，让他读书没有兴趣，让他经商更不感兴趣，非但如此，还染了一身败家的毛病。无奈这位知书达理的财主，只好将全部希望寄托在他这个长孙身上。

他在6岁的时候，祖父便给他请了家塾先生。先生叫吕觐臣，写得一手好字，主要教国文，偶尔教点算术。先教《三字经》《千字文》，再教《百家姓》《弟子规》，后来干脆教起了《论语》《荀子》。同时也讲点八股文，从“永字八法”入手教写大仿（毛笔字）。他的祖父对先生十分敬重，逢年过节都要登门以礼相待，对他的学业也十分关心，平时要求先生对他严加管束，不听话、不背好书就用戒尺打手。他前后跟着先生读了三年书，收获之大，不可言说。古文基础，鼎立终身。9岁那年，他进入草舍义务小学读书，半年后转入草舍短期小学读初小，之后转入草舍初级小学读书并毕业。13岁那年秋天考入东台圣堂完全小学读五年级，通过补习、旁听，14岁考取圣堂私立精诚中学，16岁考取罗村第一临时中学（后来有名的华罗庚就读的南通中学），一年后转入东台县台城江苏省特别行政区区立高级垦殖中学普通科高三就读并毕业。18岁这一年在泰州城内补习迎考，19 岁考取上海国立临时大学先修班，认真读书一学期。正当准备年底投考大学，没想内战爆发，兵荒马乱，被家人接回，从此中断学业。

这是终身遗憾。更加遗憾的是他入上海国立临时大学先修班时，不知不觉中被人在学籍材料中夹入一张加入伪组织的表格。这张不明不白的纸头差点要了他的性命。之后，终于弄清原委。时堰乡人民委员会最终做出书面结论：经严格调查甄别，本委员会认为赵文俊同志没有参加任何伪组织活动，历史问题审查清楚。那一刻，他长长松了一口气。但这也成了他终身难以洗清的污点和难辩的屈辱，成为之后别人随便随时说事的由头和把柄，成为苦难人生肩负的沉重的十字架。直至后来他改造彻底、思想先进、工作积极，某领导动员他入党时一直心有余悸，以没有改造彻底为由婉拒，弄得他终身后悔。

1949 年初溱东地区解放，人民政府实行土地改革。此时，他家的家产也已所剩无几，从而因祸得福。又因他的祖父人缘好，行善多，积德厚，1950 年春天病故前没有受到追究。他的母亲活到二十世纪九十年代，临终前一直享受着政府“公私合营”生活补助金。因此，他对人民政府的宽容和善待十分感激，发自内心拥护共产党，热爱新社会，并以勤奋工作作为报答。

父亲说，南来北往任漂泊，一支粉笔写人生。

内战爆发后，1946 年底，他的祖父只身冒险去了上海，将他接回。在乡下，读完高中非常不易，何况他读过大学，尽管没有毕业，但在连绵数百里布满了河岔、长满了芦苇、门前屋后都是湿地的草舍，甚至东台来说，这个文化层次的人都是不多的。第二年春天，他被任命为（国统区）草舍初级小学校长，一任就是两年多。东台地区彻底解放后，父亲响应号召，在人民政府支持下，开办了草舍第一所新式学校，即“凌家墩改良私塾”，教识字、算术和宣传共产党、人民政府好等内容的课程，区暑督学十分满意，当即带他到陶庄，收私塾旧书，讲新式进步课程。由于他的不懈努力，新式学校办得有声有色。8 月初，他在不知情的情况下，被邀请去东台参加共产党领导下的东台县教师暑期文研会。他说，这次文研会，时间不长，收获很大，使他的思想进行了彻底改造，人生观世界观发生根本改变，开阔了视野，增强了见识。培训结束后，人民政府即任命他为草舍初小副校长（1949 年 10 月 20 日又发文“代理校长”）。从此，一家人跟随他辗转于东台许多乡村学校，沿着那条古老的泰东河寻求生计，在范公堤西这片里下河水乡过起了寻常人家平凡的日子。从二十世纪五十年代初至八十年代初，三十年期间，他先后在二十多所学校任教，不计价钱，任劳任怨，拖家带口，何等不易！他认为，那个时代大家都这样，没有什么好奇怪的，拿了国家的工资，就要听从组织调动，努力做好本职工作。他做人低调思想简单，教育理念同样十分单纯，贯彻教育方针，政治挂帅，思想领先，教育教学与生产劳动相结合，宣传党的政策，传授文化知识，培养一代新人。

父亲说，最大的欣慰是遇到不少好人，最大的失落是被个别坏人诬陷，最大的收获是儿女个个健康成长。

他一生中遇到不少好人，比如说他的开蒙塾师吕觐臣先生，知书达理，诲人不倦，和蔼仁厚，言传身教，培养了他求知好学的良好品质；比如说那个区署督学毛启思，思想进步，大公无私，为人真诚，办事利落，将他带上了正确的人生道路；比如三年困难时期，先烈公社党委书记顾家安和梁垛镇郊的那户白姓夫妇，乐善好施，不求回报，救苦救难，帮助一家人渡过了艰难时期；比如下放草舍劳动时，“920”农药厂的工友们，尊重理解，真诚相待，包容帮助，让他在劳动中重新找回做人的尊严；比如那些好心的邻居、同乡、同事、领导，为他重塑自我、再返教坛、教育子女、安度晚年提供了极大理解、支持和帮助。每每想起，他感激不尽！

当然，他的一生也遇到了恶劣的时期和一小撮坏人，但他相信，人间有真理，组织辨真伪，终有一天会水落石出调查清楚！果然，1967 年 12 月 21 日东台县革命委员会经过审查甄别，宣布给予解放，推翻一切强加在他身上的污蔑不实之词和莫须有罪名，销毁退还各类逼供而来的虚假材料！

他始终认为，善有善报，恶有恶报，不是不报，时候未到。他一生中最为自豪的有四件事：一是 7 个子女，虽然 5 个没有受到良好的基础教育，但个个身体健康，都可凭借自己的诚实劳动过活；二是恢复高考后，3 个儿子凭借努力考取军校和大学；三是孙子辈们虽然人数不多，但文化程度有所提升，现有博士 2 人，硕士 1 人，大学本科 3 人，大学专科 1 人，其中留法、留英各 1 人；四是自己离休后衣食病养无忧无虑，安享幸福晚年。

父亲说，夫妻是人生旅途的一次合作，一生最对不起的就是同舟共济的老伴。

他从上海回到乡下不久，家中为他定了一桩门不当、户不对，年龄倒挂、文化学识相差甚远的亲事，这在封建思想浓厚的乡下简直不可思议。这得益于他祖父的开明。据说，结婚那天，他俩的心里都很别扭，但父母之命，媒妁之言，不可违抗。他于 1947 年与母亲结婚，娶了一个比自己大两岁，出身中医世家，初小毕业，在乡下也算是有文化的妻子。由于子女较多，后来她只好在家专司家务。多少年来，走南闯北，她没有吃过安心饭，没有睡过安稳觉。为了照顾培育儿女，为了这个家的油盐酱醋茶，为了儿女的衣食、上学、就业、婚姻、住房、前程……她操碎了心、操尽了心。

本来，她可以与他一起安享晚年，可由于积劳成疾，终于在 2005 年的春天撒手而去。她走了，走得十分匆忙和悲哀！走时他不在她的身边，也没有一个子女在她身边。她一生勤劳、善良、节俭，相夫、教子、持家，尊老、爱幼、助人，来得清清白白，活得辛辛苦苦，去得坦坦荡荡。够了，这就够了！

她走了，留下无数怀念！我发表在《海外文摘》上的那篇两万字的长篇散文《泰东河的女儿》，只写了她与一个儿子的故事，还有那么多子孙与她的故事，何时才能写完呢？但愿还有人继续写下去。写她的勇敢、正直与善良！写她的乐观、向上与睿智！

如果她不是太早离世，他的人生会更加美好。她从70岁开始行动不便，十分拖累人，但他愿意服侍她，他说他再服侍她八年十年都愿意。（说完这番话，父亲流泪了。）他说是他一生中印象深的有四次流泪。一次面对死亡想起子女；一次老弟兄分家，面对他那不太公正的家人；一次大女儿出嫁那年被婆家接亲的人带到大门口；还有，就是这次。

父亲说……

（2016年《海外文摘·文学》第10期）